U0137495

新版

·全二册·

君子以泽 作品

月上重火

下册

湖南文艺出版社
HUNAN LITERATURE AND ART PUBLISHING HOUSE　博集天卷
CS-BOOKY

月　上　重　火

目录

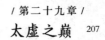

月　上　🌙　重　火

第十六章

意外来客

　　穆远有些莫名其妙，但还是留下来了。到了晚上才知道，原来是因为雪芝和仲涛没有话题可聊，裘红袖忙着酒馆里的事，上官透又不在，她一个人无聊，便跑到他那里玩。夜晚，红楼月宇，芙蓉丝帐，悠扬的箫声从凌虚高楼飘出。屋内，雪芝一头撞进床褥，肆无忌惮地翻了几个滚，说道："这一回在外面待的时间，似乎是最长的。"

　　"雪芝确实有一段时间不曾回去。"

　　她不知纠正了他多少次，才令他在私底下唤她"雪芝"。听他总算叫对一次，她心情很是不错地说道："正因如此，我才发现穆远哥是一个好人。"

　　穆远抬头看看雪芝，她的长发丝般散在床铺上，小小的下巴不顾形象地指向床帐。果然她怎么都不会变，不管在外有多像个淑女。穆远笑了笑，只是嗯了一声。雪芝坐起来说道："咦？你都不问问，我为何觉得你好吗？"

　　"你觉得好便已足够。"穆远坐在灯下翻书，便再也不多话。

　　雪芝撑着下巴，死死盯了他许久，发现他还是无惊托诗遣，全神贯注得很，终于放弃，百无聊赖地跳下床，左兜右逛，转得人心烦。实际穆远翻了很多页书，却一个字也没有看进去。他觉得不对，试图聚精会神，却不见成效。原本他这么做，只是为了让雪芝觉得无聊，安心回屋睡觉。谁知雪芝愣是不肯走，还绕到他身后，扫几眼他的书，啧啧两声，继续转。不过，穆远的耐心好，整个重火宫的人都知道；雪芝的耐心不好，全天下的人都知道。所以，最先沉不住气的还是雪芝。

"穆远哥，你几时才看完书？"

"我也不知。"穆远放下书，抬头道，"有事吗？"

"没啊，就是想跟你聊聊。"

"聊什么？"

雪芝后悔了。早知道多日不见，穆远还是这德行，她宁可强迫林奉紫留下来——穆远冷冰冰的，昭君姐姐不知道比他好玩多少倍，虽然有时好玩过了头。想到这里，她又想起上官透望着她的柔情满满的眼神，那一声声带着宠溺意味的"芝儿"，害羞得几次想要钻到墙角里去。她实在心情太好，抽掉穆远的书，撑着下巴道："穆远哥今年多大了？"

"虚岁廿二。"

"可有考虑过成亲？"

"不曾。"

"那，可有觉得什么女孩子很漂亮？"

"问这个做什么？"

"有一个姑娘出身名门，天仙般漂亮，全天下的男子都想娶她，真可谓艳压群芳。而且，她待字闺中，却不像自古祸水红颜那样命途多舛。穆远哥知道我在说谁吗？"

"是你自己吗？"

"原来在你心中，我的武功不怎么高。"

"那你说的，可是林奉紫？"

"聪明！"雪芝一脸不厚道的微笑，"你觉得奉紫如何？"

"还行。"

"嗯嗯，然后呢？"

"然后？"

雪芝沉默了好一阵子，直接放弃。她看得出林奉紫对穆远有意，穆远却是个冰雕加木头。她起身道："罢了罢了，以后再说。我才想起在鸿灵观找到一本手卷，这便去拿来，我们来研究研究。"

"好。"

雪芝一溜烟回到自己房间。但是，打开包裹，发现手卷已不见踪影。而此时轩窗大敞，显然有人来过。

暝色罩林壑，狂风呼啸，摇撼大树。鬼哭神号中，暗夜成牢笼，禁锢了整个苏州。这般中宵，雪芝的房间有巨大变动，她和穆远竟然毫不知情。背包里有《水纹剑诀》的剑谱、一堆重火宫特制的疗伤圣药和光玉露，还有一把上好的匕首……可是，这人却什么都没有带走——除了那本手卷。那手卷不过是撕了一半的传记，究竟是何许人物，竟可以在他们毫不知情的情况下，把那手卷拿走？里面究竟有何等秘密，会令这样的高人如此急切？她并无时间多虑。回到穆远房间，雪芝交代了房里发生的事。穆远二话不说，提起紫鸾剑，破窗而出。雪芝见状，也回房拿武器。

但她刚站在门前，便有一把剑刺破房门，捅向她。雪芝大惊，连忙闪躲。那剑连刺数次，速度快得惊人，却未发出一点声音。只见剑法变幻莫测，在门上刺了几百个洞，即便雪芝退到墙后，它都破墙而出。墙上只有孔，没有缝。雪芝不曾见过这样的武功，也是头一次如此没有自信，不敢进去和那人交手。很快她也发现，当她离墙远一些时，那把剑依然毫无章法地往墙上刺孔，好像持剑之人早已疯癫，无心与人交战。洞多了以后，那个人的脸便会露出来。她留在墙旁观察。

与此同时，穆远已经在房顶追上了那偷手卷的贼。黑影在暗处飞速穿梭，和穆远的距离时近时远，却让他怎么都捉不着。一炷香过后，那人的动作渐渐慢下来。他的身形有些佝偻，年纪应该不小，这会儿放慢速度，大概是体力透支，手不应心。最后，穆远终于一剑挑开他面上的黑布。原本料想那人会躲藏，他却直接停下来，背对着穆远道："好小子，这轻功真是逸翩登霄，迅足远游。"

　　一听到这声音，穆远也呆了，道："……长老？"

　　眼前的人回过头，一双苍老的眼沉浸在黑暗中，毫无焦点地说："是我。"

　　"见过宇文长老。"穆远立刻朝他行了个礼，"那本手卷，是否在您手中？"

　　"是。"

　　穆远有些失措。遇到宇文的年轻人，没有几个不会失措。这个老人眼虽苍老，却不曾模糊。宇文长老举起那手卷，说："理应说，这半本手卷拿给你，也没什么意义。因为里面记载的东西，所有人都知道。"说到此处，他又举起另一本同样大小的手卷，"重要的内容都在这上面。"

　　"晚辈愚昧。"

　　"我之所以会夺走它，是因为此乃犬子之遗笔，我需要它，你可有疑问？"

　　"晚辈不敢。"

　　"今日之事，不准告诉宫主。你回去吧。"见穆远站在原地不动，宇文长老又道，"没听到我的话吗？"

　　穆远拱手，低着头，壮着胆子道："恕晚辈直言，倘若只是要回儿子的手卷，晚辈没必要向宫主隐瞒——除非和宫主有关，甚至对她有害。"

　　"你还很关心宫主吗？"

　　"还有整个重火宫。"

　　宇文长老突然大笑起来，笑声爽朗，但在这样的夜晚，有说不出的诡异。"穆远，我看着你长大，你还想在我面前隐瞒什么？莲宫主去世之前，曾经交代过你一些事，言之綦详，这一点别人不知情，我却清楚得很。"

　　穆远头埋得更低了，道："那只是以防万一，现在没有必要。"

　　"罢了罢了。你也大了，有自己的想法也不错。"宇文长老把两半本手卷扔到穆远的手中，"只是，先把这两半本手卷的内容看了再说吧。"

　　另一边，雪芝的房间里，裴红袖和仲涛都站在门前，看着被戳得百孔千疮的门墙，百思不得其解。仲涛摸摸下巴，又向裴红袖道："怪了，我在江湖上漂泊这么多年，还愣没见过这般怪诞不经的武功。夫人，咱妹子说这人下手很快，快到她都没法躲。但是寻常人内力再高、身法再快，都没法在不运气的情况下，不破坏整面墙，又戳那么多个洞。"

"谁是你夫人？"

"哎，分明在和你说要紧事。"

裘红袖摸了摸那些洞，道："当然，不排除一种情况——这人运了气，只是运气速度太快。"

"你想太多，现在九域第一人，应是少林方丈释炎吧，他绝对莫能如也。"

裘红袖道："妹子，你可看清那人长什么样了？"

雪芝摇头。原以为等墙上洞多了以后，自然可以看到那人的脸。但是到最后，那人发疯完毕，转身走人，她都没看到那人的模样——甚至连个背影都没看到。若这样的人要杀自己，简直是瓮中捉鳖，手到擒来。她突然觉得背上一阵阴凉，旋即与那二人陷入沉默。她看着那些大小整齐的洞，原本打算等穆远回来，让他看看。但是，穆远没有回来。

黑夜中，苏州城的屋顶。穆远颓然地坐在地上，一手撑着头，一手握着那手卷。宇文长老低声道："我知道你现在的心情。让你知道这些事，是因为觉得你该知道，并不是打算要你做出何等惊人举动。"

穆远不语，只觉夜深露重，心绪烦乱。

翌日午时，雪芝把重火宫弟子都召集到仙山英州，让他们四下寻找穆远。然后，她一个人留在房间门口，继续对着那些剑孔发呆。

裘红袖对武功只懂皮毛。在她看来，大孔是孔，小孔也是孔，大小不一的是孔，大小均等的还是孔，唯一的区别，便是内力深厚与否。内力深，并不会让她神往，无限憧憬。这也是仲涛至今都还是单相思的缘由。雪芝则不同。看着那些"工整"的洞，她心中一阵感慨，想自己何时才能达到此等水平。

此时，海棠的声音自身后响起："小时候听甄宫主说，'莲翼'是至尊武学宝典。即便是它毁灭的东西，对习武人来说，都是蛊惑人心的艺术。

月 上 重 火

开始不相信，现在看来，果真如此。"

雪芝和丰涉迅速回头。雪芝愕然道："莲翼？"

海棠走近了一些，慢慢抚摸那些小孔。"这个人功力不及莲宫主，但能确定，这些孔一定是在莲神九式的威力下打出的。而且，最少修至第四式。"

雪芝微微一怔，道："穆远哥前两天来才告诉我，那人只修炼到第三式。"

"月上谷死掉的弟子死于第三式，却不代表这人并未修到第四式。"

"这么说，他修到什么程度，我们根本无法估量？"

"没错。"

雪芝顿感沉重，转身道："小涉，你去跟红袖姐姐说，让她赶快找人拆了这面墙和门，不然这事传出去，在江湖上恐怕要引起轩然大波。"

丰涉笑道："雪宫主大概不知道吧，这件事早已传开。现在武林人心惶惶，步步惊心呀。"

"怎么会？这才几天而已……"

"前几天华山又有人猝死，这一回的数量是这么多。"他说罢，伸出四根手指头。

雪芝又看向海棠，海棠点头。看来，这个人的动作比所有人计划得都要快。他们再也无时间慢条斯理地寻找《沧海雪莲剑》了。现在要做的事，是尽快查出这个人，阻止其行动，不然，天下大乱之日也不远矣。

两日后，穆远还是没有回来。雪芝急得焦头烂额，却又听闻消息说，武当两名弟子死亡，一名弟子重伤，至今仍不省人事。而且，杀手的武功路子，和前一个如出一辙，同样为阴性武功。但前者杀人武器一直不固定，后者从杀第一人到伤第三人都用剑，后者的功力也不及前者。所以有人判定有三种可能：一、有两个人修成了"莲翼"，其中一人修炼的是《莲神九式》，另一人修的是《芙蓉心经》；二、一人修炼了两本秘籍，这么做只为混淆视听；三、如第二条，原因却是此人身受重伤，无法发挥实力。

再过两日，丰城宣布，下个月月初将在华山派进行武林门派集会，商讨"莲翼"重现江湖一事。应邀参加的门派有少林、武当、峨眉、灵剑山庄、雪燕教、紫棠山庄、平湖春园等。同一日，林奉紫写了信给雪芝，说她一定会参加，请雪芝也务必参加。雪芝还在担心穆远，便没有立即回信。她想，再等一日，只一日。若再找不到穆远，她便有必要令海棠派更多人去寻他。可一日过后，她没等来穆远，却又等来一个消息：武林大集地点换到了月上谷，灵剑山庄宣布放弃参加。

去月上谷对雪芝来说更方便，她不需要准备什么，只要带着人便足够。然而，正当她准备离开苏州时，林奉紫来了。奉紫扔了一个大包裹在雪芝面前，委屈道："姐姐，收了我吧。我才和我爹大吵一架，以后打死也不要再回灵剑山庄。"

"姐姐日无暇晷，分不出精力照顾小孩，你赶快回去，跟你爹和好。别再出来。"

雪芝一句话便把奉紫打回原形。奉紫拽住雪芝的衣袖，哭丧着脸道："你不知道我爹有多凶。"

"父亲教训女儿，天经地义。"

"我说我要参加武林大集，他说若我去了，便不认我这个女儿。"

"那他也是为了你好。"

"我不管，你要管我的。"奉紫一屁股坐在雪芝面前，开始死皮赖脸，"姐姐若不理我，便是不要我。"

雪芝没想到，林奉紫平时看上去温婉可人，走路一步三摇，到了缠人时，却比丰涉那个橡皮糖还要难甩脱。她集中精力派人调查穆远的下落，可依然毫无音信。也是在林奉紫的缠人功下，雪芝的耐心越来越好，向裘红袖和仲涛道别后，带着林奉紫和丰涉两个拖油瓶，带着护法和数名弟子，一路朝月上谷赶去。林奉紫身体不好，刚出发没几天，便累得脸发白，却从不吭声。倒是雪芝，面色红润，精神焕发，还一路上大叫着肚子饿，要吃东西，走累了要休息，大小姐作风让重火宫的新弟子们叫苦连连。底下的人在偷偷抱怨，丰涉却溜到雪芝身边，笑眯眯道："真是一个好姐姐。"

"胡说什么？我自己累了。"雪芝不自在地白了他一眼。

数日后，一行人抵达少室山南部，在客栈住下。时至初冬，树林空旷，塍埒纵横。客栈外，风吹得柴草翻飞，树枝上最后几片黄叶也悄然零落。叶子如行人，打着旋儿，滚向土沟，寻觅最后一线温暖。雪芝不知自己何时真成了大姐，只要奉紫一撒娇，便会下意识照顾这位不谙世事的千金，往她房里送棉被、送吃的。

这一日正午，雪芝正端着一堆点心，往奉紫房间去，却听到房里有布料拉扯的声音。雪芝用力推开门，却见屋内一名黑衣人正捂着奉紫的嘴，拽住她的手，试图把她绑出客栈。雪芝立刻扔下手中的点心，摘下墙上的宝剑，向那黑衣人刺去。那人眼露诧异之色，以敏捷的身法闪过雪芝的攻击，还伸手挡了一下。谁也没料到，这一挡，竟然让雪芝的剑直刺向自己的手臂。雪芝闷哼一声，后跌两步。

"姐姐！"奉紫连忙扑过去。

黑衣人有些分神。也是同一时间，雪芝抓住那人的衣服，扯下一个物事。随即，黑衣人跳出窗外，眨眼间消失不见。雪芝按住伤口，吃力地摊开手中的香囊，道："这人便是上次那一个，莲神九式……她居然是个女子。"

武林大集当日。月上谷外，紫荆林褪去昔日葱茏，透过林中稀疏枝丫，可见绿萝"蒙笼盖一山"，谷内碧涧，画檐飞宇，还有远处蚁群般的行人。密林包围的月上谷，是清冷透明的冬，群品都变了样。而月上谷内，却是另一番景象：很多人都不知道，月上谷虽地处少室山下，在相当隐秘的位置，占地却比少林寺都大上很多。多年前此间地广人稀，除了镇星岛，其他岛都有些荒凉。但近几年月上谷势力扩张，即便站在一个岛上眺望另一个岛，都会看到熙来攘往的人群。这一日，天空是浅灰色，冷风刮过，清雪乱坠，天地也变得混沌。一遇到冷空气，人们的呼吸都冒着烟似的。门庭若市的月上楼，却像被染上了大红色。

各大门派的人早已在大厅中等候。右边第一桌门派是少林，方丈释炎在正中央，身边站着四大班首，身后站着八大执事。近百年来，释炎是少林寺首个不到五十岁便当上住持的高僧。他年轻时人如其名，性格刚烈，疾恶如仇。不像大师，倒像大侠。但自从他当上方丈，便渐渐变成如今十成九稳的模样。他亦是如今公认的天下第一人，少林寺在他的带领下，越发稳坐武林泰斗的地位。第二桌是峨眉派，五花八叶的领头人物站在周边，中间是现任掌门慈忍师太。第三桌是武当派，星仪道长谭绎是大门派中最年轻的掌门，他的龙华拳造诣极深，多次在兵器谱大会上拿下榜眼，仅次于少林。

左边第一桌是华山派。坐在中心的是掌门丰城。他的右边空着，是亡妻的座位。再右边站着他儿子，左边坐着爱妾白曼曼。丰城是个谋士掌门，他的武功不及几大掌门中任何一个，但华山派却不曾情见势屈。丰城摸摸胡子，一脸笑意地看向第二桌人。

第二桌是重火宫。重火宫来人较多，站了数排：后排是四大护法和一些弟子，前排是三大长老和宫主重雪芝。重雪芝静静坐在位置上，神色有些凝重。重雪芝和她身后站着的林奉紫，是月上楼最格格不入的两个人。两个人都是极美的女子，却不尽相同：喜欢林奉紫的人，会把她夸得天花乱坠，比蓝桥仙女云英还美，讨厌她的人，却认定她奇丑无比；而喜欢重雪芝的人，都会时常感慨这宫主的性格很可怕，可是再憎恨她的人，都无法否认她的美艳之色。

然而，当丰城看向雪芝之时，雪芝后一桌带头的女子的目光却穿透人群，化作青锋剑直击丰城，那是雪燕教的人。原双双身边站着柳画，柳画却不时瞥向峨眉派燕子花。原双双原本很介意奉紫站到重火宫那边，但拿她没办法。她这些日子在江湖上几乎销声匿迹。有传闻说她快嫁人了，没时间操心教内事务，也再没心思挑逗林轩风。丰城一看原双双在看自己，立刻收回视线，往高台的主座上看去。

　　主座两边站着高人几个头的汉将、世绝，一冷一热，面相都凶恶无比，有魁星之颜。他们后面站着四个支岛的岛主：南方荧惑岛杜枫，手持一把天妃伞，身法飘逸，轻功卓绝，外号"白鸟公子"；西方太白岛苗见忧，月上谷的铁算盘，被人称为上官透养的一只会产金蛋的天鹅；东方岁星岛林宇凰，出了名的混世魔王，月上谷二谷主；北方辰星岛仲涛，外号狼牙，上官透的铁哥们儿，膂力无穷，轻功极差，谷内和练武有关的事务，都要算上他的份儿……最后，便是主座前的上官透。他虽然是武林中的头号贵公子，却极少穿华贵的衣裳。这一日碍于礼仪，他穿了一身本色的昂贵衣裳，态度温和谦逊，却令许多人感到局促，仿佛他的骄傲，是理所当然的事。

　　"今日诸位光临月上谷，实是受宠若惊。既然大集是丰掌门发起的，便请他来解说今番大集之计。"上官透往旁边让了让，等待丰城上去发言。

　　上官透说话时，林奉紫总是低着头。丰城离座，走到人群最前端，朝各大门派拱了拱手道："相信各位英雄豪杰来到此地，是已听闻'莲翼'重现江湖一事。现下大敌当前，我们却不知这两本秘籍在谁手上，也不知究竟有多少人看过了这两本秘籍……因此，我们的紧要之事，便是齐心御侮。"

　　站在重火宫人群中的丰涉一直在看着丰城，面无表情。林宇凰瞥了一眼重雪芝，朝她眨眼睛。雪芝点点头，再看看上官透。上官透却不多看她一眼，只是微笑着听丰城说话。突然，丰城道："不知道雪宫主有何妙计？"

　　重雪芝站起来道："实不相瞒，先君曾写下两本秘籍，若能修成，必战胜'莲翼'。"

　　倘若说这句话的人不是重雪芝，这一定会是个很好笑的笑话。但是，写下秘籍的人是重莲，他可是全天下最了解《莲神九式》的人。顷刻间，无人不惊讶，更无人闻之而不心动。慈忍师太道："那么……这两本秘籍现在在何处？"

"我这里只有其中一本，另一本已经遗失。"

"为何会遗失？"

"这……"雪芝看一眼林宇凰，林宇凰在底下拱手连晃，雪芝清了清嗓子，"这不重要，重要的是找回那本秘籍。"

"天下之大，要寻找一本遗失秘籍，谈何容易？"

丰城道："师太切莫着急。如今我们要做的事，是抓出罪魁祸首。《莲神九式》固然可怕，但以众人之力，摧之易如反掌。"

星仪道长道："只是在捉出元凶之后，秘籍该如何处置？"

雪芝道："还请交还给重火宫。"

"'莲翼'乃武林至邪之物，怎么可能再交还给重火宫？"

上官透道："师太此言无错。不过，'莲翼'原便属于重火宫，若我们强行抢之毁之，于情于理，都不大妥当。依在下看来，不如将之归还重火宫，但是自此不允许任何人修炼，以免祸害武林。"

"上官谷主这时再护着雪宫主，恐怕不好吧。"

"在下所言皆发自肺腑。"

"师太，此言差矣。"丰城摆摆手，"我这小表弟一向风流倜傥，但在大事上从不马虎。"

慈忍师太道："敢问月上谷二谷主高姓大名？可也同意上官谷主的意见？"

仲涛道："是我。"

"你不是二谷主。"慈忍师太指向林宇凰，"他才是。"

林宇凰道："我才不是。"

"你是。"

"我不是。"

"你是！"

"嘿！你这老太婆，心机真重。一开始便认定是我，还明知故问，这不是当了婊子还立牌坊吗？"

"你……你……"慈忍师太指着他，半晌没能说出下一句话。这天底下大概也只有林宇凰敢这样跟她说话，她又拿他无可奈何。释炎清了清嗓子，道："老衲以为，若重火宫真能认明大义所在，武林中人必定对其另眼相看。要不要将之归还，还是要看重火宫的造化。"

雪芝并不喜欢他这般清高的姿态，但念在他也算帮衬着自己，便不多加以评价。慈忍师太有些不甘，但和旁边的人低声议论了片刻，迫不得已道："既然释炎大师这么说，峨眉派也没有异议。"

接下来，几个门派先后商讨，都表示同意。丰城道："既然大集是在月上谷召开的，那么，聚集地也选在月上谷，不知各位意下如何？"

释炎方丈和慈忍师太先点头，随后其他门派也附议。丰城低声道："如此年轻便令人信服，上官老弟，你还是我见过的头一个呢。"

上官透微笑道："过奖。"

在大家准备进行下一步的计划时，一个女子的声音传来："我反对。"

哄闹声渐小。在场人的目光，都落在一个峨眉女弟子身上——她在那一群人中脸孔是最标致的，却有些凶恶。此时，大门敞开，狂风几乎摇断树腰。燕子花走上前去，缓缓道："上官透其人卑鄙无耻，不足以成为大集领头人物。难道在场的诸位都不好奇，林庄主为何不来此地吗？"

丰城迟疑道："你在说什么？"

上官透的脸色逐渐苍白。

燕子花一字一句道："上官透被赶出灵剑山庄的真正原因，是他奸污了林奉紫。"

风停了，大厅内鸦雀无声。所有人都以为，是自己耳朵出了问题。原双双猛地一拍桌，站起来尖声道："你在胡说什么？"

燕子花自顾自道："那一年，林奉紫只有十岁。"

"住口！"重雪芝也不禁打断她道，"燕子花，你和上官透有什么瓜葛，是你们之间的事，但是林奉紫是无辜的，你怎能随便向她泼脏水？"

嘴上这么说，底气却不足。只是她相信，事情并非如此简单。燕子花嘴角扬起，直视上官透，说道："你不相信，便亲自去问上官公子。上官公子，既然我敢把事情说出来，自然是有证据。上官公子是要我把证据拿出来，还是自己承认？"

上官透早已料到这一日会到来，只是没料到会这样快，快到让他猝不及防。重雪芝逼视上官透，拼命忍住接下来要问的话。她紧紧抓住桌子角，微笑道："燕子花，你的目的是什么，我不知道。但是当下整个武林陷入危机，我们还是说说别——"

"再陷入危机，也不急在这一两天。"星仪道长站出来道，"燕子花，还请先把证据拿出来给大家瞧瞧。"

燕子花冲上官透轻笑，眼角眉梢都带着些妖娆，道："上官公子？"

几百道目光纷纷扫到上官透脸上。上官透蹙眉不语。数度西风卷过，空留清冷细雨，一个声音却打破了沉寂。"够了！"说话的人是林奉紫。她头冒虚汗，整个人似乎都快站不住了，声音微微发抖，"请大家不要再提此事，我本人不乐意被如此讨论。"

星仪道长道："林姑娘，事关重大，如果上官谷主真对你做过这等事，我们自然万万不能再倚靠他。"

丰城道："上官老弟，你说实话，我们都相信你。"

根本无人理睬林奉紫。她捂着脸，连续后退数步，一下坐在罗茵上。

"谁再继续这个话题，便是和重火宫作对！"重雪芝忍无可忍，抽剑指着燕子花，"若再多说一个字，我便杀了你！"

"身正不怕影子斜。雪宫主，我能理解你。若这事大家都知道，将来你恐怕没法风光嫁给上官透了。但是，你的终身大事和整个江湖的安危，何者更为重要？"

雪芝正欲动手，林宇凰突然道："小透，这事是真的还是假的？"

雪芝再无精力对付燕子花，只看着他们。在场所有认识林宇凰的人，都不曾见过他这般认真的模样。上官透看着他，又不忍地看了一眼雪芝，终究是欲言又止。林宇凰又道："是真的，还是假的？"

似是末日已至，上官透闭上眼，紧咬牙关，青筋自双额暴出。他沉默的时间越长，雪芝心中那最后一抹希望，也如燃尽的烟灰般，无声落下。直至很久之后，她听见他轻声说道："是真的。"

话音刚落，他便挨了林宇凰一拳。他重重后跌几步，撞在墙上。林宇凰指着他，气得浑身发颤，道："你竟然对奉紫——你还敢追雪芝，好小子，你有种。"

看到上官透一副任人宰割、已经全无所谓的模样，雪芝心中难过，冲上去挡在他们中间，道："二爹爹，不要再说，我们先离开这里。"

"雪芝！"林宇凰压低声音，"他对你做了什么，你以为我不知道？"

雪芝的脸也变得跟纸一样白。林宇凰绕过她，又狠狠打了上官透数拳。每一拳都是攥紧了狠狠砸过去，都可以要了一个普通人的命。上官透硬生生地吃了这几拳，苍白的唇上，有强忍却溢出的鲜血。他抬眼，悲伤地望着林宇凰，道："过去之事，我无法改变，亦不会推卸责任。但是，林叔叔，我对芝儿的心意，天地可鉴。口心不一，寿随暝沉。"

胸腔被这句话击中，雪芝看了一眼上官透，发现他正巧也看向自己。他素来锦衣玉食，万事亨通，在江湖上饱受美誉，不曾受过任何质疑。这是他身败名裂、众叛亲离的时刻。他看上去面色惨淡，摇摇欲坠，却还是惦记着她，并未想过要为自己辩解。他望向她的眼神，也还是一如既往，深情而无辜。她没法多看他一刻，才转移视线，便不觉垂下泪来。这一刻，她已不再计较他过去做了什么。他是圣贤之人也好，是卑劣恶徒也罢，与她又有何关系？是骗局也好，是谎言也罢，她甘愿沉沦一生。

他既如此深情，那她愿与他同为罪人，共赴黄泉。

她这一生，也只认定了这个人。

可是，林宇凰却不为所动，继续猛揍上官透，道："你做了这等下流之事，早该被天打五雷轰，还敢发毒誓，还敢提我女儿名字？及尔叔侄师徒关系已尽，以后休得出现在我们眼前！"

虽然林宇凰没说什么别的，但是看他这样气愤，再加上燕子花和重雪芝的对话，大家也都猜出了个大概。就在这时，一个冷淡的声音响起：

"二谷主或许有所误会，上官谷主确实对宫主有意，却不干宫主的事。毕竟，全天下喜欢宫主的人多了去。"

所有目光都转向了门口。那里站着的人一身单色修身黑衣，外披黑色大氅，双腿笔直，身姿挺拔。他长眉飞扬，青丝高束脑后，一缕刘海随风轻摆，腰间一把紫鸾剑，轻撞玉佩传清响。

林宇凰停下来，道："……穆远？"

穆远朝着林宇凰拱手道："见过二谷主。"

燕子花不屑道："自己人肯定帮着自己人，穆大护法想要解释什么？"

穆远虽笑着，却比她拉长的脸冷漠千百倍，道："小人龌龊，岂知旷士胸怀？燕姑娘擅自推测他人私事，无人介意。在下只想说一句，莲宫主早已将宫主许配给我，宫主并不想下嫁他人。"

第十七章

风雪离人

　　此时此刻，倘若站在月上楼门口的是别人，这说法恐怕要贻笑大方。但是，这人是穆远，是重莲的养子，现下重火宫第一人，和宫主实力、势力相当的大护法。于是，情势大逆转，雪芝成功脱身。她原本寻找穆远很久，看到他，理应很兴奋或是生气。但在这种情况下，她特别想逃离此处。燕子花被穆远气得满面通红，但又接不上话，又转头看了看柳画。柳画依然是一副要死不活的模样，用尖尖的下巴指了指门口。燕子花气愤至极，不得不离开大厅。

　　燕子花刚一出去，原双双便也带着柳画离开。在场的所有人，无不摇首咋舌，就连丰涉都有些不可置信。他所处的世界中，什么样的肮脏事都见过，他一直以为上官透是与他们截然不同的人——他是误落软红的谪仙，虽生性风流，却是个真君子，所以一直对他心生尊敬。此时，欣仰有几分，失望便有几分。

　　上官透看看雪芝，再看看穆远，一脸愕然。其实惊讶的人不只是他，还有林宇凰。虽知道重莲一直偏袒穆远，但不知他把宝贝芝儿都许给了穆远。

上官透一直在等待。他在等雪芝出面解释。但雪芝抬头，微笑道："这些小事，实是无须在此提及。大家还是多讨论如何查出'莲翼'的下落为好。"

窗棂幽暗，什物朦胧。冬季愁惨，把天地间的水，还有人的心，都冻结成冰。与此同时，镇星岛正南方，月上谷漆黑一片的入口处，只有几个浅色的人影反射了月光的微芒。惊天动地的耳光声响起，回荡在两个山壁之间。燕子花捂着脸，低声抽泣道："教主，这不是我的错。"

"我知道，你不想要命了。"原双双冷冷道，"我让你去揭发上官透，谁叫你把奉紫的名字也说了出来？"

柳画道："教主，这确实不是燕子花的错。若不说出名字，怕难以服众。"

原双双道："我说过，林奉紫是我最宝贝的女儿，谁伤了她，我要谁的命。燕子花，你在峨眉当细作多年，也算辛苦。我不杀你，你自己了断吧。"

燕子花连忙跪下来道："教主，求您！我也是为了您好！"

"你为我好？你倒是说说看，你怎么为我好了？"

"我……我……"

"你说啊。"

燕子花一时语塞，双手发抖地往腰间的长剑摸去。这时，柳画突然盈盈一笑道："教主，林奉紫再嫁不出去，便会永远陪在您身边。这样还不够好吗？"

燕子花停下了手中的动作。原双双也慢慢回头看向柳画，道："好你个柳丫头，果真厉害。"

柳画又笑道："况且这时，您若再去安抚林姑娘几句，替她抵挡点流言蜚语，恐怕她对您会更加感激不尽，不是吗？"

原双双莞尔一笑道："说的没错。"

燕子花连连磕头道："是啊，教主，我这么做，都是为了您好。"

原双双一脚踹到她的脸上。"你这小婊子，滚。"

这时，月上楼正厅。穆远拍掉身上的冰粒，脱下厚厚的大氅，走向重火宫的座位。把大氅交给小厮，他和雪芝低声说了几句话，便抬头道："我对大家开始的讨论大概有了了解。诸位一直犹疑不定的问题，其实很容易解决——重火宫一定会竭尽全力铲除那个盗走秘籍的人。等'莲翼'回来以后，大家只要找回我派《沧海雪莲剑》，在下可以当着天下所有人的面，将'莲翼'摧毁。"

雪芝看一眼穆远，低声道："这样妥当吗？"

穆远在底下朝她摆摆手。众人思虑片刻，星仪道长道："这未免太不公平了些。"

穆远道："要铲除属于重火宫的'莲翼'，未免更不公平了些。"

星仪道长沉默。最后，丰城站起来鼓掌道："哈哈哈，英雄出少年，英雄出少年啊。这件事，华山派同意，便这么办。今次讨论到此为止，我内人早煲了汤，也该回去看看火候。告辞。"

华山派撤离大厅。其实是人都知道，上官透和丰城是亲戚，丰城笑得豪爽，答应得快，全然是因为在这里坐不住。然而，接下来几个门派也都纷纷表示赞同。很快大家决定，几日后在少林聚集，正式开始调查"莲翼"与修炼者的下落。之后，人已走光，室内只剩下上官透的两个冰雕一般的左右手，以及几个失措的岛主。而上官透，依然一个人靠墙坐在地上。

雪芝走时，甚至没有回头看他一眼。倘若当初他不偷练武功，不因走火入魔阴阳内力无法调和，失去神志，便不会铸下大错。但事已至此，说什么都已太晚。到后来，他赶走了所有人，自己一个人静静坐在谷主的座位上。大厅复不见人，茶盏水果散落在方桌上，有一种曲终人散的苍凉。

紫荆林已被寒气侵蚀。树枝折裂声不时回荡在山谷里，枝体已在皮下破碎，不时会有大块树枝落地的声音，是为严寒所折、寂寞所伤。有女子脚步轻轻踏入大厅的声音。上官透猛然抬头——但不是重雪芝。才有这样的想法，他便觉得自己很可笑。发生过这样的事，她还会回来吗？

来人是一名形容清瘦的年轻女子，人如其名，弱柳扶风，眉目如画。柳画看看四周，道："人都走了？"

"嗯。"

"这么快便结束了？"柳画明知故问，又娉娉婷婷走过去，去原双双的座位上拿起一个披肩，"教主的东西忘了拿。"

"嗯。"

柳画看他一眼，走上前去，轻声道："尽管发生了这样的事，大家都不相信你，但我知道你是被栽赃的。清者自清，总有一日，事实会替你洗清罪名。"

"我不是。"

"什么？"

"我不是被栽赃的。"

柳画略露讶异之色，又想了一会儿，才试探道："据我所知，燕子花对你有意……确定她不是求而不得，方才诬赖你？"

"不是。"

"但我不相信，你会对一个十岁的女孩……这样的事听上去都很荒谬，你必然有自己的理由，对吗？"

"没有理由。"

柳画再接不下去。他们的计划，原不是这样。她轻笑道："以前听庄主说，有人生来便是牛脾气，宁可被错怪百次，也不解释一次。我当初不相信有这种人，现在见了你，算是长了见识。"

"柳姑娘，我们改日再说吧。"

柳画微微一怔。若上官透表现出一丝委屈，她都可以乘虚而入，但他……不，死缠烂打是燕子花的把戏，她决计不会做。连原双双都经常笑叹说，若柳丫头拥有重雪芝的皮囊，怕早便一统了江湖。确实，拼姿色，她远不及重雪芝。但很多女子都不明白，男子都说女子貌美很重要，其实这样的"美"，都是他们自己定义的。若她愿意，便可让自己很美。柳画笑笑道："倘若我现在告诉你，实际上你根本就……"

话到此处，大门被猛然踢开。

上官透和柳画都一脸惊讶地看着门外。夏轻眉手持长剑，一脸怒容地看着柳画，道："贱人，你背着我和别的男子在做什么？"语毕，他冲过来拽住她的手腕，立刻往门外拖。上官透情绪再低落，也容不下他这样的举动，身形一闪，挡住他们的去路，道："夏公子一向温文尔雅，何故今日对自己未婚妻如此粗暴？"

夏轻眉恶狠狠地看了上官透一眼，咬牙切齿道："我和这贱人的婚事全天下人都知道，你这淫贼，莫不是还想打这贱人的主意……"言犹未毕，已经挨了上官透一拳。夏轻眉回了上官透一拳，但是拳法凌乱，身形不稳，犹似酒醉，上官透很快便躲过。

"你喝酒了？"柳画拍拍夏轻眉的脸，急道，"还是赶快休息，我担心你身体……"

夏轻眉根本听不进去，只捏住她的一边脸颊，怒道："你说，你在这里做什么？你看上他什么了？看上他玉容英名，还是万金汉貂？你是盼着他救你于水火之中，把你当金丝雀般养在紫宫里？柳画啊柳画，就你这出身，呵呵……"

这类言论，上官透并非不曾听过，但从夏轻眉口中说出来，却觉得有些莫名其妙，又有些自取其辱。夏轻眉家境不如他，却也是在名门正派中长大，何况上官透父亲是国师，与江湖无半点关系，与灵剑山庄广结人脉相比，可是处于劣势。但他没时间多想，见柳画一脸痛苦，他抓住夏轻眉的手腕，道："夏公子，住手。"

谁知，夏轻眉反应却格外激烈，他打开上官透的手，道："上官透，你有种！你以为自己出身名门，高高在上，便可随意羞辱我、侵占我的女人，是吗？哈哈哈！咱们走着瞧！"夏轻眉指着上官透，拽着柳画出去了。

此刻，重雪芝正站在紫荆林中。穆远站在对面，正系上刚递给她又被退回的大氅。天太黑，地太广，他们并未留意丛莽中还有一个林奉紫。穆远拱手，毕恭毕敬道："方才在月上楼所言，仅为一时救急，宫主可千万莫往心里去。实际上，你爹爹交代的话是，若宫主长大了遇不到合适的郎君，便让我来为宫主负责。"

"原来爹爹还担心我嫁不出去。"虽是这样说，雪芝的目光却不曾离开穆远。

"宫主儿时脾气稍显骄纵，容貌也不若如今倾国倾城，莲宫主自然会担心。"

"穆远哥，你为何无故消失恁久？"

"不过是去处理了些私事，怠慢了宫主，穆远自愿受责罚。"

虽说如此，他的气势却丝毫不似有歉意，情绪也外露了不少。看见他微微扬起的嘴角，胸有成竹的目光，雪芝终于忍不住说道："你可是经历了什么事？"

"宫主在说什么，穆远可听不懂。"

既然他不愿交代，多说无益。雪芝端详他片刻，淡淡笑道："看你气色不错。那即便有事，也是发生了好事。以前大家总说，大护法骑射胜幽并[1]，却活得不够恣意，像个木头人，或机关高手。现在总算像个活人了。"

"还真是惊世骇俗的评价。"

"我们还是赶快去找其他人吧，我二爹爹好像到现在还在闹脾气，年纪也不小了……"说罢，雪芝打了个寒战。

穆远张开双臂，将她揽入大氅中。雪芝受惊不小，呆了一下，即刻推他的胸口。他道："天凝地闭，宫主可不要冻坏了身子。"

他们是一起长大的，却从不曾如此亲近过。这般逾越之事，穆远也从来不敢做。雪芝意识到自己心跳很快，也知道穆远绝对没有别的意思，正想着如何缓解尴尬，丛林中却传来一声惨叫，叫声犹如厉鬼，撕心裂肺。雪芝和穆远对望一眼，便立刻朝着那方向跑去。

然而，摸索了几里路，都没看到半个人影。天色过暗，雪芝已经冻得双唇发紫，手足快要失去知觉。这时，她踢到了一个物事。原以为是木

---

[1]　幽并，指幽州和并州。此二地之人重视骑马射箭。

桩，但随即踩到柔软物体，让她大感不妙。她找穆远要来了火折子，点亮，却因看见那物体，面色更加惨白——那是一个已经死透僵硬的人。雪芝退开两步，闭上眼，平定因受惊紊乱的心绪。穆远倒没太大反应，举起火折子，蹲下去观察那具尸体，随后道："这人刚死没多久，身上无伤口。尸体还是热的，便已经僵了，应该是死在极其深厚的内力之下。"

雪芝无心留意穆远说的话，因为，她看清楚了死者的面容——燕子花。背上一阵彻骨的冰凉，她感到不安，不仅仅因为此人是她认识的，还因为燕子花的表情——她的眼和口都大大地张开，像是在临死时看到了恐惧的事物。但是，隐约觉得气息不对，她蹲下来，撕下一块燕子花身上的绸缎，放在鼻下嗅了嗅。穆远疑惑地看着她。她喃喃道："这清甜之味，颇像上等檀香木的气息，却又混着些脂粉的味道，实是令人不解。"

"为何不解？"

"你看她的脸。燕子花从来不用脂粉，连腮红都不用。为何会有这么浓郁的脂粉味？莫非杀她之人，是个女子？"雪芝苦思冥想后道，"而且，极有可能是个信佛的富贵女子。因为，这等檀香木，只有高僧与去寺庙朝拜的富人才会用。"

"此地离少林寺颇近，说不定，她才从少林寺下山来到此地。"

二人迅速联系了在月上谷的少林弟子，但因释炎早已入寝，不便打扰，只好再去找峨眉弟子。慈忍师太亲自去检查了燕子花的尸体，失神许久，只说了一句话："这人武功进步速度实是可怕。"

穆远道："师太的意思是？"

"这气味，确实是少林寺的上等檀香。可以在少林寺中如此行动自由，却踏雪无痕，还用这等内力在月上谷杀人……不管她修炼的是哪一本秘籍，现在的功力，起码是上一回出现时的五倍以上。"

雪芝和穆远对望一眼，一时都不知如何接口。苍穹越发深暗。

翌日，燕子花的死讯迅速传遍了整个江南。原双双哭成了泪人，说这人残害江湖，连弱女子也不放过。相反，作为峨眉派的掌门，慈忍师太的反应相对平静很多。重雪芝在客房里待了大半天，乘船去了岁星岛。岁星岛南是桃林，北是梅林。冬季，雪如落英，寒梅盛开。雪芝穿过千枝梅树，万点胭脂，进入青神楼。她原是来向上官透道别的，但他不在。观察四周，她发现此地并无太大变化，里面依然有珠帘烟雨图，大理石案。案上放置着字帖笔筒，两枝红梅。房中央是紫檀架子，荷叶屏风，洛阳名工制的金博山[1]。炕靠着墙，上置火盆浓茶，茶香四溢。火盆中星子乱跳，照亮了墙上悬挂的寒魄杖。

三年前的夜晚，她在这里度过终生难忘的春宵。这满屋的苏合香气，也与三年前并无不同。穿过屏风帘帐，她仿佛可以看见一名男子身披单衣，眉眼清远，安静地坐在床边，琥珀瞳仁中满载温柔。这一回，他承认得如此果断，连她也无法为他寻得半分借口。即便想装傻、想被骗，也再不能做到。等待了一盏茶的工夫，她终于觉得多留无益，咬牙离开。刚一走出去，下阶梯，整个人便被雪海掩没。云霄玄青，与雪连成一片。雪芝戴上手套，披上红裘，埋头步入风雪中，梅瓣如雨下。

在这呼啸寒风之中，她原不会听见什么声音。但是，她却如有感应一般，抬头看向梅林。然后，她看见了黑色的发，白色的雪，红色的梅瓣，那一抹水墨身影，便站立在这色彩凌乱的天地间。上官透也正巧看见了她。那一瞬间，狂风掀开他的斗篷，黑色长发便化作翻飞的绸缎，在风中乱舞。

两人成了两具不会说话的人偶，站在原地对峙。风灌入山谷，咆哮着、怒号着，冲向四面八方。满世界只剩下大雪坠落时，一片片苍白的斜线。雪芝朝手套呼了一口热气，慢慢走向上官透，说道："我就要走了。"

"……我知道。"

"我知道会发生那样的事，你定有自己的苦衷。"雪芝长长哈了一口气，在这样的冷空气中说话十分困难，"但既然事已发生，不管是什么理由，

---

[1]　金博山，一种香炉，因其形状似山而得名，多以铜制造，因光亮而被称为"金"。

都希望透哥哥能为此负责。"

"是要我娶她吗？"

"不全是。"雪芝抬头看向他，"奉紫有心上人。但是如果她想要嫁给透哥哥，希望你不要拒绝。"

上官透微笑道："我明白了。"

这一瞬，乌云也已消散，只有茫茫大雪遮了天空。上官透的笑容很熟悉，令人分外怀念。谢灵运有诗："羁雌恋旧侣，迷鸟怀故林。"当真是至理名言。这男子是她生来第一个动心的人，也是她第一个把自己完完整整交给他的人。这一离别故林的苦，是何等撕心裂肺，雪芝总算明白了。可她并未哭泣，甚至还挤出了一丝笑意，道："江湖人说，一品透有情有义，愿为至交契友两肋插刀，是个最适合结交为友的人，却只有幸运的人才交得上。我算是比较幸运的那一位吧。"

上官透笑意更深了些，道："没错。"

"时候也不早了，二爹爹还在等我。"雪芝看看远处，又抬头看向上官透，"还希望透哥能找奉紫谈一下。"

"我会的。"

"那么，就此告辞。"

雪芝朝他拱了拱手，他亦回礼。两人没有太多的话，便分道扬镳。似乎是因为太冷，刚一转身，雪芝便感到浑身都在微颤。不过她很满意自己的表现。不管过去多么美好，她毕竟还年轻。人生对她来说，刚勾勒出了个轮廓。世界很大，她还有很多事要做。身在这江湖之中，血总是越流越多，泪却是越流越少。而那一份对这人的酸涩爱意，从此怕也只能藏在心底。

此后，雪芝与众人一起回到苏州。丰涉刚好在这时提出，要她兑现带她去鸿灵观时答应为他做的事。在去灵剑山庄的路上，他们在一家小饭馆中用膳。也不知道是否前几日冷风吹得太多，偶感风寒，雪芝觉得头晕嗜睡，看到油腻的东西便没胃口。大鱼大肉的，她却只吃了一盘泡萝卜便出门站着。也是在这会儿，她听说了关于柳画身世的传闻。有个洛阳人说，柳画的母亲是烟花女子，而柳画本人是在章台路长大。又说在这种地方出来的姑娘，能有几个是清白的？所以她若是忠贞烈女，那麻雀都得下鹅蛋。江湖传闻多数以讹传讹，雪芝对此并未深究。

终于，天色暗下来。严冬，天一黑，街道上便行人寥寥。丰涉蹿到灵剑山庄西侧，攀爬树林，往墙上翻。雪芝则是直直朝着大门走去。刚一到门口，守卫看到雪芝，便问："来者何人？"

"我有事。"

"有何贵干？"

"是……呃，是关于林小姐和林庄主的事。"雪芝看了一眼站在墙旁的丰涉，一咬牙，直往山庄里面冲。

果然被拦下。她拼命挣扎，眼见丰涉进入了山庄，才不服气地甩了甩手道："你们等着，我还会来的。"

她在山脚等待，来回走动，守卫鞍不离马，甲不离身，死死盯着她。她留意丰涉带了两件东西：一包香料、一个兜子，都是年轻女子的贴身之物。她也确定，那些东西不是重火宫里任何人的。而丰涉此时去的，是弟子的住宅群方向。她有些迷糊，想他此番前来，究竟有何目的？她还未有多余时间思考，便看到丰涉快速归来，已在墙上方露出一颗脑袋。于是，她再一次回到守卫面前，企图猛冲进去。守卫自然又一次拦住她。等丰涉蹿到半山腰的树林中，她才又一次怒道："你们等着，我还会来的。"

但是这一夜过后，雪芝精神更加不振，第二天竟然睡到了午时。丰涉认定她是饥劬过度而疾，良心不安，于是大老远地穿过半个苏州，把最好的大夫请来。大夫替雪芝把脉看病，不多时，便站起来笑道："夫人得的不是病，是喜。"

顷刻间，雪芝听见了冰雪融化的声音，随即凉了整个身体。

苏州的深冬，桥头桥尾，树都已光秃。前夜下过雪，这会儿还没化开，雪粒子挂在杪头，薄薄的一层，衬着被冻成紫黑色的树皮，黑白分明。冬季太阳沉睡在朦胧之中，几只鸟儿似明晃晃的箭，破空度青枝。丰涉出去把银子付给大夫，又回到房间，轻轻把门带上。雪芝什么也看不见，听不见，只捂着头，回想与上官透亲密的种种，虽然只有一夜，但是那一夜，上官透宠她到极致。他是习武的身子，精力旺盛，反反复复那么多次，他们又这样年轻，怎可能不会怀孕？当时她还隐约表示过担忧，他的答案只一句"芝儿是要嫁我的"，便继续肆无忌惮。是哪一次，究竟是哪一次，让她有了这孩子……

天很冷，她却只穿了薄薄的单衣。丰涉替她拿了一件外套，披在肩上。她骨骼舒展，无论再瘦，都不会显得单薄。以前裴红袖便说过，我这妹子身材就是生得好，肩宽腿长的，也不知道是不是习武的缘故，真是羡慕死我。当时上官透以欣赏的目光，上下打量雪芝一番，笑着说确实如此。那时的他们是那样单纯，都恪守本分，彼此之间，也只有兄妹情谊，哪怕被他这样称赞，她也不会想到别处去。那个时候的他们，是如此美好。从与上官透过夜以后，她就知道，他们不会幸福。前一次的告别，其实已做好斩断一切的准备。然而……她抚着自己的肚子，眼睛黑漆漆的，好像失明一般，目无焦点地看着前方。

丰涉把玩着一枝梅花，在房内徘徊了片刻，最终坐在床边，严肃道："重雪芝，看来现下事态严重，你已惹祸上身。"

雪芝低头，轻声道："我知道。"

"你知道这孩子是谁的吗？"

雪芝飞速抬头，怒道："你胡说八道什么呢？"

"你知道吗？"

"我怎会不知道？"

"那还好。"丰涉大喘一口气，"既然如此，那很好解决呀，直接去找孩子他爹，和他商量喽。"

雪芝眼神略微闪烁一下，但很快断然道："不找。"

"那以后怎么办？你还没成亲呢。"

雪芝有些迟疑。以她的性格来看，她应该可以咬牙果决地说，喝了红花便完事。但是，直至此刻，她却说不出口。一想到腹中是上官透的骨肉，她就疼爱得很，哪儿还能放弃这孩子？而丰涉虽说得轻松，却觉得时间过得颇慢。因为，雪芝以美艳闻名，武功超逸绝尘，无人会以"柔弱"二字形容她。但是也从未有哪个时刻，她看上去会如此不堪一击。丰涉想了想，笑道："既然如此，你说那是我的孩子吧。"

雪芝原本在沉思，一时走神。等她反应过来他说的话，愕然抬头道："你可是病了？"

"若是孩子他爹不承认，我不介意当挡箭牌——不过啊，我这样的人，还不知道雪宫主看得上否。"

丰涉也不知道自己是怎么了，心里明白那人是上官透，却无论如何都不肯讲出来。雪芝摇摇头道："小涉，你别再继续添乱。我自己知道怎么处理。"

"你要真知道就好喽。"丰涉咂咂嘴，拍拍她的肩，"你先休息，我回房间收拾收拾，准备回少林。"

当夜，雪芝辗转难眠。她清楚上官透是怎样的人，他从来不喜欢被任何人束缚。让他知道自己不小心得了个孩子，估计他会比她还郁郁寡欢。但若不找他，以后的日子……她根本无法想象。她需要和他静心谈谈。

次日一大早，雪芝便和丰涉赶回少室山。第二次大集很快开始，各大门派的人来来往往，少室山门庭若市，少了平日的肃穆，显得格外热闹。雪芝找到重火宫的一个弟子，便单刀直入问奉紫在哪里。那弟子说，前几日上官公子来找她，她去了月上谷。雪芝微微一怔，道："她已经去了？"

这时，琉璃走过来，冷笑道："一个时辰前刚回来，上官透也跟着。"

雪芝不敢再问下去。琉璃接着道："据说，今天便要宣布喜事。"

"然后呢？"雪芝根本不知道自己在说什么，脑中已经一片混乱。

"当然是成亲。"

"哦。"

"宫主要找她吗？我去叫她。"

"不用不用，晚些再说。"雪芝快步走回房间。

雪霁风气凉，在白茫茫的一片中，展露出少林寺大红墙壁。

寺院外，几个和尚正在门口慢条斯理地扫雪，羊肠小道镶嵌在一望无垠的雪地中。枯树横列道路旁，枯萎的叶片、浅足印装点着这雪白的冬袍。林奉紫穿着文练素履，踏雪来到雪芝门口，敲了几下门。漫长的等待后，雪芝才步履疲怠地过来开门，却没有让她进入的意思。

"琉璃护法说，姐姐有事找妹妹。"说到此处，奉紫焦虑道，"姐姐，你气色不好，可是病了？"

"怎么这么多话？我回去歇息。"砰的一声，雪芝把门关上。

"姐姐，等等，我有事想要跟你说——"

晚上又下起鹅毛大雪，青松亦是星星白发垂。这几日风雪不曾停歇，隔着窗子，也难掩外面呼啸冷冽风声。一个时辰后，雪芝从噩梦中惊醒，察觉寒风已撞开了窗子，一股冷气迎面扑来。她连忙起身去了窗口，又被外面纷飞的大雪夺走注意力。看着清白干净的美景，她忽然很想见那人一面。只是见一面，她别无所求。若是可以，最好能再抱他一次。

她迅速穿好氅衣，拉开门出去。这冰天雪地冻得她四肢发凉，听着寒蛩低鸣，看着黑色天宇中雪花飘落，红灯笼映着夜晚幽暗，她才发现自己在做无意义的事——这时候去见他，成何体统？若说出有孕之事，只会把事情弄得愈发复杂。想到此处，她脸上便只剩下心灰意冷的笑。她依然在风雪中行走了半个时辰。知道上官透的房间在哪里，她在院外徘徊了片刻，便朝着相反的方向离去。后来，无论她怎么揉搓，双手都失去知觉，她才一步三回头地回了自己住处。

然而，她却在自己房外，看见熟悉的身影。一眼便认出了那是谁，她迟迟不敢上前。

上官透并未走动，只是站在房外，遥望她房间泛着烛光的窗。大雪是飘落的羽毛，轻盈地落在他漆黑的长发上。白色的连衣绒帽中，三根孔雀翎微微泛光，便是他身上唯一的奢华。她原以为他会敲门，或者离开。但是过了很久，他仍旧似一尊雕塑，不曾动一下。最后她实在冷得不行，挪了挪脚步。上官透蓦然回头道："什么人……"

雪芝轻声道："是我。"

看见雪芝，他的眼中写满了诧异，道："芝儿？你……可是一直在这里？"

"嗯。"雪芝顿了顿，走到他面前，"有事找我？"

他垂目看着她。她的鼻尖和两腮都被冻得通红，眼睛在微弱的雪光中，还是如此明亮。也不知道是她变了，还是自己变了，每一次他只要看到这双眼睛，就会觉得情难自抑。但是，他只是浅浅笑道："我只是过来看看，没什么要紧的事。天色已晚，我先回去。"他很自然地拍拍她发上的碎雪，"你少出门，小心着凉。早点歇息吧。"

见他转身离去，雪芝唤道："等等。"

上官透停下来，轻吐一口气，回头微笑道："怎么？"

她根本不知自己为何要叫住他。在他的目光注视下，她变得慌乱，道："既然无事，为何要来？"刚说出来，便深感后悔。

"想看看你。"

他们之间保持着极远的距离。但只要跟她说话，他便会不由自主变得温柔。而这简简单单的四个字，一瞬间击碎了她所有的防线。她握紧双拳，在心中对自己说道：告诉他，告诉他所有的事。对一个女子来说，还有什么事比终身幸福更重要？江湖之大，英雄辈出，不会有人介意少一个巾帼丈夫。然而，一灯明暗，风雪迷漫，贴了她鬓角满溢的碎玉，她深深呼吸，说出口的却是："听说你已向奉紫提亲。"

"是。"

"既然如此，你不应该来这里。"

他好脾气地答道："方才，并不知道芝儿在外面。"

"几时成亲？"

"明年五月。"

　　雪芝怔怔地看着他。明年五月，他们的孩子也将出世。她的眼眶湿了，几乎要控制不住，问道："你喜欢奉紫吗？"

　　"不喜欢。"上官透利落道，"我喜欢你。"

　　指甲几乎掐入肉中，雪芝依然强忍着眼泪。接下来的话，她几乎不敢相信是自己说的："那……你也收了我，可以吗？"

　　"……什么？"

　　"我不介意做妾。"

　　上官透一脸错愕。他几度开口，都寻不到合适的词语。想了半响，他才道："芝儿，这不像是你会说的话。"

　　"你……你知道旁人是如何说我们的吗？"说出这些话，她的泪水打着滚儿，几乎要夺眶而出。

　　上官透双目无神道："是我修己不亮，素誉不立，却委屈了你。只盼日后，芝儿不会再为我所累。"

　　"你认为这是为我好，可你知道吗，我有……"

　　上官透断然道："不行。"

　　后面的话，想来是再也没机会说出口。雪芝涨红了脸，指着他怒道："那你滚！你这恶心的人，让你享齐人之福，有何不可！你滚！"

　　上官透心里也难过至极。他又如何想娶不爱的女子为妻，但芝儿是这天下最好的女子，理应被最好的男子疼着爱着，做妾必不能是她的最终归宿。既然他们如此无缘，他宁可亲自把她交到别的男人手中，也不能委屈了她。他压住上前紧抱她的冲动，转身大步走开。但刚走几步，便听她在后面恶狠狠地喊道："上官透，你最好不要后悔！"

　　他不敢回头。他知道芝儿哭了，所以只能深深皱眉，刹那间消失在风雪中。

第十八章

绝地逢生

翌日，大雄宝殿中，群雄讨论着关于"莲翼"的事，重雪芝目光涣散，时不时瞥向月上谷那一边。上官透一来，奉紫便站过去。他们之间气氛尴尬显而易见，鲜少交流，也因此引来更多注目。上官透知道雪芝在看他，所以努力转移注意力到别处。令他纳闷的是，林轩凤和原双双都未来少林，夏轻眉和柳画却来了。他们并肩站在丰城后面，有说有笑，柳画时常踮起脚，在夏轻眉耳边私语，夏轻眉凝神点头，又笑着握握她的手。这俩人每次出现在公共场合，都是亲昵如新婚。若非上官透见过夏轻眉的另一面，定会觉得他们年初成婚，都太迟了些。

这些事全被丰涉看在眼里，他垂头对雪芝悄声道："可怜的雪宫主，情郎被妹妹抢去，还得哑巴吃黄连，让本少爷来安慰你吧……"

"再多说一个字，将你五马分尸。"

"还是如此泼辣，难怪人家不要你。"

雪芝的剑刚抽出一半，丰涉便抢先道："好了好了，等等听释炎大师怎么说。"

这时，一个小厮偷偷溜进来，在夏轻眉耳边说了几句话。夏轻眉微微蹙眉，若有所思地点头，拍拍柳画，便离开大殿。他出去后半晌，上官透也跟着出去。原本是不想引起别人怀疑，才这么晚出去，但是夏轻眉跑得太快，上官透找到他时，已经错过了关键对话。冬季树木都已干枯，夏轻眉和一个女子站在小院中，那女子声音压得很低，却愤怒至极："没什么好说的，你今天等着身败名裂吧！"

"干娘，您不能这么对我，我也只是一时糊涂，现在事将大成，您不能因为一点儿女情长便……"

"都是狗屁！不必再多说！"

脚步声渐近。上官透正待移步，又听到夏轻眉道："你做事之前好歹也想想，这样对她的损害会有多大。"

上官透依然是一头雾水。那女子很久不语，夏轻眉道："既然都已不可挽回，为何还要做损兵折将之事？干娘，您希望全天下的人，都议论她未婚便与两个男子有染，不守妇道，人尽可夫吗？"

"夏轻眉，你好样的，你够狠，够绝！"

到这里，上官透才听出来，那是原双双的声音。夏轻眉笑了两声道："玳瑁玉匣柏梁台，难换玉娥未嫁身。干娘又何苦自寻烦恼呢？"

"你……你给我闭嘴！从今以后，不许靠近奉紫半步，否则难保我会做出什么事！"

"绝对不会，绝对不会。"

听到此处，上官透心中渐渐有了底。这时，身后有人说话："啧啧，原双双果然非一般女子，真骇人。"

上官透立即回头，本想出手，却见丰涉正笑盈盈地站在后面，眼睛大而亮，手中抛玩着一个小瓶子，道："不知道五道转轮王金丹吗？"

上官透刚做了一个"嘘"的动作，丰涉便笑道："勿虑，我来找骇人妇女。"

此时，院内的夏轻眉已经喝道："什么人？"

"玄天鸿灵观丰涉，有事想要请教原教主。"

里面突然安静下来。丰涉又转眼看向上官透，声音放得很轻："上官公子果然是君子——虽然君子从不帘窥壁听。"

上官透道："你是站在芝儿那一边的吗？"

"当然。"

"既然如此，有劳足下。告辞。"

"你不想知道真相？"

"真相我已猜中八九。而且，此地不宜久留。"上官透身形一闪，往大殿赶去。

大雄宝殿外，几枝红梅初绽，花影重重，飞鸟绝迹，更显雪景苍茫孤冷。殿内青烟四起，众人依旧意见相左，纷纷不一。上官透一进来，便忍不住望向雪芝。她靠在椅背上，红衣黑发，身上裹着一条雍容的白狐裘，眼帘低垂，艳丽得如同修仙下凡的红狐精。此刻，他很想立即过去跟她说他的猜想，但终究是克制住了。什么都没有确定之时，他不忍再让她失望。他刚坐下来，夏轻眉也跟着回来。约莫一盏茶的工夫，丰涉才跨入殿门。只是留意丰涉的人很少，就算注意到了，也不会太多心。除了丰城——他看了丰涉几眼，眼中有些许迟疑、些许局蹐，但也只是一瞬间的事。

两个时辰后，华山、峨眉以及武当总算达成共识，打算确保不干涉彼此门派中事，互相调查。同时组织一个帮会，云集各门派高手，专门追寻"莲翼"的下落。其他门派亦纷纷效仿。最终，释炎走到大殿中央，道："阿弥陀佛，老衲与诸位掌门已定下最后的……"话到此处，忽然看向门口，"既然雪燕教也来了，还得听听原教主的说法。"

众人的目光转向门口。原双双带领雪燕教的数位弟子，站在大殿门口。她握紧双拳，咬牙切齿地看着夏轻眉。夏轻眉一对上她的目光，脸色大变。几条树枝因受不住凌寒冰冻，断裂开来，发出清脆的声响。之后，万籁俱寂，红梅兀自盛放。原双双道："我今天来，不是讨论'莲翼'一事，而是来替林庄主捉走他的不孝徒弟。"

　　释炎略微迟疑，道："原教主说的是……"

　　"夏轻眉！"原双双长吐一口气，努力保持镇定，"现在当着天下英雄的面，你大可说清原委——当年的淫贼，到底是谁？"

　　林奉紫蓦然抬头。夏轻眉面色苍白，却还是保持着风雅姿态，道："原教主怕是问错了人，此事轻眉如何知道？"

　　在场的人均一脸疑惮。原双双快步走进大殿，扔出一个兜子，还有一个剑穗，通通砸在夏轻眉脸上，道："你做过那种苟且之事，便想嫁祸到上官公子身上？这些东西，都是我从你房间里搜出来的！"

　　林奉紫看向那兜子，不多时，血气便涌到脸上。夏轻眉反复看了看那两件东西，错愕道："我不知道！这肯定是别人嫁祸于我！我和画画马上成亲，我怎么可能……"

　　雪芝睁大双眼，看向他们，生怕听漏了一个字。

　　"不可能？"原双双扔出一个彩色脸谱，"那这又是什么？！"

　　那是霸王的京剧白面脸谱，主色调是黑红白三色，额心有六个红色小圆，一个大圆。脸谱面容僵硬，显得有些狰狞。然而，看到面具后，反应最大的不是夏轻眉，而是林奉紫。她捂住嘴，还是没控制住失声尖叫。夏轻眉面如土色，看着原双双却一句话也说不出口。所有人都在惊诧与迷茫之中，唯独上官透，只是静观夏轻眉和原双双的眼神交流。他们之间一定还有秘密。此事一旦大白于天下，夏轻眉将身败名裂。既然如此，他若有原双双的把柄，一定也会毫不犹豫撕破脸反击，但他没有。剩下的只有两种情况：一、原双双没有把柄在夏轻眉手上；二、原双双并没有使出撒手锏。若是第二种，那对夏轻眉这样的人来说，没了名誉，剩下的也就只有命。究竟如何才能逼出真相？他们一定有软肋。

　　原双双面露忧愁之色，走向奉紫，一脸怜惜道："我的孩子，我们都错怪了上官公子，这个奸贼的过错让大家来讨伐，你父亲也会替你讨回公道……"

　　奉紫捂住双耳，紧闭双眼，埋下头很是痛苦，一个字也听不进去。原双双一边试图拉下奉紫的手，一边柔声道："教主这便带你离开，以后无论发生怎样的事，教主都不会让你受半分委屈。咱们这便回去……"

"请留步。"年轻温润的声音自人群中响起。

庭院中，寒风呼啸，雪花数千点，卷落枝头。上官透站出来，缓缓道："我与奉紫的婚事，还请教主应允。"

此事完全在意料之外。雪芝觉得眼前一阵黑，险些站不稳脚。随后，便只能听见杂七杂八的议论声。

只是奉紫反应太激烈，对此事提都不能多提，也只能暂时压下。当夜，雪芝收拾好东西，带属下们出了少林寺，打算打道回府。灯笼映着火光。雪芝裹着白狐裘，火光荡漾在她白皙的面孔上。等了许久，有一排提着灯笼的人走近。走在最前端的白衣翡翠冠傅粉何郎，丰神俊秀，文质彬彬，是闺中少女的梦中情郎典范。这样的公子哥儿时常流连花丛，对女人无比了解，说话多少都会自负过度。但是，面对这重火宫的新任宫主，他却有些局促道："在下武当蔡诚，敢问雪宫主可是要离开？"

雪芝淡淡道："是。"

蔡诚抬眼望了雪芝片刻，轻声道："雪宫主，您看今夜天寒地冻，风厉霜飞，怕是不宜远行。不知可否能留得卿一夜，品诗赏雪，把酒畅聊？"

"多谢蔡公子，只是此时天色已晚，我又有随从相伴，改日吧。"

"既然如此，请宫主收下这个。"

蔡诚递给雪芝一封书信。她接下后，他便拱手告辞。这已是当日收到的第六封书信。她打开匆匆扫了一眼，便扔给了身边的人。内容果然都是大同小异，只是蔡诚比其他人要开诚相见些，金声玉振些。雪芝抱住双臂，不断告诉自己，不管情势如何，以后也要嫁给心仪之人，以免抱憾终生，又不由得想起上官透和奉紫离开大雄宝殿时的情景。倘若此时来人是上官透……

雪芝想起自己对他说过的那些很荒唐的话。那样微小的愿望，竟也无法实现。天气极冷，在雪中踩过，脚下不断传来雪花碎裂的声音，清脆却又沙哑。雪芝垂头，缓慢地踱步。又有稳而轻的脚步声靠近，这一回是个高人。光听脚步声，她便知道是谁。也只有遇到他时，她才会假装什么都不知道。以前这样的事发生过不少次，她从他话语里听出了暧昧，但是因为胆怯，选择了装傻。而且，她总是希望他会将心中所想，直白地说出口。此时她很后悔，当初若她勇敢一点、胆大一点，或许会有不同结局。而这一回，她装傻同样是因为胆怯。害怕的东西，却完全不一样。直到来人走近，她才有些猝不及防地回头，看着他。

上官透的面容几乎隐没在黑暗中，喊道："芝儿。"

"什么事？"雪芝被心跳声扰得说话颤抖，双手也更冷了些。

"我有事想和你聊聊，方便说话吗？"

"嗯。"

他带她走到寺院角落的亭子里。外面飘着雪，亭子撑起白色的伞盖，罩住了亭下微小的世界。雪芝朝手心哈气，声音依然发抖："说吧。"

上官透立刻解下大氅给她，她往后退了一步，道："多谢，我穿得很厚。"

他却无视她，强硬地将大氅罩在她身上，道："你脸色苍白，别逞强。"

"到底有什么事？"自己露出了怎样的表情，雪芝也顾不得。只知道整个人像被重物压住，连思考都困难。

"我有个不情之请，不知芝儿能否答应。"

"你说吧。"

"我说要和她成亲是有理由的，但是现下情势紧张，我不能多说。等事情差不多办完，大概要五个月。待到春暖花开，我定会回来找芝儿……可否多等我些时日？"

刹那间，雪芝如死灰复燃，眼睛都变明亮许多。她差点扑到他的怀中，一边流泪一边撒娇，向他说明孩子的事。但是，她想起了更重要的事，问道："……事情办好后，若你和奉紫成亲，打算拿她怎么办？"

"我不会碰她。"

"别人会信吗？"雪芝望着他，一字一句道，"上官透，你绝不可以辜负她。"

上官透怔了怔，道："我不会做对她有害的事。既然说要娶你，总不会给人留下话柄。"

"上官公子真是胸有成竹，一口咬定我会等着你。"

"你什么意思？"见雪芝一脸漠然的笑，上官透也不禁吃起醋来，"是因为蔡诚吗？他对你甜言蜜语几句，你便信了他？他是有家室的人，你知道吗？"

其实，她根本不在意那蔡公子究竟是何许人也，她只是对上官透满腹愤懑。她道："若是等你五个月，你也一样是有家室的人。"

"你知道我对你是认真的。"

"他也是认真的。他在信中提到，只要我点头，他立刻休妻娶我。"

"荼毒笔墨。他的话你也信？"

"不信他，难道信你？"

"别胡闹。上次丰城那事还不足引以为戒吗？"

"我都不在意，你在意什么？何况，你不是快成亲了吗，我也快了。咱们井水不犯河水。"

他微微笑着，捏了捏她的下巴，道："原来芝儿是想要嫁人。放心，透哥哥答应你的事，一定会做到，做不到是小狗。"

雪芝扭过头，躲开他的手，道："我没时间等你。不管是什么人，我会很快成亲，然后生孩子，稳定下来。"

上官透笑得满眼狡黠，道："芝儿可知道要如何才能有孩子吗？"

"知道。"

"那还可以跟别人成亲？"

上官透原本以为雪芝会呆住，然后满脸通红地骂他下流。但是，雪芝只是轻描淡写地道："可以。"

脑中浮现出雪芝依偎在其他男子怀中，交颈如双鹄游青云的情景，上官透严肃道："此话以后不可再说。"

"那个蔡诚就不错，可以考虑。"

脑中男子的脸又换成蔡诚的脸，无名的火气直往头上涌，上官透禁不住嘲道："就这么缺男人吗？"

这话一说，雪芝也愤怒了，她往前站了一步，几乎要举手抽他的耳光。但是她还是克制住没动手。上官透笑道："怎么，不动手了？不是最喜欢打我吗？"

"我从来不动手打恶心的人。"

"那恶心的人可是会欺负你的。"猝不及防地，他垂头吻了她。

只是轻轻一碰，雪芝便非常激烈地捂住嘴，道："走开！"

"偏不走。"上官透单手握住她的双手手腕，顺势将她推到墙上，另一只手不安分地穿过厚厚的狐裘，红色的衣裳，隔着最后一层里衣抚摸她的胸部。他素来笑不至矧，怒不至詈，不曾做过如此损君子仪容之事。雪芝倒抽一口气，差一点哭出来。若换作别人，可能早已发生血案。但他是她心仪之人，很快要和其他人成亲。而这时，她已有了他的孩子，却说不出口。

雪下得很大，凉亭犹如沧海一粟，为世事忘却。雪芝已忘记自己是如何逃出来的。她只记得上官透看到她的表情，立刻赔礼道歉，还一直哄她，但她跑得很快，生怕自己多留一刻，便再也走不开。出去以后，她依然裹着上官透的大氅。嗅到他熟悉的味道，她终于有些明白，为何那么多女子一提到他，总是爱恨交加，却假装无事。她捂着肚子，强忍住在眼眶中打转的热泪，带着重火宫的人离开了少林。

之后，夏轻眉被逐出灵剑山庄，柳画也跟着离开，还说不计前嫌，依然希望与他白头偕老。人们都说柳画是个好女人，可惜跟错了人，颇是遗憾。接着，满非月终于把丰涉招了回去。丰涉临走时，反复叮嘱雪芝要注意身体，他会很快回来照顾她。"莲翼"没什么下落，节外生枝倒不少。最后，丰城邀请了林轩凤和原双双去华山，重新交代群雄的计划。林轩凤令人快马加鞭送锦书给雪芝，让她也去一趟。

　　雪芝到了华山，却如何都没想到，会和上官透重逢。她前脚刚进入正厅，一行人后脚便雁行而入。坐在主人位置上的丰城一脸喜色地站起来，大步迎去。走在最前面的是衣着淡雅的林轩凤、林奉紫，穿金戴银的原双双，还有一身素白的上官透。上官透衣着素来考究，即便是雪白的大氅，边上镶的也是貂绒，然而颜色单一，外加面孔清俊，从不显轻浮。相反，他自风雪中走来，大氅翻飞，还带着几分桃源公子的飘逸。只是这样飘逸的一个人，却令雪芝失望透了。林轩凤、原双双与丰城互相寒暄过后，丰城笑道："看样子林庄主已和我们上官小透冰释前嫌，实在可喜可贺。"

　　"哪里，那是庄主海涵。"上官透拜揖道，"见过丰掌门。"

　　"哈哈哈哈，表弟多礼。"丰城转眼看向雪芝，"雪宫主也在这里，你们可以探讨探讨……"

　　上官透转过身，对雪芝微微一笑道："雪宫主。"

　　即便在人多的场合，只是看看他，都会觉得心如鹿撞。此时，他突然对她说话，她措手不及，紧张得几乎失态，道："啊，这，上官公子……"

　　一旁的奉紫忍不住扑哧笑出来。林轩凤大笑道："雪芝，你知道我今天为何要叫你来？"

　　雪芝窘得面颊微红，故作镇定道："不知。"

　　"我想，宝贝闺女还是多留在我身边几年好些，和上官公子的婚事，还是从长计议。"

　　原双双道："是啊是啊，几年前我就看出来，雪芝和透儿两小无猜，庄主可不要乱点鸳鸯谱，棒打真鸳鸯啊。"

　　雪芝更是羞得无地自容，想要辩解，都不知道如何开口。上官透一直凝视着雪芝，眼中满是柔情蜜意。雪芝却连正眼都不敢看他，清了清嗓咙只是低声跟奉紫说些有的没的。然而，上官透却道："庄主，即便如此，奉紫玉貌花容，也不应嫁给夏轻眉那种败类。还请庄主允了我与她的婚事。"

　　虽知道他或许有苦衷，雪芝还是脑中一片空白。所有人都傻眼了，尤其是林轩凤和原双双。他们原本都认为上官透是为负责，才答应婚事，现在洗雪冤屈，还特地商量好演一出戏，给上官透台阶下，结果，他完全没有配合之意。原双双道："可是，可是，你这样要雪芝怎么办……"

奉紫连忙跑过来，握住雪芝的手，低声道："姐姐，你听我说，上官公子他对你绝对是一心……"

雪芝甩甩手，咬紧牙关一字一句道："原教主有所误会。我和上官谷主不过道义之交。我们还是讨论正事要紧。"

上官透琥珀色的瞳孔微微紧缩，一直朝着雪芝使眼色，期待她能看自己一下。可是，雪芝再不看他。还是丰城第一个出来圆场："雪宫主说的没错，该讨论讨论正事。"他笑逐颜开，身后的白曼曼却咬牙切齿。

一行人坐下来讨论了许久，雪芝一个字没听进去。过了片刻，原双双突然站起来，柔笑道："前些日子去洛阳买了一些东西，想要送给雪芝。"顿了顿又道，"都是女儿家的东西，也不知道雪芝是否肯赏脸，随我出来？"

雪芝只想时间过快一些，早点离开此地，二话不说就跟她出去了。拐过几个回廊，到了一个小别院门口，几棵枯树旁，原双双突然转身，朝着双手哈气道："天真冷，我们到那个小厨房里说吧。"

雪芝迟疑了一下，跟着她进了别院的废弃厨房。见原双双关好房门，雪芝提高警惕，笑道："究竟是什么宝贝礼物，需要跑这么远才送？"

"只是小玩意。"原双双从腰间掏出一条手帕，捉住雪芝的手，放在她的手心，"这印染青底的花帕，雪宫主应该不会陌生。"

雪芝翻着丝帕看了看，右下角以金线绣着一个"福"字，说道："是福家的东西。"

"没错，洛阳第一布商福景然，这可是块金字招牌。"原双双笑笑，轻轻抚摸着那个"福"字，"福景然心疼女儿，整个洛阳都知道，乃至他喜欢外孙多过家孙。他的儿孙要么闲游京华，要么在外地成了亲，只有小外孙会时常回去看他。所以几个外孙里，他又最喜欢这幺孙。这些年福景然身体状况一直不是很好，估计离仙去不远矣，所以一直催促自己小外孙找个媳妇儿生个胖曾孙，也算圆了他四世同堂的梦。所以京师洛阳那一块儿的姑娘们都疯了，这是一个千载难逢的机会……"

"慢着。"雪芝打断道，"教主跟我说这些，是否找错对象了？"

"当然不是。"原双双笑道，"我想说的是，上官公子这一回是认真的。认识他的人都知道他对你有意，可是他却突然说要娶奉紫。你和他之间若有何矛盾，还是早些化干戈为玉帛为好……"

"我和他没有任何矛盾，是教主误会了。"

"雪芝，你想想看，他们若是成亲，定会弄得天下皆知，到时候就算你们小两口和好，这面子我也不知道往哪儿搁……"

"原教主叫我来，便是想说这些吗？恕我不奉陪。"

雪芝正欲离去，原双双挡在她的面前。"雪芝，你听我说。其实想要得到一个情郎，并不是那么困难的事。要知道，男人是这世界上最愚蠢的东西，以你的美貌和青春，没有什么男人到不了手。"

雪芝打算绕道走，却又一次被她拦住："重雪芝，听我说——你只是个女人，女人想要在这江湖打拼，只是自己厉害，是远远不够的！要成为一流的女人，便必须依靠一流的男人！"

见她的情绪分外激动，雪芝禁不住眯眼道："……你有病吗？"

"无论从何种角度看，上官透都是辅佐你称霸武林的最好人选，你若错过了他，以后便再难找到更好的！"

喜欢上官透，便是单单纯纯的喜欢，不曾想过这么多。雪芝哭笑不得。"称霸武林？从未想过。我真的要走了。"说罢，雪芝推开她，想要强行出去。

就在这时，雪芝脸上挨了一记重重的耳光。那耳光来得又快又狠，别说闪躲，雪芝甚至还没看到，便已被重重抽到地上。她捂着脸，面颊滚烫，烙了烙铁般疼痛。原双双神情凶恶狰狞，化作一只爪毛吻血的苍鹰，喊道："贱丫头，你跟上官透早已不是清白关系了吧？还在这里装什么无辜，装什么清高？滚回去把你情郎管好！"

雪芝错愕地看着原双双，道："你……为何如此在意此事？"

"因为他不能娶奉紫！"

"为何不能？"

原双双略微呆了一下，又提高音量，指着雪芝，道："不为何！若他娶了奉紫，你和他——都得死！！"

"我不知道你在害怕什么。但是，他们的事我绝对不会管。"雪芝站起来，扬手便还了她一记耳光。

也是这一瞬间，原双双有一个微小的动作被她发现：一耳光下去时，原双双闪了一闪，但是又站直，硬生生挨了这一耳光。雪芝的武功早已不同于当年，她身法之快，闪开又再硬挨，几乎是不可能的事。她正感纳闷，却又被原双双的举动吓着。原双双扑通跪在地上，双目通红地哀求道："雪芝，我的好雪芝，算我求你，回去跟上官公子和好。他真的不能娶奉紫，他们要是成亲，我便完了，我便真的完了。"

她这反复无常的样子当真有些可怕，雪芝不安道："你……你别这样，有话好好说。"

原双双一边擦眼泪，一边摇晃她的腿，道："他们不能成亲，雪芝，快找上官公子和好，答应我好吗？好吗？"

"不行，我做不到……"雪芝突然觉得身体不适，按住额头低声道，"你……不要逼我。"

这时，原双双垂着头，不动了。翻江倒海的反胃感涌上来，雪芝捂着嘴，压抑着想出去，原双双却轻声道："那你……"

雪芝蹙眉道："什么？"

"就去死吧！"原双双尖声叫道。雪芝还没站稳，她便已经飞速站起来，一拳朝雪芝击去。雪芝下意识护住肚子，侧身，背脊被打中，略微错开了一些，却整个人朝墙壁弹去。几乎是瞬间的事，她失去了意识。

华山正厅，上官透端着丫鬟刚沏好的茶，用盖子拨了拨茶叶，若无其事地对重火宫护法说道："铁观音，你们宫主不爱喝吧？"

烟荷抢先道："当然不爱。宫主说铁观音样子太难看，味道又太重，喝起来像喝药。"

上官透淡淡笑道："她喜欢蒸青绿茶，对吧？"

"对。宫主说，绿茶有三绿：色泽翠绿，叶底鲜绿，汤色碧绿。她说茶品似人品，她很崇拜的一个人便是喜欢淡茶。还说，喜欢淡茶的人性格同样淡如茶，澈如水，晴云秋月，志行高洁。"

上官透继续拨弄着陶瓷盖子，却半晌没有喝下一口茶。

三年前，当她还是个小丫头，喜欢穿着大红棉袄叫他透哥哥时，对品茶真算一无所知。有一次，他坐在窗边喝茶，她撑着下巴笑盈盈地看着他，说透哥哥真是大人。他问为何，她说，在她看来，只有经历过事的人才会静得下心来喝茶。他笑说这是她的感觉，有的孩子五六岁便爱喝茶。她说，可是茶太苦。他将茶冲得很淡，沏了一杯给她，说自己便不是很喜欢浓茶，只有香味若隐若现，才叫真正的茶香。

"可是宫主近些日子都不爱喝茶。"烟荷又补充道。

上官透这才回神，道："为何？"

"宫主身体不适，每天卧床远多过走动的时间，饭都不大吃，更不要说喝茶了。"

手中的茶盏微微一颤，上官透抬头道："她生病了？"

"是，已有一段时间。"

"是什么病？"

"这……烟荷不知。"

"她生什么病你们都不知道？"上官透面有愠色，"怎么做事的？"

"我们问过她，很多人都问过，可她就是不说，也不让问……我们都快急死了。"烟荷看一眼上官透，"上官谷主，不要怪烟荷多嘴——那时候您正忙着和别人定亲，完全不理她，您……您也没资格这么说！"

旁边的重火宫弟子用手肘撞了撞烟荷，低声道："烟荷！"

"我并非不理她，如此做自有原因。"上官透放下茶盏。然而，过了许久，丰城重新入座。上官透看看身侧空着的位置，微微敛神道："芝儿怎么还没回来？"

在场无人知道，废弃的厨房中，雪芝刚刚恢复意识。她吃力地抬手，揉揉眼睛，方才头撞在了墙上，此时还微微嗡鸣。外面天色渐黑，她慢慢支撑着身子站起来，摇晃着走了几步，拉了拉房门。房门摇了一下，又弹回去。她背上一凉，再用力拉了拉，发现门已被锁。她不理解原双双这样做有何目的。原双双将她带出来，这会儿她不见人，重火宫自然会找原双双要人，就算是打算要挟人，这样做也未免太胆大了些。正想到此处，门外传来了女子的声音："贱丫头，你醒了？"

"原双双，你到底吃错了什么药！快放我出去！"

"答应我的事，会做到吗？"

原本雪芝可以先骗骗她，但一想到她要求的事是向上官透低头，又想到自己腹中有他的孩子，他却要娶别人，不禁怒从心头起。她使劲砸门，怒道："放我出去！"

"我知道，你是不见棺材不掉泪。"

外面安静了一阵子。雪芝努力无用，只能靠在墙上等待。突然，两扇门之间开了个缝，缝隙间是原双双阴笑的脸。她的视线往下一转，雪芝随之看去。只见原双双放了个东西进来，雪芝立刻浑身僵冷——那是一条蛇。玄色头颈，全身都是黑黄相间的条纹。对毒物有点了解的人，都会知道这是什么：金环蛇，量少，带剧毒。名满天下的毒药十步断魂散、毒镖金环扣、毒功金环追风破，都是自此蛇酿取毒汁。

雪芝护住腹部，缓慢站起来。而金环蛇正摇摆头部，吐着芯子，向她的方向游走而来。它爬得很慢，似乎还没发现她。但是，这蛇只要用牙齿轻轻碰一下她，她就会当场毙命。整个厨房的空间在刹那间变得过于窄小。她站在冰冷的炉灶旁，死死地盯着毒蛇，额上渗出细细的汗液。分明已无路可退，她依然在往墙角退，恨不得在墙上打一个洞钻进去。

"贱丫头，想通了吗？"门外传来原双双悠悠的声音。

雪芝连出声都不敢，只是轻轻捂着肚子，求生意志在任何时候都不曾如此强烈过——此时的她，还背负着生育另一个生命的重任。她一边朝墙角靠，一边准备妥协。但这时，身后的墙忽然松动。确切地说，是墙上的炉灶，在她不曾留意的情况下，朝着里面凹陷进去。也是同一时刻，金环蛇发现了她的存在，化作一道金色闪电，蹿向她。雪芝只好孤注一掷，用力往后撞。当金环蛇蹿到她的脚下时，她却发现炉灶竟是一个机关，带着她旋转了一圈。她被机关带入了一个秘道，在地上滚了一圈。抬头一看，炉灶的一面已经朝向这个秘道，而机关边缘刚好把金环蛇的头夹住。金环蛇还在朝她吐芯子，并且在一丝丝往前滑行。她飞扑过去，推挤机关。只见金环蛇的七寸刚好被夹断，头掉了下来。紧接着，鲜血流了一地。

雪芝从衣服上撕了一块布，包住它的身子，将后半段拖进来，把炉灶又推回原来的位置。她坐在地上，靠在墙上，还隐隐听见原双双在外面喊叫。此地比平地要低一些，应是废弃厨房东边的地道。上方每隔一段都有一个小孔，能勉强看到路。秘道的空间非常狭窄，地面潮湿，她在里面走，都需要低头，才能往前挤。丰城个子和她差不多，身材也很瘦，这空间似乎刚好够他往前走。若是换作上官透，估计弯腰都会吃力。看样子，这秘道或许是丰城开凿的。她顺着秘道一直往前进，不多时，便依稀看见一个明亮的敞间。前方有灯火，但似乎无人。屏息往前走，敞间比她预料的大。四面墙壁均无窗，但每个墙壁中央都有一条秘道，包括雪芝走出来的那一条。面前的墙壁上刻着千百个小人舞剑的浮雕。西北角落处，有一个兵器架，上面挂满长短不一的宝剑。南面墙壁左侧还有个小门，似乎是另一个出口。

原来，这里是一个练剑场。雪芝看了看那小门，再看看另外三条秘道。究竟是去一探究竟，还是早些离开这个危险之地？她朝小门走了两步，但又站住，扣上风帽，快速轻巧地蹿入北面秘道。显然，这秘道比最初的短，走了几步，她便进入另一个房间，又是一个练剑场。不过，与方才宽阔空旷的石室相比，此处是一片狼藉：墙上满是长短深浅不一的剑痕，满地断裂生锈的铁剑、石像碎块、大大小小的纸团。雪芝随便捡起一团摊开看，上面画了舞剑的小人，线条简单，上面有一个大叉。又捡起几个纸团看，都是同样的小人，姿势有细微区别。雪芝拾起几个，放入怀中，又四处观察，发现并无异常，便走回秘道。

这一回，她进入了东面的秘道。这秘道相较前面的长一些，底部房间比前一个还要小，同样十分零乱，似乎是一个秘籍书库，只是正前方两个并排的书柜上没剩几本书。地上倒是散满了书：摊开的、撕成碎片的、翻得破旧不堪的……她蹲下，翻了其中一本，封面上赫然写着几个大字：飞花心经。她不敢相信自己的眼睛，又到处翻了几本，分别是《焱莲拳》《明光大法》《九耀炎影》《清寒化月》《赫日炎威》。这实在令人惶然，此地怎会有重火宫的秘籍，又怎会被人弃如敝屣？她抬起头，看见书架旁边的小石桌上，放了一本最破旧的书，上面写着五个字：沧海雪莲剑。

《沧海雪莲剑》！雪芝惊喜交加。林宇凰遗失的、她寻了多年的秘籍，竟会在这样偶然的机遇下找到！

只是，为何《沧海雪莲剑》会出现在此处？她翻了翻秘籍，随便扫了几行字，字迹浑然飘逸，一看便知是出自重莲之手，再看看内容，又觉得招式分外眼熟。她带着满腹疑虑，从怀中掏出那几个纸团打开，发现小人舞剑的姿势，与书上前几行描写的一样。只是，每一张纸上都画了叉。莫非雪莲剑和炎凰刀一样，都只有三重，也都是平淡无奇的招式？修炼之人大概是被这秘籍逼疯了，以至反复画图研究剑法，却什么都没琢磨出来。

雪芝将雪莲剑的秘籍放入怀中，迅速撤离了房间。回到练剑场，她原想去最后一条秘道，但身上带着如此重要的东西，她实在不敢再冒险。最后她决定，从来时的秘道回去。但她刚踏入秘道，前方便传来了一个声音："雪宫主，对这里可还满意否？"

第十九章

似月君心

"丰……掌门？"雪芝被吓得不轻，说话声音都抖了一下。

渐渐地，丰城的身影从黑暗中出现，手中握着一把冰寒凛冽的宝剑。他捋了捋胡须，笑得别有深意。"雪宫主果然心明眼亮。要知道，我小妾和儿子都未曾发觉这小房间。只是，重雪芝啊重雪芝，你如此貌美如花，又冰雪聪明，为何就有个愚蠢至极的爹呢？"

"休得侮辱我爹！"

"枉费世人称他'武霸天下'，枉他深悉天下第一邪功——连一本二流秘籍都写不出来的废物，如何配得起'武霸'二字？"

"那是你自己愚昧，练不成他的武功！"

"说得也是。所以，雪宫主还是老实把秘籍交出来，让我再回去琢磨琢磨。"丰城摊开左手，右手又持剑晃了晃，"你最好不要试图接近身后的兵器架，不然，我这手中的剑可不懂怜香惜玉，难保一冲动，便让你那颗美丽的小脑袋和身子分了家。"

雪芝站在原地不敢动，道："你……你不能杀我。"

丰城又捋了捋胡子，道："呵呵，雪宫主知道得太多，我是杀还是不杀呢？"

"求求你，我现在真的不能死。"

"求我？一点诚意都没有。跪下求啊。"

空寂的练剑场中，烛影摇红。雪芝立刻跪下，声音软若蚊鸣："求求你，丰掌门……开春后我要为爹爹烧香上坟，我答应朱砂姐姐，为她带杭州的小吃，我……我还这么年轻，也还没有嫁人，我不想死……"

丰城哈哈大笑起来，笑声张狂而不可一世，几乎将雪芝所有的声音都盖去。"想不到名满九域的女中豪杰重雪芝，死到临头，想的还是小女儿的心事。就你这般，如何接管你爹的大业？"

雪芝低垂着眉目，显得那么卑微，那么渺小。"王者霸气只属于像丰掌门这样的男子，女中豪杰这样的称呼，不过是用来敷衍我们这种逞强的小女子罢了。"

"哈哈哈，到底只是女子！"丰城笑得比方才更狂，而后，又突然阴恻恻地道，"想把我当猴耍？奉承的话我听多了，就你这点小伎俩，不痛不痒，能改变什么？虽然，我也舍不得杀了你这美人坯子，但是——"

阴寒的剑指向雪芝的颈项。她下巴被剑锋抵住，被迫抬头，大红风帽随之滑落。长发乌黑稠密，衬托着一张艳丽至极却又楚楚可怜的脸，雪芝眨了眨眼，泪光在睫毛上颤抖闪烁，道："丰掌门……"

有那么一瞬间，丰城脑中只剩空白。他表情没变，眼神却很明显：他下不了手。

与此同时，一个声音传了过来。听到这个声音后，雪芝也跟着失神了片刻。因为，这声音略显中性，柔和却低沉，像是少妇，又像男人，实在太特别，只要听过的人，怕是一辈子都忘不了。然而，这个声音说的却是："丰城，杀了她。"

声音从南面秘道中传来。雪芝眯着眼看去，只看到一片黑暗。她突然不寒而栗：这人，莫非是从她进来时，便已经在那儿？也就是说，她根本无法察觉他的存在。而他便这样，眼睁睁地看她来来去去，却不动声色……直到丰城赶来？此刻，丰城一时怔住，似乎不知如何回答。那人又道："若说这女人没野心，怕只有蠢猪才信。她装模作样，也就只有你这头蠢猪才信。"

丰城想要反驳却忍住，显得十分尴尬。

"若非我现在不能动，她早已是尸体。"那人冷冷道，"动手。"

丰城又一次握紧宝剑，回头看向雪芝。雪芝仰头望着他，轻轻蹙眉，一直摇头，道："丰掌门，不要，不要……"

剑柄已被汗水打湿，丰城不知所措。终于，那人恼怒道："你听好，今天不杀她，便是养虎为患，日后只待她杀了你。丰城，你可别忘记，她是什么身份。更不要忘记，你偷学的是什么武功——杀了她！"

丰城突然目光坚定许多，他高高举剑。然而，雪芝却以双手握住他持剑的手，声音如黄鹂般动听："丰掌门，得到以后再摧毁，岂不更好？"

就这样，丰城滑稽地定了格。里面的人已勃然大怒，喊道："丰城！"

与此同时，雪芝以迅雷不及掩耳之势，在他腿上重重点了两下。丰城腿一软，跪倒在地，宝剑也跌落了。再没时间走回开始的秘道，雪芝拉开小门，冲了出去。她刚出去，便有一块小石自南面的秘道中弹出，解开丰城的穴道。丰城这才如梦初醒，拾起宝剑，追杀出去。

小门外又是一条秘道，上方还没有打洞，只能摸黑前行。雪芝方才跪了很久，此刻头昏脑涨，跑得熬心费力。所幸不远处有光亮，且空气越来越冷，应是通往室外的出口。听见身后传来急促的脚步声，雪芝心跳加速，更加卖命地往前跑。离出口近了，她才看清，光是透过密集的枯藤洒进来的。还有数根枯藤顺着墙壁蔓延入内，从上方垂落。她冲上前去，拉扯枯藤，但藤条纠缠在一起太多，根本无法拉动。因为过度用力，她手指已经开始流血，却都是无用功。

身后的脚步声越来越近，杀气越来越重。一定有机关，一定什么地方……对，藤条！雪芝开始试图拉扯上方垂落的枯藤。先从最长的开始。不是。不是。不是。每一根都试过，都没用。她已听到丰城的喘气声，一时慌乱，便左右拉扯藤条。终于，往右拉时，有一点动静。她持续拽扯，原来这藤条是个仿推门，往旁边拉开以后，道路豁然开朗。她冲出秘道，观察四周。原来，这是华山半山腰的树林。前方一里外，便是盘旋而上的阶梯。

　　已入夜。冰天中，寒风松下歇，山泽中楼层若隐若现，白雪遍覆楼盖，悄倚窗前。天地间一片苍茫，只有远处屋脊上挂的灯笼和破旧对联，红艳而夺目。她直奔阶梯。身后，丰城穷追不舍，却一言不发，令人更加心慌。眼见阶梯近了，她却不知该如何是好。是往上，还是往下？上面是丰城的地盘，人数众多，但若林轩凤等人尚未离开，她便可逃过一劫。但若他们已经离去，她恐怕是此生休矣。天色已晚，下方山脚人烟稀少。她有孕在身，身体虚弱，哪怕手持利器，也未必抵得上丰城三十招，何况手无寸铁。若被他追上，依然是凶多吉少。她急需做出判断。可就在这时，她被一块厚雪淹没的巨石绊倒，摔在雪地中。爬起来的须臾间，丰城的脚步声已在她的脑后。然后，耳边传来尖锐的剑风声。紧接着，鲜血溅落在白雪上，满地猩红。背后皮肉像已与骨头分离，雪芝发出凄厉的悲鸣，却不得不忍着剧痛，步履跟跄地向阶梯冲去。

　　如此生死攸关的时刻，她满脑子都是上官透。若他在自己的身边，她一定不用吃这么多苦，不用冒这么大的险。若他在，一定会保护她。若她死去，最遗憾的事，一是未能承担起肩上的重任，另一个……便是他了吧。这一瞬，她对上官透所有的恨，都化作虚无。她只想见见他。若他在她面前，她定不会再隐瞒任何事。她不愿意到死还不让他知道，自己有了他的骨肉。

　　挥剑声又一次在身后响起。她急速转身，徒手接住丰城的攻击。剑十分锋利，她双掌接下剑身的刹那，手上流满鲜血。她原已被抽空了力气，却在这一刻，变得无比坚强。即便用尽最后的力气，她也要保护好自己，保护好他们的孩子。

　　夜色凄清。雪芝大红斗篷上沾满雪粒，鲜血又洒了满地。这冰冷的人间，也只剩下了红与白。她就快要死了，而她又忽然改变了主意——或许，她不会告诉他自己有孩子。如果她死了，他一定会悔恨终生。而她对他日夜思念，不愿他难过。她想，她会告诉他……

丰城后退一步，高举宝剑。同时，杂乱的脚步声靠近。阶梯转角处，视线的尽头，一行人点着火把，自山上走下。大雪纷飞，几乎掩没火把。带头的人一袭白衣，狂风鼓满他的白色大氅，帽檐被风吹下，只见青丝乱舞。

"芝儿……"上官透愣了愣，不由得惊诧道，"芝儿?!"

丰城看向他们，也愣住了。他并未蒙面，撤退得比谁都快。眨眼之间，他便逃入树林，消失不见。雪芝跪在地上。上官透飞奔而来，扶住她，她才没有整个人埋入雪中。他也跪在雪地中，将她紧紧搂住，道："这……这究竟是怎么回事? 是谁把你伤成这样的?!"

雪芝满手是血，只能用指尖碰碰他的脸。他对身后的人喊道："你们快去追! 那人朝西边逃去了!"

人群纷纷从他们身侧擦过。雪芝急得拽紧上官透的衣襟，道："别，你不要去。"

"你都伤成这样了，我去做什么?"他将她横抱起来，大步朝山上跑去。

她是不是要死了? 对，她记得，有话要对他说。鹅毛大雪化作万千碎玉，凌乱升空。她往他的怀里靠靠，吃力地呼吸，道："透哥哥……"

"噤声。你有伤在身。"

风雪中，丹甍间，黄灯笼的灯芯隔纸燃烧，纸窗后是一片莹黄，明晃空蒙。在这万籁俱寂的天地间，雪芝只听见他的心慌张地跳动。她低声道："……似月君心，东昨西今。不悲落花，悲妾痴心。昔日缘尽，相思无凭。既不回首，何须留情。"她闭上眼，依然能感受他身体变得僵冷。冰冷的空气流入喉间，她咳了两声，眼已被热泪填满，嘴边却挂着浅浅的笑，说道："还是少年时最好。奉天沈水，英雄大会，有位翩翩君子落入我心……"

　　此后，雪芝一直昏迷了三天，在第三天晚上才醒来。在模糊的视线中，她看见大夫离去的背影，以及第一时间冲进来的三个人：穆远原本第一个进门，但林宇凰足下一拦，险些将他绊倒，自己再飞奔到雪芝身边。而在最后的林奉紫，则是一脸殷忧，踏着小碎步跑来。林宇凰坐在床上，双手拽住雪芝的头发，无比激动道："芝儿，我的宝贝闺女！你可终于醒了，你以后可别再跟上官小透那死小子到处跑了，每次你受伤，都跟他有关系，老子想把他大卸八块啊！"

　　雪芝这才意识到，为何林宇凰要拽着自己的头发——自己的后背和手上均有剑伤，此时她正双臂前伸，以痛苦扭曲的姿势趴在床上。她环顾四周，有些失落地问道："那，上官透他……回去了吗？"

　　奉紫道："没有，他还在熬药呢。"

　　穆远看了看雪芝，察觉到她双目亮了一下，便一直保持沉默。奉紫则是蹲在床旁，抬头仰望着她问道："姐姐，你究竟遇到了什么人，为何在华山那样安全的地方，都会被人行刺？"

　　雪芝锁着眉，回想昏迷前发生的事，问道："……二爹爹，我记得你说过，爹爹的剑谱是被人抢了，对吗？"

　　林宇凰点点头。

　　"那人可还对你撒过毒？"

　　"对，不过没用。"

　　雪芝点点头，转而陷入沉思。丰涉带她去玄天鸿灵观所提的要求，是让她和上官透做一件事。最初他并未想好，但等他们从观内出来以后，丰涉便说她履约的时间已到，要她去灵剑山庄，转移守卫的视线，好让他把兜子和香囊放入山庄。这事必定是满非月交代的。之后原双双发现此事，便和夏轻眉决裂。满非月做这件事的目的，自然是陷害夏轻眉，或者是挑拨原双双和夏轻眉的关系。雪芝道："二爹爹，施毒之人是女是男？年纪多大？"

"他穿着夜行衣，又是晚上，无法判断年纪。但是我确定，他是个男的，比我矮了半个头。"

能够打败二爹爹的，必然是个高手。既然她在丰城那里发现了《沧海雪莲剑》，很可能劫秘籍之人便是丰城。丰城和原双双有奸情。原双双身边有林轩凤，且她对林轩凤有意思，不然不可能对他的女儿如此殷勤。也就是说，原双双勾搭上丰城，定是另有所图。所以，原双双和满非月可能私底下也有来往。只是她依然不明白，让夏轻眉身败名裂，究竟对这背后的关系有何影响。丰涉对这件事多少有些了解，上官透也许也……

说话间，上官透端着药碗进门。见他用汤勺拨着碗中的药，小心翼翼地走过来，雪芝立即想起自己重伤时，那番怨妇般的胡言乱语，顿时觉得手足无措，想要钻进被窝，把整颗脑袋都罩住。在林宇凰灼热尖锐的目光下，上官透硬着头皮舀起一勺汤，递到雪芝嘴边。雪芝不自然地笑笑，张嘴喝下。他盯着她的脸看了一会儿道："芝儿，你脸上的掌印是怎么回事？好几天了还没退。"

雪芝用手指轻碰脸颊，摇头道："我不清楚，是原双双打的。"

"原双双！"林宇凰一脸愤怒，"她为何要打你？"

"不知道。她的性格阴晴不定，又哭又笑。她把我关在厨房里，还威胁我做一些奇怪的事，不做她便放毒蛇来咬我。"

穆远道："这么说，追杀你的人也是她？"

"不是。"

"那是谁？"

雪芝看了看在场的人，沉声道："我没看清楚，那人身手太快。"

一阵沉默过后，林宇凰道："那原双双叫你做什么？"

雪芝又看了看上官透和林奉紫，摇摇头道："我……我有点不舒服。"

上官透立即走上前，替雪芝披了披被子道："你看看你，受了伤，便不要多言。被子盖好，不然中了风寒有你受的。"

　　雪芝望着他，嗯了一声，侧过身躺好。林宇凰拍掉上官透的手道："脏爪子拿开。"

　　"林叔叔，我这是关心芝儿。"

　　"芝儿不要你关心！"林宇凰站起来，凑在上官透耳边压低声音愤懑道，"混账东西，天下没人配得上我的宝贝女儿，我本来死都不让你追她，看你确实喜欢她，我才睁一只眼闭一只眼。结果你真是好样的，转眼便追了奉紫，我叫你别太痴情，不是让你去祸害她。好在芝儿没说喜欢你，不然，你便是有了老婆，也得立刻给我休了娶芝儿！"

　　奉紫撑着下巴，对雪芝笑道："姐姐，这几天上官公子住在重火宫，每天起来第一件事便是问'芝儿醒了没有'，你起来第一句话又是问上官透。你们俩啊，不成亲真是可惜。"

　　林宇凰道："小紫别乱说话，他是你未婚夫啊。"

　　奉紫站起来，使劲摆手道："没啊没啊，上官公子说和我成亲，只是为了套一些人的话，是对姐姐有帮助的。没看这事都没传开吗，我们才不会成亲呢。"说罢，又看看穆远。穆远毫无反应。

　　上官透放下半边床帐道："这些事以后再说，现在芝儿的身体最重要。很晚了，都回去休息吧。林叔叔也一样，你已三天未睡。芝儿这里我守着。"

　　林宇凰扔下一句"不准轻薄我女儿"，便带着另外两人离开。穆远走了两步，又回头道："宫主大概也知道……现在情况特殊，要爱惜身体。"

　　看着穆远离去的背影，想了想他说的话，雪芝突然想起最关键的事——她受了这么重的伤，还跌倒无数次，会不会，会不会……她失措地看着上官透，他不紧不慢地吹灭两盏灯。她道："上官公子……"

　　上官透重新坐在她的身边，问道："怎么了？"

　　"我，不，大夫说什么了吗？"

　　"他说你手上的伤还好，半个月便能完全康复，但是背上的伤很重，伤着了骨头，痊愈起码得要一百天。所以，这几个月你都得在重火宫好好养伤。其余的事，交给我或者属下办便好。"

"不是的，我是想知道，我的……我……"这时她才意识到，开口说出这件事，比她想象的要难上千百倍。

"是说秘籍吗？已帮你放好。"

雪芝只好言不由衷地点头。他搬来了椅子，将另一边床帐也放下，自己坐在外面守着她，又道："……孩子也很好。"

她大松一口气，过后又觉得似乎还不是高兴的时候，道："那我爹……"

"我让大夫保密，他们都不知道。"

烛影摇摆，夜色已深。隔着床帐，她看见他的身影模糊如烟。交代清楚事情后，他便拿过一本简册翻阅，似乎不过在守着一个陌生的病人。她先前曾经幻想过，他知道这件事以后，是否会有一点点雀跃，或者是，冷冰冰地告诉她，这孩子不是他的。可是，他就只是坐在这里，温柔地告诉她，孩子很好。就只是这样。炉火烧得很旺，房间温暖如春，胸腔却被巨石压住，她感到有些窒息。不一会儿，床帐外传来上官透的声音："睡不着吗？"

雪芝摇摇头。隔着床帐，她依稀看见他放下简册，吹灭了最后一盏灯。于是，房内只剩下残留的星光，还有黑夜中熟悉而模糊的身影。上官透道："好些了吗？"

"嗯。"

"明天想吃什么？"他突然这么一问，把她吓了一跳。

"想吃肉。什么肉都可以。"

"好。"

之后，她悄悄用小指钩开了床帐的一角，从小小的缝隙中偷偷往外看。视野变得清晰许多，只是依然看不清他的表情。只见他靠在椅背上，翘着靴尖，腿修长笔直。她可以清楚地看见他的睫毛、鼻梁、嘴唇的轮廓……他的侧面在一片幽暗中勾勒出好看的线条……与初次在英雄大会上见到的他，并无不同。只缘感君一回顾，使我思君朝与暮[1]。她昏迷前那番话，当真是发自肺腑的……

雪芝不记得自己是何时睡着的。次日一醒来，上官透便把新鲜滚烫的羊肉泡馍送到她的房间，一口口喂她。泡馍肉散汤浓，肥而不腻，只是看着他那贴心却疏远的样子，咽下去还是觉得很是苦涩。下午上官透有事离开，烟荷一脸花痴地冲到雪芝旁边说："宫主宫主，早上你吃的羊肉泡馍对吧？你不知道，上官公子天还没亮便出去了，特地跑到长安为你买的呢。轻功真好，大冬天跑那么远买回来，汤居然都还在冒热气。"

雪芝依然无法平静，侧着身子，长发凌乱地散落在枕上。烟荷撑着下巴，满眼神往地看着窗外，道："真羡慕宫主，唉，何时我才能有这样好的运气，遇到个这么爱自己的人啊……"

"烟荷，我有些困。"

"啊，打扰宫主了吗？那烟荷先退下。"

从那一日起，上官透对她一直很好，无微不至到仿佛换了个人。但也是从那一日起，他连她的手都没有碰过，更不要说习惯性一脸温柔地摸她的头。他此时的表现，她就算再傻，也不会不明白是什么意思。她一直小心呵护着的孩子，居然还未出生，便成了父亲的负担。她身负重伤，每天除了躺在床上休养，形如废人。她试图跟他谈谈，但每次看到他平静如水的样子，她害怕自己开口后，他会说出她完全无法接受的话。直到十日后，她的伤口不再那么疼痛，并且能下床稍微走动，他才主动对她说话。

"昨天夜里有人偷袭重火宫。"他坐在床沿，为她削梨。

"什么人？"

"不知。但是这人不是来杀人的。"

"他是来偷窃《沧海雪莲剑》的，对吗？"

"我猜是。他一直往你的房间跑。身法很轻，连海棠都不曾发现他，

---

[1] "只缘感君一回顾，使我思君朝与暮"：出自汉乐府《古相思曲》。

还是旁人起夜时，不小心撞见的。这人似乎也很怕见人，那弟子一叫唤，他都没试图杀人灭口，便逃之夭夭。按理说，他敢一人闯入重火宫，往朝雪楼跑，身手不可小觑。"

"何止不可小觑！"雪芝坐直了身子，双手发凉，"独身夜袭重火宫，海棠都不曾发现，还能全身而退……秘籍呢？"

上官透伸手探入枕头下，抽出秘籍以及几张铺平叠好的皱纸，道："在这儿，还有你带回来的纸团。"

雪芝翻了翻秘籍，确认未被调包，松了一口气。上官透切下一小块梨，喂了雪芝，道："芝儿，那天你究竟遇到了什么事？在何处找到了秘籍？"

她把那天发生的事告诉他。上官透有些发怔："竟是丰城。"

"你怎么看？"

上官透沉声道："没想过丰城也会掺和这件事。我只知道，原双双和夏轻眉有一人，或者两人，都拿到了'莲翼'。"

雪芝讶然道："拿到了'莲翼'？那是哪一本？"

"若有一人，那暂时还不清楚。原双双拿到的可能性很大。若两人都拿到，那便是一人修炼了《芙蓉心经》，一人修炼了《莲神九式》。不过，他们都还没修成。"

"为何？"

"记得在少林，原双双揭露夏轻眉吗？"

"嗯。"

"当时我偷听到他们的对话。似乎是夏轻眉接近奉紫，令原双双动怒，所以原双双和他翻了脸。那时，原双双便已按捺不住，但夏轻眉软硬兼施，让她暂时平定下来。后来，有人在夏轻眉的房间放了奉紫的东西，原双双便和他翻脸了。"

"你如何知道是别人放的？"

"为何原双双偏在那样的时刻，发现了奉紫的东西？必然是有人转告。何况，当时我听见他们说话时，还有第三个人在场。"

"什么人？"

"丰涉。"上官透又喂了雪芝一块梨，"所以，极可能是丰涉放了奉紫的东西，再告诉原双双的。"

她梨还没咽下去，便含糊道："聪明，就是这样的！"

"你知道？"

她又把丰涉之事告诉他。他喃喃道："再简单不过。原双双和夏轻眉很多年前便呼群结党，暗自谋划夺取'莲翼'。只是，现在夏轻眉羽翼丰满，不再受原双双摆布，又对林奉紫想入非非，才逼得原双双和他反目。"

"很多年前？"

"是。"

原来，当年上官透还是灵剑山庄弟子时，急于求成，偷学了山庄顶尖的剑法《虚极七剑》。灵剑诸多秘籍都需要提前修炼内功心法，他却越过这一步而行，因此，修炼的过程中，他身体不适，经常感到呼吸不畅，在灵剑山庄四处走动。某一日，他误闯别院，听到原双双和夏轻眉在私下商量，要把"莲翼"弄到手，以便称霸武林。他逃离后，似乎并未被那两人发现。但是过了几日，上官透开始神志不清，即便停止修炼《虚极七剑》，也无法控制内息。一次昏迷过后醒来，周围已站了好几个人，他正与昏迷的林奉紫衣冠不整地睡在一起。偷学武功，玷污庄主女儿，他理所当然被赶出了灵剑山庄。当时他并未细想，自己只是个初涉江湖的少年，武功自难与原双双相抗。他偷听了他们说话，又如何会不被发现？只是知道他和奉紫被这两人算计陷害，是在少林寺听到他们对话之后。

雪芝道："当年，原双双大概没想到，夏轻眉真会趁机对林奉紫下手，所以她为此记恨了他很多年？"

"我倒认为，当时是原双双刻意令夏轻眉出手。只是，她最近才开始反悔，也开始对夏轻眉积怨。不然，他们这样的状态，不可能忍这么多年。"

"为何是最近才反悔？"

上官透顿了顿，道："你不觉得……原双双对林奉紫好得有些古怪吗？"

雪芝若有所思地点点头，道："是啊，便是亲娘宠女儿，也没这样的。"

"罢了，现在不聊这些。不论如何，一切等你身体好了再说。"上官透站起来。

"慢着。"见他停下来，她焦虑道，"我知道你很为难，但是，有些事情说清楚比较好，你不必因为我是病人就……"

"等等，我去把这个扔掉。"上官透晃了晃手中的梨核，也不等她回话，便转身出去。

然后，他这一天都未再回来。

日子是指缝间的流水，转眼便过去两个月。大年三十夜，雪芝过得很不痛快。那一日，整个重火宫的人欢聚一堂，上官透还把裴红袖、仲涛，以及月上谷的重要部下都带了过来。可以说，那是这些年来，重火宫最热闹的一夜：裴红袖和仲涛对雪芝的美貌赞不绝口，但对她和上官透的事只字不提；穆远一直很安静；上官透替她添饭夹菜，不时会和大家说笑，除此之外，还是不冷不热；四大护法一直有说有笑，连海棠这样喜怒不形于色的人都满面悦色；林宇凰则是大家的开心果前辈，把大家逗笑到人仰马翻……也不知为何，雪芝看这一切却不顺眼，非常不顺眼。林宇凰发现她心情不好，便为她倒了一杯酒，说要和她划拳。雪芝没有划拳，便端着酒杯一饮而尽。上官透慌得冲到她身边，抢过她的酒杯，还斥责她说伤口没好怎么可以喝酒。林宇凰拍拍上官透，让他放松，说喝适量的酒无妨。上官透话在心口难开，便叫朱砂和自己换位置，要坐在雪芝旁边。雪芝挣扎了几次，都被他严厉地拦下来，便不再碰杯子，转过头去埋头吃饭。

不多时，烟荷端来了糖醋鱼，笑嘻嘻地说："这是某人亲手为宫主做的。"经过这么长时间的独处，在场的重火宫人都心知肚明，上官公子和他们宫主有了点小苗头。林宇凰清了清喉咙说："一个从不下厨的男子为一个女子做菜，那是为何？"而后大家都跟着笑起来。上官透还是分外低调，为雪芝夹了一块鱼。雪芝吃了一口，吐了，撇撇嘴道："一点都不新鲜，难吃。"

　　在场的人几乎都愣住了。片刻过后，烟荷和朱砂还使劲朝雪芝使眼色，生怕她伤了上官透。林宇凰也打圆场道："闺女，最近过年，渔夫都不打鱼，鱼肉虽放了几天，但都在冰窖里，绝对不会坏。上官小透是有错，但这鱼没错，你说是吧……"

　　上官透只淡淡道："那吃点别的菜吧。"

　　"我就想吃鱼。我不吃了。"雪芝扔了筷子，搬了凳子自己坐到一边去。

　　上官透不说话，也放下筷子，默默出去。大家面面相觑，气氛尴尬起来。林宇凰对她小声道："这鱼你爹我是吃了，上官小透比不过名厨，也是个贤惠好夫君的料，闺女你这明摆着是挑事嘛。就算有脾气，也别今天发好不好？今天是大年夜啊，你就是不喜欢他，如此不给他台阶下，也不大好吧？"

　　雪芝直接转过身去背对他。林宇凰无奈，也不和她多说，回去继续用膳。随后，她还听到俩小丫鬟窃窃私语，说宫主最近越活越娇气，真难伺候，情绪因此更加烦躁。不知过了多久，大家吃完饭，正商量着出去放鞭炮，上官透回来了，手里还提着一条鱼。他把鱼递给朱砂，低声交代她找厨子赶快做，一定要新鲜的。看见他白皙的手已经被冻伤，还有不少被划伤的血痕，雪芝眼泪夺眶而出，嘴上说的却是："你出去！"

　　这下裘红袖都看不下去了，说："妹子你怎能这样刁蛮，别因为一品透喜欢你便胡作非为，行吗？"仲涛也跟着应和说："雪芝妹子这便是你不对，怎么说这也是光头的一番心意不是？"然后，上官透没走，雪芝先行离席。当晚她发了高烧，烧了两天才好。上官透依然无微不至地照顾她，但一如既往，与她保持着距离。几天后，奉紫来拜年。雪芝一看到她那张以前分外讨厌的小脸，居然更觉委屈，扑到她怀里大哭一场，结果又莫名其妙地发了烧。上官透总算有了点反应，把为她看病的大夫叫来，声色俱厉地训斥一顿。但是，一回雪芝的房间，他又变成之前那个模样。

　　雪芝想，上官透会这样情绪不安，大概是因为她的伤好不了，他脱不开身吧。从那以后，她再没发过脾气，只是在默默等待痊愈的一日，也很配合周围的人，按时吃药休息。但是，每一天睡前依然会期待的事，便是第二天起来，床前的椅子不是空的。

转眼间又过了一段时日，冬末春初，梅花凋零，几枝寒樱淡红，在屋檐下露出花苞。雪芝手上的伤已完全好了，背上的伤口却时常隐隐作痛，她发现，只要心情不佳，伤口便会疼得格外厉害。所以尽管心情浮躁，她还是会努力保持平静。她的窗前，有一个青瓷花瓶，原是插着红梅，而现在，上官透每日都会换上一枝新的寒樱。春节方过，窗纸也换成了大红色。她已能下床走动，但还不能出门，也不能吹风。于是，每天她都会隔着大红的窗纸，看着窗外樱花倩影。眼见暖春将至，上官透温柔的冷漠却冰封了一切。

这天早晨，上官透进门，带来一个消息：柳画和夏轻眉成亲的洞房花烛夜，柳画逃了。雪芝正在拨弄花瓶中的樱枝，只轻轻嗯了一声，对此并不关心。上官透道："一百天将至，想来芝儿的伤也快好了。"

"是。"雪芝漫不经心地摘下一片樱花瓣，蘸了点水，将它贴在窗纸上，浅浅笑道，"对上官公子来说，这一百天恐怕是人生中最漫长的一百天吧？"

上官透没回话。

雪芝也不再多说，只是将整枝樱花从花瓶中抽出，推开门扔了出去。

翌日，花瓶中依然换上了一枝新的寒樱。

第二十章

百年誓约

一旬过去，整个重火宫已被春季换上新装，朝雪楼后院满是飘落的樱瓣，大朵小朵，连成一片粉红，撒落在阶前月下、房檐楼顶，犹似泪沾红兜子。第二天，雪芝静养便满了百日。这一日，上官透心情大好，尽管依然客套过头，但一整日脸上都带着笑意。他亲自下厨做晚饭，还弄得格外丰盛。雪芝却没吃多少，心事重重，很早便回了房间。

这个夜晚，春寒料峭，烛光半笼，青瓷花瓶中装了满满的樱枝，花瓣粉红，多到几乎挤出花瓶。雪芝有些不解，回头看着正端着汤药进门的上官透，问道："为何今天花这么多？"

"后院的樱花开得太旺盛，摘掉一点，果子才会结得更好。"

雪芝点点头，接过碗，喝完了药，便早早睡下。这是她睡得最早的一日，也是睡着最晚的一日。而上官透并未守在她身边，只借口说出去逛逛，便再没回来，直到她睡着。身上的伤虽已痊愈，但心伤却与日俱增，想到要和上官透分离，再摸摸那微微隆起的小腹，她不禁悲从中来。

三月早春，春服既成，百鸟啼鸣。次日清早，雪芝被鸟叫声吵醒，揉揉眼睛，坐起身，一颗心却突然坠落——床前并不是只留了空椅子，而是椅子已经被搬走。房内是空空一片，窗前那个插了百日红花的青瓷花瓶也不见了。雪芝恍惚地从床上走下，随便披着一件衣服，便坐在窗前发呆。

到底还是走了。

原本以为会有临行时的道别，但现在，连一封留在桌上的信笺都没有。房间空旷得像从未有过这个人。这段时间，她鲜少离开房间，就算出去，也会穿上宽松的厚衣服，来遮掩自己的小腹。而这天早上，腹中的孩子像是能感受到窗外的十里阳春，又在她肚子里顽皮地踢她。她却完全没有为人母的雀跃，只是觉得分外心痛，孩子尚未出生，她已亏欠了他太多。不是不知道她有身孕，他还是走了。她需要面对的却又太多：父亲、妹妹、属下、重火宫，以及整个天下。接下来的日子，她该怎么过？

鸟鸣杂英覆春洲，在这渐暖的三月，宫中处处有侍女攘剔新枝，拾掇落英。她抚着自己的小腹，伏在案前，压抑着喉间的呜咽，任泪水直直落下，却不敢放声大哭。她哭了很久很久，觉得口干舌燥，双耳嗡鸣，有些掌控不了重心。走了两步，踢翻了一把椅子。她呜咽着蹲下来扶椅子，却听见楼下传来熟悉的声音："芝儿。"

雪芝顿时僵住，一动不动。底下的人继续唤道："芝儿，你醒了？快推开窗户看看。"

雪芝还是不敢动，生怕自己听到的是幻觉。那人又催促道："不要赖床，不然起风了，便再看不到。快快开窗！"

雪芝快速站起来，推开轩窗。春风暖，寒樱香。水浮天际，花红如云。远处有山泽溪水、文鲂弱湍，近处有楼宇沉沉，樱花鸣鸥。而朝雪楼宽阔的后院中，有一朵巨大的雪花。雪花是以樱花花瓣拼凑而成，占了大半个庭院。站在雪花中央的人一袭白衣，他的黑发碧带，正在春风中飘摇。他原在整理地上的花，闻声负手转过身来，抬头望着她，问道："喜欢吗？"

雪芝怔怔地看着眼前的景象，一时有些回不过神。

"芝儿！"

"啊，啊？"

"芝儿。"缓缓重复着她的名字，仿佛这是世上最动听的字眼，然后他微微一笑，"我们成亲吧。"

雪芝明显反应不过来，只是靠在窗前，呆呆地看着下面，道："……什么？"

上官透笑了笑，足下一点，身姿轻盈地飞到二楼窗前，打劫一般将雪芝打横抱起，再越过楼台，轻飘地落在雪花的中央。他们的衣袍是一片雪色的云烟，为风而舞。她抬头看着他的面容，正对上那琥珀色的双眸。见她睁大眼，大颗泪水无声落下，他擦擦她的眼泪，轻吻她的眼角，道："我知道这百日来，你一直对我有怨。其实，我也忍得很辛苦。那大夫说你中了怪毒，解开后情绪不能起伏太大，尤其不能激动。不然，非但康复不了，还容易发热。"

被他这样一说，雪芝如醍醐灌顶，却嘴巴一扁，更是哭得稀里哗啦。

"芝儿乖，不哭不哭，知道你受了很多苦。"他将她紧紧搂在怀中，哄孩子般抚摸她的头发，"待你嫁了我，便不会再有人敢欺负你。不管你以后打算做什么，透哥哥都会陪着你，好不好？"

"我才不要！"雪芝抬头，眼泪还没流完，已露出凶神恶煞般的表情。

"我是说真的，就算你打算把重火宫发展成魔教，你变成了女魔头，我也会陪着你一起下地狱。"

"谁说这个了？我才不要嫁给你！"雪芝拍掉上官透的手。

"不嫁？"上官透若有所思地琢磨着这两个字，然后一脸委屈地低下头，摸了摸雪芝的肚子，"孩儿，你娘不愿意嫁给爹，爹可是不好？"

雪芝忍不住扑哧笑了。上官透继续对着她的肚子道："看，你娘笑了。她明明很喜欢爹，还不肯嫁。"

雪芝板脸道："不嫁！"

"嫁。"

"不嫁！"

上官透站直身子，又一次霸道地将她揽回怀里，道："重雪芝，你听好。我说我们成亲，不是在问你，你也不用回答'好'或者'不好'。你需要做的事，只有一件，便是对我说'官人，我好高兴呀'。"

"做梦！"

上官透却轻轻凑到她的耳边，柔声道："娘子，我也爱你。"

"肉麻。"雪芝浑身打冷战，"好恶心啊。"

"娘子重伤时的告白，我可是至今都牢记心中。那是一点都不肉麻，一点都不恶心，反倒令我分外怜惜。"

雪芝的脸唰地红了，道："不准想！"

"忘不掉。"

雪芝仰头，双手捏住他的双颊，没什么肉还揉两下，道："就知道耍嘴皮子，大夫说我不可情绪激动，你还故意气我，还不理我。"

"你看，你的身体不是已经复原了吗？我们的宝宝也很好。"上官透笑得有些忧伤，"况且……我要真这么了解你的心思，也不会错过你三年。"

雪芝的眼眶又不争气地红了，道："你还好意思说……方才我看到窗台上没了花，还以为你又走了。"

"原来你喜欢那些花。你若喜欢，以后每天我都为你摘一枝，放在花瓶里，摘一百年。"

"一百年以后我们都死了。"

"那等你转世以后，定要嫁给那天天往你窗台上插花枝的人。"

"放心，我肯定会忘记的。"雪芝侧过头去。

"可惜娘子的话，我却忘不掉。"见她眉尖细细，唇似寒天樱红，上官透不由得轻声道，"似月君心，东昨西今。不悲落花，悲妾痴心。昔日缘尽，相思无凭。既不回首，何须留情……"

她涨红了脸道："那时我神志不清，作不得数。而且，我……我只说了一次，你为何记得如此清楚？"

"不将回首，是因永不言弃。"

　　虽早已知他情重，但听闻此言，雪芝还是忍不住身体一震。此时，春风吹落花，和风度青山，卷起地上百片花瓣，树木更是蓊郁。他眼睛一眨不眨地凝望着她，她的眼是一汪不见底的醴泉。他不曾察觉自己在微笑，只是一手揽了她的腰，一手捧住她的头，纵情吻下去。

　　红窗画帘，雪楼飞宇。他们在花影花香中相拥，世界骤然变小，小到只剩下一个楼阁的后院。

　　这一年的春天，是一场繁华的梦境。

　　数日后，开帏对景是灿烂春日，少女巧弄禽鸟飞雀。廊亭间，迎春花开出片片金色。然而，这一切生气勃勃的美景，都入不了原双双的眼。雪燕教的练功房内、窗上都蒙了黑布，她只穿着一件素衣，发随意盘成个髻，满头是汗地打坐，面色苍白。她已多年不曾这样不修边幅，失去妆容的遮掩，岁月的痕迹在她脸上无情地绽放。这段时间，她前所未有地憔悴。不论她如何劳神费力，都很难神功大成。此时的她，根本无法做到秘籍上所写的心凝形释，与万物冥合。只要一个人待着，她脑中便有纷杂画面交替出现。一边是那桃花眸子弯弯的笑，一边是无数男人在她身上留下的肮脏痕迹。久而久之，她便不知哪边是真实，哪边是虚假。这时，有人轻叩房门：“教主，该用膳了。”

　　外面的人又叫了几声，原双双突然暴怒道：“滚！通通给我滚！”

　　嘎吱一声，一道细长的光从门缝中漏入，随即传来女子的声音：“师姐，别去……”

　　这时，一个极为柔软纤细的声音传来：“教主怎么了？”

　　听到这声音的同时，原双双死而复生，倏然站起，一边往门口跑，一边唤道：“奉紫，奉紫，我的奉紫啊，快进来……”

　　这时，大门打开。一个高挑婀娜的身影出现在门口。林奉紫背光而站，春色将她笼罩，她的脸上有初春的年轻、春花的美丽。原双双几乎当场落下泪来。她又想起丰城曾说过的话。他问她，为何她十七岁未嫁便已不是处女身，为何她一直不愿成亲。这问题的答案她自然清楚，却永远无法对人言说。有谁能想象，一个手无缚鸡之力的名门闺秀，一旦被抛入这腥风血雨的江湖，会发生什么样的事？她也曾如眼前少女这般，出淤泥而不染，蕙质兰心。可是，待她终于能融入江湖，终于爬到林轩凤的膝下，一切早已物是人非。

因此，初次看见林奉紫，她并非不曾心生忌妒。甚至可以说，她忌妒到怒火中烧。她在林奉紫身上看见了自己过去的影子，但这小姑娘，却比她幸运千万倍。所以，后来她才默认了夏轻眉轻薄奉紫。然而，林奉紫方从昏迷中醒来，那懵懂受伤的模样，她怕是这辈子也忘不掉。此刻，原双双揽过林奉紫的手，将她拉进练功房，猛地关上门，把她身后的女弟子都视作空气。奉紫轻声道："教主，为何脸色这么差？"

眼泪顺着脸庞落下，原双双扑到奉紫怀中，道："奉紫，我对不起你……"

这是她不曾料到的转变。明明默认夏轻眉毁掉奉紫的人是她，但知道奉紫真的被玷污，她却比谁都心痛。像是自己也回到了年轻时，又把那肮脏之路走了一遍，又把少女时的自己玷污了一遍。

奉紫疑惑道："教主在说什么……怎么我听不明白？"

原双双使劲摇头，依然只是默默流泪，但是双手却一直在奉紫手背上摩挲。奉紫被她摸得浑身不自在，便轻轻抽了手，道："师妹们还在等我，我先出去。"她刚走两步，原双双又一次扑过去，从背后抱住她。奉紫将头发盘起，几缕青丝落在两鬓，颈项美玉般细腻光滑。她是如此可恨，又是如此可爱。原双双情难自禁，在她的后颈上吻了一下。奉紫浑身僵直。极端的恐惧化作瘟疫，迅速蔓延，笼罩了她的世界。

门外传来师妹们的嬉笑声。她们并不是在笑奉紫，奉紫却惊慌地推开原双双，快速朝外走去，说道："要用膳了……奉紫先行退下。"

同一时间，月上谷翔鸾阁中，苗见忧、杜枫、仲涛三个岛主以及裘红袖坐在上官透和雪芝的左右侧。汉将、世绝则是巨钟一般站在上官透身后。只见满桌佳肴珍馐，雪芝面前却放着一大碗馄饨。苗见忧和杜枫从不和谷主一起用膳，但这一日，所有正事都摆上了餐桌。苗见忧道："最近江湖是非多，银子也多。光这个月入门的弟子就有二十几个，这三个月赚的银子够开四个武馆。不过，上次筹办擂台可害死人了。很多人都慕名而去，结果关键时刻，谷主去了华山。当时闹得沸沸扬扬，还有人扬言，谷主不去便退票钱。好在杜岛主临时找到了花大侠，才压住了场，不然我们可亏大了。"

上官透直接跳过擂台一事，道："江南京师一带我们的武馆已够多，多开无益。再往西又太远，暂时不往那边发展。在洛阳东南方设个镖局吧。"

"是。"

仲涛道："光头，洛阳的月上镖局你还嫌不够大？又设一个做什么？"

"东南方离嵩山近，以后镖银和重火宫二八分。"

雪芝本在喝水，险些呛着，道："什么？"

仲涛道："你直接把镖局设在登封，银子赚了都往重火宫送得了。"

上官透接过苗见忧递来的账本，道："不妥。离登封最近的门派是少林、武当和玄天鸿灵观，没什么生意。要么靠近洛阳，要么靠近苏州，灵剑山庄也可以……"

雪芝放下筷子，道："昭君姐姐，重火宫再是落魄，也不至于要你们来救济。"

上官透拿起她的筷子，夹了一个馄饨，喂到她嘴里，道："我只是想给未过门的妻子一点零花钱，有问题吗？"

雪芝含着馄饨，模模糊糊道："可是，我真不想……"

"不要跟我见外，好不好？"

雪芝扭扭脖子，很不是滋味地把馄饨咽下肚，道："好吧，那你别忘记要陪我去鸿灵观。"

"嗯，成亲以后便去。"

"不行，这事比较紧急。"

上官透凑在她耳边道："宝宝就要出世了。"

雪芝的脸又红成了番茄，拿过自己的筷子夹馄饨，夹了半天都没夹起来。上官透笑着说了一声笨丫头，然后又喂了她一个。周围一圈的人都看着他俩，上官透似乎没觉得不适。岛主们都不敢多话，汉将是万年翁仲，世绝完全无视钱以外的东西。只有裘红袖终于忍不住一拍桌子，道："老娘受不了，太肉麻！"

肉麻的日子似乎没了底。雪芝完全不会针线女红，却也开始学做小衣服。也不知是否和即将当娘有关系，虽然依然在操劳重火宫内外务，但对江湖上的事关心得越来越少，每天只要看到上官透，心思便飞到九天外。睡觉时也是相当简单，往他怀里一钻，便很快甜甜入睡。每天早上醒来，不论是谁先起，不论另一人是否睡着，醒来的都会先吻对方一下，才开始忙碌的一日。

收了红定，回了庚帖，上官透开始安排两人的婚事，大婚地点定在傲天庄。傲天庄一向是武林高手打擂台、切磋论剑的地方，举行婚礼还是头一遭。外加新婚夫妇声震四海，很快，消息便传遍大江南北。而与此同时，一个骇人听闻的小道消息不胫而走：夏轻眉修炼了《芙蓉心经》，因而必须手刃至爱。他原想在新婚之夜杀了柳画，却让柳画逃了。为何会有这种消息放出，以及消息从何而来，无人知晓。江湖原已动荡不安，此时更是人心惶惶。

直到这时，雪芝才清醒一些，开始研究《沧海雪莲剑》。然而，又是连续数日挑灯苦读，得来的结果还是和《三昧炎凰刀》一样。虽然她不愿意相信这秘籍里真无内容，但她也禁不住设想，这两本秘籍根本便是爹爹放出的烟幕弹。他大概想告诉世人，这世界上真正的武学，便是最基础的东西，只要学好，定会有战胜邪功的方法。所以，钻研秘籍这条路行不通，还是得去调查。

第一个需要拜访的人，自然是满非月。近些日子，江湖上发生的大事看似相离甚远，实则与她有着千丝万缕的关系。可雪芝还没付诸行动，便有旧识登门拜访。丰涉刚被请入月上谷，做的第一件事，便是指着上官透，对雪芝说道："我的芝芝，你居然真要嫁给这采花贼。我心碎了。"

雪芝刚接过上官透沏的茶，便怔怔地看着丰涉，一时哑然。上官透嘴角带着不易察觉的淡笑，在雪芝身边坐下。"欢迎丰公子参加我与内人的婚宴。"

"我是来看芝芝的，你们的婚宴我没兴趣。"

"那现在看完了？公子请便。"

"透哥哥，怎么这样对我的客人？"雪芝不悦道。

"我只是顺着丰公子的话回答而已。"

"我从进来便没有跟采花贼说过话。"

绚烂的雷电在二人之间噼啪闪过。雪芝知道丰涉一直很崇拜上官透，就是死鸭子嘴硬。所以，干脆站在他们中间打断道："好了，小涉，你素来无事不登三宝殿，专门赶来，是有话要说吧？"

"圣母最近非常奇怪。"

"怎么说？"

"她经常不在鸿灵观。以往她要去什么地方，一定会跟大伙儿交代下，而且身边总是会跟几个人。但是，最近她总是独来独往，还会带走很多稀奇古怪的药材。"

"是什么药？"

"好像是……"丰涉钩钩手指，雪芝凑近后，他才神秘兮兮地笑道，"壮阳的。"

雪芝哧地笑出声来："这，满非月，不大可能吧。她的身体不是和十岁女童一样吗？要这做什么？"

"所以我才觉得奇怪。而且，我知道她和丰城反目，一直在伺机报复，但这些事又跟丰城没关系。"

"慢着，她和丰城？"

"是，他们之前有过交易，丰城拿了什么我不清楚，圣母的要求是她挑中的男子，要丰城给她送去。"

"果然是满非月。"

"不过，她最后看中的一个人，似乎是丰公子。你也知道丰城最宝贝他的儿子，断然拒绝。圣母不高兴，说她又非礼他儿子，没什么好紧张的。丰城还是不同意。圣母恼羞成怒，告诉我她决定弄死丰城，叫我把林奉紫的东西放在夏轻眉的房间里。最近，她还让几个兄弟到处散播夏轻眉修炼'莲翼'的消息。"

"消息是玄天鸿灵观放出来的……原来如此。"雪芝蹙眉道，"只是，夏轻眉和丰城……似乎毫无关联。"

"便是这一点我想不通。毕竟丰城和我有那么一丁点关系，我好奇，才来问你。我也曾问过圣母，她笑得特吓人，说这背后的事多着呢，什么荒谬的人和事都有。知道事情真相的人不是死了，便是憋死了。她能活到现在，纯粹是因为手中有个大把柄。还说局外人少问点，活久点。"

这时候，上官透突然道："我猜接下来不久，原双双的义父母会亡故。"

"透哥哥猜测她修炼了《莲神九式》？"

"是。"

"这回是你猜错了。一年前我在奉紫的生日宴上遇到她，她便已经说过，她父母身患怪疾，命不久矣，所以……"说到这里，她的面色变得苍白。

上官透微笑道："所以？"

雪芝摇摇头。这个设想太可怕。因为爹爹也是以弑父的代价，修成了《莲神九式》，但他是被爷爷算计才误杀了爷爷。可她不曾想过……此刻，丰涉已经替她把这想法说出来："既然她打算练《莲神九式》，又要做到神不知鬼不觉，自然要在 ·年前便设好局。这样就算哪天老两口突然没了，她也方便掩人耳目。"

雪芝觉得胃中一阵翻腾，道："那可是她的再生父母，怎可能……"

丰涉眨眨眼，道："这样的事，有什么稀奇？"

上官透看了雪芝一眼，不愿她知道太多这种事情，于是转而道："丰公子，这些事你都说出来，不怕满非月知道后杀了你吗？"

"我已经发现，她永远不会杀我。"

雪芝道："为何？"

"不知道，她气愤起来，可以打断我的腿，也经常以杀我为要挟。但是无论我做什么，她都不会下杀手……"

就在这时，一个月上谷的弟子进来，说道："谷主，各大门派的掌门均已收到喜帖。"

"我知道了，你先退下。"

"但是原教主不能来。"

"为何？"

"她义父母方因重疾去世，此时正在办丧事。"

雪芝和丰涉对望一眼，都不由自主地吞了口唾沫，齐刷刷看向上官透。上官透还是万年不变的淡定，令那人退下后便道："原教主还真是孝思不匮。"

雪芝却握紧十指，轻声道："透哥哥，陪我出去走走可以吗？"

朝丰涉点点头，上官透带着雪芝到了小院中。满院桃花飘零，空气凛冽。确认四周无人后，雪芝才靠在上官透的胸前，紧紧搂住他。上官透拍拍她的肩，温言道："芝儿，不要怕。"

"都是世上最亲的人……为何他们便下得了手？"

上官透在她发间轻轻一吻，道："放心，我们不会遇到这种事。我会一直陪着芝儿，直到我死。"

"不准乱说！爹爹也说要永远陪着我，可他还是，还是……"

"其实有一天我做梦，梦到你爹爹了。"

雪芝猛然抬头，道："然后呢？"

"他说芝儿从小孤苦伶仃，过得很辛苦，他很想补偿你。所以跟我有一个协议。"

"什么协议？"

"他说，他会在天上保佑你，而我便在人间守护你，时间是一辈子，谁也不能改。"

雪芝呜咽起来："爹爹……"

"但是我觉得吃亏。守一个人一辈子，那多辛苦。"眼见雪芝红着眼眶瞪自己，上官透连忙搂着她，"所以……我跟他商量说，要你当我的妻子，如此我便愿意。可是他说：'我的女儿有倾国之姿，破军之慧，怎能下嫁你这平平无奇的男子？'"

"平平无奇的男子？"雪芝破涕为笑，"这是上官透说的话吗？"

"嘘……这不是我说的，是你爹说的。"上官透抚摸着她的长发，微笑道，"当时我可不高兴了，说莲宫主，虽然我配不上你女儿，但这可是你在托我照顾她一辈子，也不好太亏待我。不如这样，这辈子她嫁给我，到下辈子、永生永世……我也会一直守着她。即便她不喜欢我，我也会保护她，不让她受人欺负，或者孤单一人。"

说到这里，雪芝又把头埋在他怀里，眼眶莫名发热，想要流泪。

"不过条件是，这辈子若她不喜欢我，我就算是靠抢，也要把她绑进门。"上官透坏笑道，"你爹很爽快，说小透啊，其实芝儿性格这么暴躁，我想也就你敢要。立刻便把你卖给我。"

雪芝又不哭了，一拳打在他胸口，道："你要死，爹爹才不会说这种话！"

于是，反反复复，雪芝在又哭又笑又悲又怒的情绪中度过一个下午。

重雪芝和上官透婚礼前几日，奉紫约好姐妹们，一起去杭州替雪芝挑贺礼。春季的杭州，花红柳绿。柳叶低垂，是摇摆的青罗，挡住明镜止水的西子湖。湖面扁舟似叶，自画中驶出般，朦朦胧胧，淡若点墨。奉紫和姑娘们手中提着新货，沿河行走，拨开一簇簇花枝，赏景谈心。其中一位姑娘道："其实上官公子看上去很高傲，也不知同样高傲的雪宫主是如何跟他好上的。"

　　另一姑娘道："雪宫主一点也不高傲，性格随和得很。上次在兵器谱
大会上我横着走路，不小心撞到个人，一看到是重雪芝，吓得魂飞魄散，
以为自己小命不保。可是她竟然很温柔地说，不碍事。当时，我是死也不
相信世上竟有这样好看的人。'国色天香'四个字，便是为雪宫主造的吧。"

　　"原来，上官公子以前风流成性，是因为没遇到最美的女子。一遇上，
还不是被拴得牢牢的。"

　　"江山易改，本性难移，谁知道他成亲以后会不会又……"眼见身边
的人在清嗓子，并且猛丢眼色示意奉紫在，姑娘立刻改口道，"据说前几
个月，此地有一家兵器铺生意惨淡，但后来老板改行当说书的，生意是一
天比一天红火，说的似乎便是上官公子。"

　　"我知道，我去听过，他们都说那老板姓卓，是个疯子。"

　　"我也听——啊！"

　　走在最前面的姑娘踢到一个东西，险些绊倒，所幸身后的奉紫伸手扶
住了她，道："怎么这么不小心……"

　　话方说完，低头便看到她脚下坐了个人。她们走在柳荫下，本来那人
极不易被发现，垂柳还挡住视线，完全看不清面孔。但奉紫看得到他蓬头
垢面，衣衫褴褛，口中还念念有词，像在梦呓。原本以为是随街行乞的叫
花子，但他只哼了几个字，她便认出了是什么人。他们认识太多年，原本
是很和睦的同门师兄妹关系，他却成了她人生中最不可原谅的人。此时，
他念的是："爱的谁？杀的谁？我娘她是无辜的。"

　　奉紫被他说的话吓了一跳。但她还是没忍住，挑开柳帘，看着他。
他也立即抬眼看向奉紫，双目呆滞，却依然不停念着："我杀谁？要爱
谁？我娘她是无辜的。我爱谁？要杀谁？我娘她是无辜的。我杀谁？要
爱谁……"

　　说这些话时，他脸上的单边酒窝，还是会深深地陷进去——这小小的
酒窝，曾经引得灵剑山庄十来个女弟子打得簪飞玉碎。此时此刻，酒窝陷
入他的脸颊，犹如一道残忍的伤疤。看见夏轻眉这样，一个曾为他茶不思

饭不想的女弟子，全然没认出这是谁，只拽了拽奉紫的袖子，强行把她拉走。夏轻眉并未追上去，只是眼神一直随着奉紫走，嘴里仍旧念叨着同样的话语。

修炼《芙蓉心经》，夏轻眉却没能手刃至爱，还是走火入魔了。奉紫想不明白，也忘不掉这柳树下的场面。以往她遇到困难，总是喜欢找原双双解决。因此，哪怕她已诚惶诚恐，却还是走向了原双双练功房门前。正在犹豫是否敲门，练功房里面便传来了一个声音："进来。"

奉紫又一次被吓着。这声音……她完全听不出是什么人。若不是这房间只有原双双一人在住，她准会以为里面住的是个男的。原双双的声音何时变得这样粗？只听见里面的人又道："奉紫，进来。"

既然都叫出自己的名字，奉紫再无理由逃跑，只有硬着头皮，推开门。里面的人确实是原双双。她背对奉紫，在运功打坐。奉紫缓缓走到她身后，轻声道："教主是因为操劳义父母的事……中风寒了吗？声音为何……"

原双双用低沉的声音哼笑两声，又道："最近确实重疾缠身，所以不曾外出。你且勿虑，我自会调养。"也不知道是否声音变化的缘故，奉紫觉得她说话的口吻，也跟以前截然不同。正感到纳闷之时，原双双回头看着她，朝她微微笑着。

而这一刻，奉紫再看不到任何东西，她只留意到原双双的眼睛。

"我听说，你要去参加上官透和重雪芝的婚礼大典。路上小心。"原双双用那双深紫色的眼瞳看着她。

转眼四月到来，大红日子，素雅的傲天庄张灯结彩，也被大红染了个彻底。满园丁香婉约绽放，花团锦簇，白紫相映，饱满而鲜艳，在春风的吹拂下，蝴蝶般翩翩起舞。而园中景象，用"人海如潮"四字形容，绝不夸张：武当星仪道长、少林释炎方丈、灵剑山庄林轩凤、峨眉慈忍师太、花大侠、酿月山庄段庄主、紫棠山庄司徒雪天……江湖上有头有脸的人物，几乎都前来捧场。坐在父母座席上的，却是格格不入的三个人：上官行舟、福月兰、林宇凰。林宇凰身侧空着的座位上，放了重莲的灵牌。林宇凰很少穿华贵的衣服，这一日他打扮得不仅体面十足，连眼罩都换上了镶金的。乍一眼看去，还真有几分大派掌门的味道。雪芝还夸了他，二爹爹你简直是俊美无双。林宇凰居然理都不理她。女儿要嫁人，这当爹的已经别扭了好些天。

　　雪芝在马车中看这情形，却不敢出来。成亲似乎没她想得轻巧。若不是亲眼见到，她都忘了上官透身后还有一帮高爵厚禄的哥哥、嫁给今上的姐姐。这一回来参加婚宴的，不只国师夫妇，还有上官透的大姐、二哥、三哥和小姐姐。这四人都是前几天便赶到月上谷的，都说要看看小弟未过门的妻子。前三者对雪芝赞不绝口，唯独上官透的小姐姐对雪芝有些冷淡，私底下说雪芝长得有股狐媚子气，不像好人家的姑娘。裘红袖却说，小姐姐，照你的说法，重雪芝长得妖气，那我不是长得骚气了？小姐姐忙说没这回事，裘妹妹自是风情万种。仲涛忙补充说，雪芝妹子那是狐狸精的脸，白蛇精的心。刚说完便跟上官透打了一架。当然，这些雪芝并不知情。

　　春风动繁花，傲天庄中兰蕙清渠，风光幽丽，下了一场丁香雪。雪芝站在马车后，一身大红云裳。她将凤冠珠帘拨到耳后，垂头看着地面，紧张得动也不敢动。这时，一双黑红相间的靴子出现。她抬头，只见眼前的男子身着红纹黑衣，却面白如玉，鬓发如云。雪芝一时间竟没认出是什么人。

　　"宫主。"那男子唤道，"还在这里？"

　　"穆远哥……为何看上去不大一样了？"

　　"哦，你是说头发。"他转过头，指了指压住长发的蝶形黑色发冠，"前两日刚成年。"

　　以前，穆远一直都将长发束在头顶，留下一侧刘海，因此依然带着少年的稚气。此时，他将头发散落，顿时显得成熟不少。而有那一缕刘海的衬托，居然俊美得有些邪气。雪芝道："啊，穆远哥的冠礼……我真是糊涂，都忘了这事。"

"无妨。人生大事更要紧。"

雪芝也笑道："是不是有一种嫁妹妹的感觉？"

花瓣纷纷扬扬落了满地，柔和浅花更烘托得他玄衣如夜，身姿挺拔。穆远望着她，却不说话。她感到有些不自在，正准备找点话题，穆远却抬手，顺着她头上鸣金清脆的步摇摸下，脸上露出一丝不甚明显的笑意，答非所问道："你原本应是我的。是我的失误，只想着大局，分了心，让你跑了。"

雪芝微微一怔，往后退去，躲开他的手，僵硬地笑道："成亲只是个形式。即便嫁了人，我依然属于重火宫。"

"成亲只是个形式，此言甚善。即便嫁了别人，我也可将你夺回，是吗？"

穆远哥今天到底是吃错了什么药，怎会说出这般荒唐的话？雪芝更加尴尬，不知如何回答。也是同一时间，媒人高声道："吉时已到，新人拜堂！"

"拜堂了，去吧。"穆远拍拍她的肩，"别走太快，小心身子。"

上官透一身红衣，正站在大堂门前等她。她放下珠帘，在几名喜娘的搀扶下，进入大红轿子。穆远的笑容不同以往，让她觉得害怕。若不是因为有身孕，她还真的很想跑开。

花轿靠近礼堂，乐师们开始奏乐。轿停，出轿小娘上前迎接。隔着珠帘，雪芝隐隐看见前面英气勃发的新郎。每次靠近他，她便不会再惧怕任何东西。出轿小娘搀着她跨过朱红马鞍子，踩着红毡子，缓缓朝前走去。直至走到他的面前，站在他的右侧，之于她，所有人都已消失不见。在花香流溢的空气中，喧闹喜庆的奏乐中，他们彼此对望一眼，嘴角都勾起一抹会心的笑意。大堂中，各大门派的掌门、弟子都坐在客席上，静静看着二人走向赞礼者和双方父母。园中繁花似锦飘扬，穆远站在很远的地方，丁香花枝下，全然置身事外的模样。

赞礼者高呼道："一拜天地！"

二人随着主香者，朝门外鞠躬。

"一鞠躬——二鞠躬——三鞠躬！"

"二拜高堂！"

二人转身，又朝着林宇凰、上官行舟和福月兰鞠躬。

"一鞠躬——二鞠躬——三鞠躬！"

林宇凰笑盈盈地看着眼前的二人，如身侧的国师夫妇一样，笑得像个菩萨，只是多看几眼雪芝后，便会揉揉眼睛看向别处。

"夫妻对拜！"

祥烟瑞气轻绕，香烛氤氲。二人转过身，面对彼此。隔着珠帘，雪芝仍不敢相信眼前发生的一切。她曾经一路跟着取笑逗乐的昭君姐姐，她难过时对着撒娇赖皮的透哥哥……如今，已是她的夫君。

"一鞠躬——二鞠躬——三鞠躬！"

不真实，幸福，却又有些惆怅。上官透接过金质秤杆，挑开雪芝面前的珠帘。雪芝低垂着眉眼，睫毛在眼下投落深影。隔了片刻，她才抬眼看着他，轻轻吸气，朝他微微一笑。接过喜娘端上的茶水，二人分别向父母敬茶。朝着国师夫妇敬茶时，老两口完全把自己儿子忘了，只无比错愕地看着雪芝，福月兰对林宇凰道："我说林大侠，你说的何止是不夸张，简直是太不夸张。我们这儿媳妇儿还真是……倾国倾城啊。"

上官行舟道："透儿，你这孽子，从小没让我省心过，今日总算做对了一件事。"

上官透含笑低声道："爹爹教训的是。"

雪芝捧着茶，高高举过头顶，道："请公公婆婆用茶。"

两位老人接过茶盏，眉开眼笑地饮茶。然后，二人又在林宇凰和他身边的空座前跪下。上官透和林宇凰早已熟络，客套起来，都忍不住笑。他敬茶过后，雪芝捧着茶杯，轻声道："二爹爹，请用茶。"

林宇凰接过雪芝的茶，还是笑得没心没肺，但眼中有水光闪烁，手已发抖。那个在他怀里撒娇的、软软白白的奶娃娃，早已经出落成了一个水灵的大姑娘，而在这时，就要嫁作人妻。他依稀记得很多年前的一日，重莲小心翼翼地抱着她，试图掰开她死抓住林宇凰食指不放的小手，唤道："芝儿，芝儿，别抓二爹爹。二爹爹最喜欢你，哪里都不会去。"

明明是简单而又平凡的一件小事，却令他此时热泪盈眶。

雪芝又朝重莲的灵牌捧上茶盏，道："爹爹，请用茶。"

香烟环绕，无人言语，重莲的灵牌是一座置放了千年的古碑。雪芝将茶水倒在椅子上，纵然有千言万语，满心的思念，都只能化作深深的一拜。

第二十一章

大闹婚宴

重雪芝和上官透身份特殊，拜堂之后，不能洞房，送走了二老，还要招待诸位访客。最开始来敬酒的几个人中，有一个便是丰城。丰城还是非常爽气又有些调侃地祝福两位新人，跟雪芝说话时，脸不红心不跳，好像发生在华山秘道的事，都是雪芝做的梦。雪芝有些按捺不住怒气，但是看上官透亦是客套地回礼，也不便多说。

因为雪芝有身孕，喝酒的重任便交给了上官透。来人只要敬酒，他必饮满杯。一杯接一杯高粱酒下肚，看上去没什么变化，上官透的眼神已经有些涣散，还笑曰此乃觞纵遥情，忘忧千载。他搂住雪芝的肩，又轻轻用指尖勾了勾她的下巴，道："芝儿，以后我们的孩子叫什么名字？"

雪芝看了看周围的人，小声道："还……还是回去再议。"

"宝宝出生以后，你会不会要他不要我？"上官透也学着她的模样，认真地，悄悄地说，"偷偷告诉你一件事……我已好久没碰你了。"

雪芝轻轻推了一下他英俊的脸蛋，道："你喝醉了。"

上官透很配合地将脸侧过去，看到了门口站的人。那人衣衫褴褛，蓬头垢面，脸上堆着痴痴傻傻的笑，口中念念有词，却因礼堂喧哗被淹没了声音。上官透轻轻拍了雪芝一下。雪芝顺着他的目光看去。若不仔细观察，她会以为是个乞丐。可是，很快她便留意到，这人她在苏州见过。不多时，在场的所有人，也都留意到了他。礼堂中很快安静下来。于是，所有人都听到了他念叨的话："我杀谁？要爱谁？我娘她是无辜的。我爱谁？要杀谁？我娘她是无辜的。我爱谁？要杀谁……"

上官透和雪芝面面相觑，往后退了些。原以为念久了，他会有点别的动静。可半炷香时间过去，他依然念着这几句话。就在这时，丰城站出来道："哪儿来的乞丐？没看到别人在大婚吗？来人，把他赶出去——"

"慢着。"林轩凤打断他，往前走了几步，眯着眼睛道，"这人……你是轻眉？"

夏轻眉轻轻歪过头，依然傻笑着："我爱谁？"说罢，目光缓缓扫过在场的每一个人。林奉紫嫌恶地转过头去，躲在人群中，生怕他看见自己。可终于，夏轻眉的目光还是停在她身上，突然不再说话。雪芝往前走了一步，却被上官透拦下。他摇摇头，示意前方危险。她还未开口，夏轻眉已经对着奉紫露出诡异的笑容，道："我爱你，要杀你。"

他抽出腰间的锈剑，一剑刺向奉紫——剑法又快又狠，快得看不清轨迹。上官透忙抽出下属腰间的刀，准备挡住他的攻击。但因相隔太远，雪芝又在他身后，连武器交锋的机会都无。幸亏奉紫反应及时，后仰躲开。夏轻眉仍不死心，大声道："紫妹，不要逃啊，我爱你啊。"语毕又是一剑。

林轩凤抽剑挺身而出，挡在奉紫面前，道："保护我女儿！"

在场的人才反应过来，都纷纷掏出武器。但无一人敢上前。夏轻眉修炼《芙蓉心经》，已不是什么秘密，即便走火入魔，也令人感到惶遽。二十多年前，一名邪教教主也是修成了《芙蓉心经》，在走火入魔的状态下，杀了成百上千的人。

有不少人开始退缩。有几人甚至已经悄悄退出礼堂。夏轻眉挥舞长剑，频频攻击林轩凤——仍是灵剑山庄的剑，正宗的灵剑招式却早已凌乱，还掺杂了很多古怪邪气的路数。他的攻击不按牌理出牌，林轩凤根本看不出招式的来头，接招接得很吃力。眼见夏轻眉刺向他面门，林轩凤闪开，他却突然间变换了数次攻击，只是身影便让人看花了眼。林轩凤正琢磨着怎么回击，他身形一闪，绕到林轩凤身后，刺向奉紫的咽喉。他们之间的距离太近。奉紫身首异处，也不过须臾之间的事。剑锋凛冽，剑声刺耳，狂风卷席而过。傲天庄中，丁香花瓣无规则地乱舞。

然而，在剑锋指在奉紫咽喉的刹那，剑却停住。再一看夏轻眉，众人都屏住呼吸。他的右肩已被贯穿，片刻过后，才有鲜血从里面浸出。贯穿他肩膀的物体，竟是一条长鞭。鲜血顺着长鞭流下，渐渐将之彻底染红，变成一条血鞭。血珠滴落在地，滴答作响。腥味混着花香，蔓延在礼堂。人们捂住嘴，几乎呕吐。

雪芝感到恶心，更感到惊讶。眼前这一场景，令她想起了小时的一件事：她和海棠出去，买了青石绣板送给爹爹。拿到心莲阁，爹爹正在折腾他那套紫砂壶杯，她便要求把绣板挂在墙上。爹爹答应了。海棠说要去拿东西来打洞，爹爹还惦记着自己的茶壶，便叫她把鞭子给自己。然后，海棠拿稳绣板，他把茶壶抛在空中，茶水往下流淌时，他同时轻轻舞鞭，青石绣板上方便多了一个洞。他抱着雪芝飞到墙边，把着她的手，把绣板挂好。而后他回到座位上，伸手接住离桌面只有寸许的茶壶放好，正巧茶杯也已沏满。他端着茶杯坐下，极是风雅地浅尝一口。

那一天起，雪芝才知道，原来鞭子也可以贯穿物体，当刀剑使。可也是那一天后，她再没看到任何人用鞭子打穿硬物。这时，一个男子的声音自庭院中飘来："轻眉，你该死了。"礼堂门口，一个淡绿身影轻飘飘地落下。那人散着发，头上无一装饰，五官柔和，皮肤白皙。虽然声音是男的，长了喉结，胸部却明显突起，线条柔软不似男性。

此刻，没有一个人认得她，除了奉紫。因为这人身上的衣服，是她很久以前买的。

她紧紧攥住林轩凤的衣角，颤声道："爹，爹，我受不了，让我走……"

林轩凤拍了拍她的肩，对那人道："你是何人？"

那人看了林轩凤一眼，不多言，只冲到夏轻眉的身后，抽出长鞭。顿时，鲜血四溅。血花伴随着夏轻眉的惨叫，散布在礼堂的每一个角落。夏轻眉一边嘶声大喊，一边以左手握剑，像失控溺死的野兽，发狂地攻击那人。

那人甩着鞭子，试图将血甩去，同时左躲右闪，毫不费力。

也是这时，人群中有女子胆怯地唤道："教……教主？"

那人停了一下，继续躲避夏轻眉的攻击。林轩凤微微蹙眉，回头看向奉紫道："小紫，莫非她是……"

奉紫使劲摇头，生怕那人发现自己，却晚了些。那人的目光落在奉紫身上，顿时大变，放软了声音，跑到奉紫面前，捉住她的手道："我的奉紫，你平安便好，你平安便好。"

奉紫立即抽出手，恐惧地后退。那人却穷追不舍，又上前走了几步道："小紫，是我，我是双双啊。"

"我知道！你……你不要过来。"

林轩凤大惊道："你是……原双双？"

"为何？"原双双无视林轩凤，只对奉紫讨好地笑，"小紫，我一直在担心你记挂你……小紫，你为何要躲我？我做错了什么？"说完也不看一眼，便挥鞭将夏轻眉刺来的剑卷走，甩在地上。然后，她又继续看向奉紫。奉紫只是躲她，藏在林轩凤身后。在原双双眼中，其他人都已变成了障碍物，包括林轩凤。她绕过林轩凤，又继续逼问奉紫。

奉紫早已被吓得魂不守舍，哪里还能答话，倒是有人代替她说道："她为何要躲你？自然是因为你练邪功，男不男女不女，说话还变得阴阳怪气——"说话之人是华山的一个弟子。可惜话未说完，咽喉已经被长鞭穿透。

在众人都惊恐之时，原双双依然不放过和奉紫说话的机会。

"你为何这样怕我？难道我变难看了？"原双双神经质地在脸上抚摸，又缓缓回过头，阴森森地看着夏轻眉，"还是因为……他？"

奉紫尚未回话，原双双已狠狠一甩鞭，面无表情地走向夏轻眉，挥鞭攻击。夏轻眉回击得很激烈。原双双手臂和大腿中了剑，仿佛没有感觉，任鲜血从伤口流下。只见原双双一咬牙，目光冷冽，噼噼啪啪一阵猛打，鲜血犹如绽开的礼花，乱飙四溅。夏轻眉的面部中了很多鞭。在剧痛之下，他终于坚持不住，跌倒在地。这一摔，更是将自己推向无尽深渊。原双双的眼中露出兴奋之色，在他身上抽一千次，一万次，也不足以令她愉悦。起初，夏轻眉还因为疼痛号叫、翻滚。渐渐地，动作幅度越来越小，声音也越来越微弱。

在场的人都抱着鹬蚌相持的态度观战。无人出面阻止。到最后，夏轻眉已完全不动。原双双还在享受鞭打的快感，越打越兴奋。终于，普通的抽打已经无法满足她。她回头，对奉紫笑道："小紫，你看，你看啊，我打他，我用最厉害的武功打他。"

奉紫早已捂住眼睛，再无法多看一眼地上血肉模糊的物事。原双双脚下一踩，腾空而起，旋转一圈，伸展四肢，将鞭子舞出，裙摆颠荡，好似一枝芙蕖。在场的人，多半都猜出她练了什么武功。对雪芝来说，这一系列的招式，更是不能再熟悉。可是，原双双却在落地之时，停止了动作。是时花瓣飘零，万物静止，顷刻间，一摊黑血自她口中涌出。她摇了几下，跪在地上，捂胸看向门外，紧紧蹙眉。

大红的蜡烛，烛光摇曳。慈忍师太缓缓道："真相已大白。盗取'莲翼'，偷练邪功之人，便是此二人。"

星仪道长道："只是，'莲翼'若是到手了便可修成，恐怕真的会天下大乱。"

"没错，我是没练成。"原双双又吐了一口黑血，却依然笑着，"而且，我也快死了。"

语毕，所有人都活过来般，有说她行为怪异恶心的，有说她不男不女的，有骂她妖妇品行不正的……谴责声，唾骂声，源源不断。慈忍师太道："我只问你，你的义父义母，是怎么死的？"

"愚蠢的老太婆。"

慈忍师太面露愠色，道："大胆妖妇，你伤风败俗，大坏纲常，有胆以如此恶心的模样出现于世人面前，却没胆承认自己做过的事？"

原双双冷笑道："自然是我杀的。"

此话一出，谩骂声更是铺天盖地。连释炎方丈都忍不住闭眼道："阿弥陀佛。"

雪芝这才留意到，几年间，释炎的胡子已经花白。她实是忍不下去，站出来道："原教主，当时你的武功并未强到可以自由出入重火宫。我只想知道，你是如何进入，又如何找到秘籍的？"

"总算有人问对了问题。"原双双抬头，眼神突然变得温柔，"不愧是奉紫的姐姐。"

雪芝不言。

原双双道："当年给我指路，让我盗取秘籍，以及你被驱逐离开重火宫后，又出来追杀你的，都是一个人。"

"什么人？"

"我可以告诉你，不过，你要答应我一件事。"说完这句话，原双双又开始咯血，且比前两次要激烈得多。到后来，她似乎连支撑背脊坐着的力量也无，瘫软地靠在椅子腿上，"照顾好奉紫，我对不住她，让她自小因我而蒙羞。欠她的，我一辈子都无法还清。你……要替我还。"

她声音低沉，面容不男不女，看上去无比恶心，态度却十足地真诚，实在是说不出地诡异。奉紫觉得恶心的同时，又有些于心不忍，只好转过头去。原双双道："奉紫……当我第一次看见她，便好像看见了从前的我。如空谷幽兰，那么高高在上，纯真无瑕……所以，我是那么爱她，又是那么……恨她……"

"谁和你像了？"奉紫涨红了脸，愤怒至极，"谁像从前的你了？！"

雪芝道："她是我的妹妹。不用你说，我也会对她好。"

"那便好。"原双双根本不在意奉紫的话，只咳了几声，"那人，是尉迟长老。"

"什么？"雪芝愕然道，"为何？"

"这后面的事，恐怕就只有他自己才清楚。反正我要死了，可以把所有的事说出来。"原双双突然看向丰城，眼中写满仇恨，"我和夏轻眉，不过是牺牲品，其实，这两本秘籍——"

话未说完，一把长剑自她的后颈贯穿，从喉咙捅出。她张嘴咿咿呀呀叫了半天，大睁着眼睛，再说不出一个字。

"这是还你的！"华山派的一个弟子泪流满面，也不知是悲痛还是受到了惊吓，"你杀了我师兄，这是还你的！"

顿时，四下一片哗然。星仪道长急道："她话还没说完，你怎么就——"

丰城一个耳光抽在那弟子脸上，道："从今天起，你不再是华山的弟子！"

那弟子捂脸，突然不哭了，道："掌门，您，明明是您……"

"你若再做错事，会有什么后果，你应该比谁都清楚。快滚出去！"

那弟子不敢多言，只恨恨地退下。上官透上前一步，道："慢，她在写字。"

丰城的脸色大变。原双双伏在地面，鲜血从喉管中汩汩流出。她用指尖蘸着血，抬眼死死地看着奉紫，写下了几个字：若生为男我……

但是没写完，她已经断气。

丰城轻轻吐了一口气，道："其实，这妖妇也挺可悲。"

慈忍师太道："真是古怪，原双双对杀死父母的事毫不愧疚，反倒对奉紫的事耿耿于怀。她究竟做过什么？"

雪芝和上官透对望一眼，都没说话。丰城道："既然人已死，不必多做追究。抬走吧。"

华山的几名弟子将原双双的尸体抬出去。夏轻眉还剩最后一口气在，林轩风念及旧情，听闻他余生会残废，也还是请大夫尽量医治他。在场之人，很多都回不过神。春风中是舞动的丁香花瓣，粉一片，白一片，粉白交错。原双双死相丑陋，但裙摆翩飘，却是最美的翠绿荷叶。

释炎道："多亏了奉紫施主，是你还了天下人太平。"

奉紫摇摇头，神情黯淡。

"只是弄砸了雪宫主和我老弟的婚礼。"丰城笑着，朝大家举卮，"来来来，大家忘记不快，继续喝酒吧。"

待众人情绪平定，雪芝对上官透悄声道："你认为原双双所言尉迟长老之事，可信吗？"

"可以提防，切勿直接过问。"

时至午夜，盛筵已散。傲天庄中积了寒云泽雉，树林成团，垒垒高坟般，染了肃杀之气。在这树林深处，丰城微微弯腰，站在一个人面前。那人一袭黑衣，身形高大，依然和过去一样，身上的皮肤无一寸暴露出来。丰城擦着额上的汗珠，道："请相信我，我也是最近才知道自己被人陷害，若不是因为满……"

"我自然知道不是你。"黑衣人打断道，"是满非月。问题是，你为何不答应她的要求？"

"她要的是我儿啊……足下可知她对我大哥的儿子下过何等毒手？"

"大哥都杀过，又何必介意儿子？"

"可是……"

"你哪儿来这么多话？当初叫你偷偷把秘籍改掉，可不是为了让他们来暴露我的行踪。"

"这……属下知错。"

"多亏原双双除得快，不然，她若道出真相，及尔都别想活。"

"是，原双双和夏轻眉已死，这秘密除了满非月，不再有人知道。"

"满非月先留着，她还有用。"黑衣人放细了嗓音，声音变得更加像个妇女，"你先走吧。"

也不知是因为料峭春寒，还是因为此地的森冷之气，丰城周身发冷。他转过身去，把双手缩入袖中，打着哆嗦离开。眼见丰城离去，黑衣人转身，对着树林最深处道："公子，一切已按计划行事。"

无人回答。黑衣人略微迟疑，欠身道："……公子？"

樱树林中迷雾一片，依稀可见一个男子修长的身影，垂落的流云长发。他头发长而美，一身玄衣却轻便贴身，毫不拖沓，整个人利落笔直，从夜中滋生般。若只是站在那里，看到这个身形，任何少女都会浮想翩翩。只是此刻，悲风自高树吹下，扬落无月之夜的樱花。樱花美丽如初雪，又苍白如纸钱，翻天覆地地飞卷在林中。然而，那男子并无动静，只是侧了侧身，所有花瓣都被一股真气震住，落荒而逃，冲向相反的方向。这"公子"的发丝浮云般上下起伏，声音年轻动听却无甚起伏："你将《莲神九式》练得如何了？"

黑衣人恭敬道："托公子的福，十分顺利。"

"下一个门派是玉镖门。"

黑衣人顿了顿，道："是。"

"三天内完成。"

"是。"

"另外，我先前说的人，今年六月必须死。"

"六月？"黑衣人略有些惊慌，但他知道，"公子"说六月，言下之意，便不能是五月，也不能是七月。他只能连连道："是，是，公子还有何吩咐？"

无人回答。

"公子？"黑衣人往前走了两步，"公子？"

便似一场海市蜃楼，那里早已没了"公子"的身影。黑衣人正待离去，身后传来了一个女子的声音："爹，不，娘，您在做什么？"

"公子方才来过，让我六月杀一个人。"

"谁？"

"不能告诉你。"

"什么人？连我都不能说？"

"不能。"黑衣人回头看了看那女子，"我没什么把握。现在我的内力尚未调好，也不知到时会不会出状况。"

"你最好想清楚，公子会不会是想让你们两败俱伤？他既然可以修改秘籍，让原双双和夏轻眉走火入魔，再让他们自相残杀，对你极可能依葫芦画瓢。"

"不会，他的身份特殊，只能暗中操纵一切。我若死，他什么也做不了。况且，到目前为止，我确定手中的《莲神九式》无碍，只是不全。"

"他的目的究竟是什么？"

"不知道。从来看不出他想要什么，打算做什么。慢……"黑衣人压低声音，"他叫我六月动手。六月……难道是因为……"

"因为什么？"

黑衣人眯着眼睛道："没事。"

重雪芝和上官透的婚礼被搅得一团乱，二人步入洞房，甚至连亲密的时间都无，便开始讨论回去该如何套尉迟长老的话。第二天起，婚礼上发生的事很快传开。以武当派为首，各大门派的掌门和弟子在雪燕教搜出了《莲神九式》，大家在讨论如何处理这本秘籍时，丰城提议将之归还于重火宫。原本无人同意，但丰城说，这本秘籍只是副本，重火宫必然有《莲神九式》的原本，所以归还对他们其实毫无影响，反而交给任何一个门派保管，都有可能节外生枝，毁之，又是公然与重火宫作对，更可能会激怒他们。

所以，雪燕教被各大门派封锁，秘籍又回到了雪芝的手中。雪芝拿到《莲神九式》时，刚好奉紫也在场。奉紫凑过来，歪头看了看，道："这字不像是教主写的，也不像夏轻眉写的。"

"那像谁的？"

"不知道。不过他俩写的字都很秀气，没这么入木三分。"

雪芝握紧手中的秘籍。她知道事情没这么简单，仅剩的线索是丰城、满非月和尉迟长老。只是丰城表面功夫做得太好，满非月性格诡异不好打探，她只能找尉迟长老。但是，她和上官透回到重火宫当日，又听说了玉镖门门主的死讯。查出来是门派里一个小喽啰下的毒，而后很快，玉镖门换了新门主。

朝雪楼正厅，雪芝把穆远和四大护法叫来，端了一杯热茶，静静等候。约莫过了一盏茶的工夫，尉迟长老蹇裳入内，道："不知宫主有何吩咐？"

在这帮老江湖面前，雪芝还是会有些底气不足。她叹口气，轻到自己都难以察觉，道："长老应该知道我今番叫您来的原因吧。"

"宫主要说的，可是和上官谷主的婚事？"

"不是。"雪芝放下茶盏，直视他的眼睛，微笑道，"彼此都心知肚明的事，长老可是希望我这晚辈挑明了说？"

尉迟长老看着地面，面不改色道："老朽实乃下愚之人，还请宫主明说。"

雪芝放下茶盏，俨然道："尉迟，你是在装糊涂吗？"

尉迟长老迟疑片刻，又道："老朽真不知。"

"砗磲。"雪芝击掌道，"把东西拿来。"

砗磲应声，将墙角的一个箱子搬来。大家都不知她葫芦里卖的什么药。尉迟长老不安地搓了搓手掌。雪芝脸上又一次绽开了笑容，站起来，把手放在箱子上，说道："四个长老里，您的辈分仅次于宇文。这些东西，还望长老笑纳。"

看见她那谨慎压着箱子的手，海棠都不由得睁大眼，却一直摇摆不定，不知是否要出面阻拦。尉迟长老双手发冷，他和所有人想的一样，觉得箱子里可能会飞出冷箭毒蛇，一命呜呼也不过片刻之事。雪芝道："长老，您这是在怕什么？快快上前来。"

"宫……宫主……"琉璃也沉不住气了。

尉迟长老抿着皱纹迭起的嘴角，硬朗地哼了一声，步履蹒跚地走过去。他抬眼看了看雪芝，又哼了两声："重雪芝，你以为你会吓着我吗？

哼，老朽活到这份儿上，也无遗憾。刚好去地府里和莲宫主会个面，告知他一声，果真虎父无犬女。莲宫主的铁石心肠，你可真是继承得好啊。"说罢，他提起一口气，闭眼打开箱子。在场之人都屏住呼吸。但是，他们等了良久，都未见动静。尉迟长老试探着睁开一只眼睛，而后垂头看看箱子，伸手在里面抓了抓，终是抬头，诧异地看向雪芝。

雪芝还是一脸微笑，变成了任何老人都盼着的孝顺孙女。这是一张年轻的面孔，意气风发如同年轻时的甄宫主，美丽绝代如同少年时的莲宫主。经过重火宫三代宫主更替、岁月的洗练，以及武林中刀光剑影之后，尉迟长老顿时百感交集，握住那箱中的锦绣衣物，心中只剩酸涩，道："宫主，你这又是……"

"什么都不用说。"雪芝微笑着打断他，"我想长老做任何事都有自己的理由。况且，您在重火宫待也超过五十年了吧，从我爷爷到我爹，再到我，辅佐了三代人。您对重火宫的情分，远远超过在场每一个人。最近听闻您日夜操劳宫内事务，还生病了，便亲手做了些衣服，希望您身体早日康复，重新成为我们重火宫的中流砥柱。"说罢，将衣服披在他肩上。

尉迟长老长久惊愕，抚着衣角，泪眼模糊，只连连点头。

几日后，奉紫和丰涉上门拜访重火宫。这一待，便待了接近一个月。雪芝知道她不愿离开的理由，也暗示过穆远，只不过穆远就是冰雕一个，外貌好看，里外却都是冷冰冰的。所以一个月下来，奉紫和他都没能说上十次话。

又过了十来天。首夏，衣服渐薄，雪芝有身孕的事再瞒不住，只好公之于世。林宇凰听说这消息，激动得热血沸腾，重重拍了拍上官透的肩，说小子动作真快，这才多久便有喜了。而后，他更加激动地补充一句，这才多久，肚子便这么大了，说不定是双胞胎。上官透清了清嗓子，扭扭脖子，再清了清嗓子，没了下文。林宇凰喜当翁，笑得比窗外的樱花还灿烂，小两口实在没法开口，告诉他孩子就快出生了。于是，他们借口回洛阳探望外公，顺便把丰涉和奉紫也撵走。

　　回洛阳探望了福景然，老人家果然特别高兴。不过，那些为上官透心碎或心动的姑娘，总是可以让雪芝酸到沈水都成了醋河。她对他又捶又踢又打，威胁他以后不准多看别的女子一眼，不然戳瞎他的眼睛，不小心看到的也算在内。上官透只好天天待在家里，不敢出去，还对雪芝的肚子诉亲爹之苦。不久以后，雪芝和上官透迎来了新婚后的第一次争吵。为孩子取名时，若是女孩，两人都同意叫"唯"。若是男孩，分歧便来了——上官透喜欢"显"，雪芝喜欢"适"。所以，常有二人对肚子叫不同名字的情况发生。最让上官透无奈的是，雪芝非要孩子姓重。他说，哪儿有孩子跟娘姓的道理，雪芝说这是我的孩子，为何不跟我姓？为这问题，他们连吃饭都在拌嘴。

　　虽然日子过得很是惬意，宝宝出生的日子也即将到来，但雪芝还是没有忘记很多没解决的事，还把重莲写的两本秘籍都带在身上，每天让上官透念给自己听，尽管行动不方便，也要用手比画招式的动作，琢磨其中的奥妙。可惜琢磨了很久，还是什么都不知道。

　　俯仰之间，已是五月。雪芝出门逛街时，不小心滑了一下。这一滑，羊水破了，孩子提前出世。一个下午，雪芝都在撕心裂肺的惨叫中度过。上官透神经紧绷，面色苍白，在房门前踱了千个来回。终于，听见里面孩子奶声奶气的第一声哭啼，他激动忘形，抓住家丁的手，使劲摇了几下。"孩子出生了，我当爹爹了，我当爹爹了！"

　　然后，产婆在里面大声道："是儿子！"

　　上官透冲过去喊道："显儿，爹爹来了！"

　　怎奈过了一会儿，雪芝睁开眼，居然还不忘夺回主权，道："适儿呢，我还没看到他……"

　　"你们俩啊，别争。"福月兰抱着孩子，走到床旁边，道，"显儿、适儿都在。"

　　雪芝愣了愣，看着早已经笑得眼睛眯成一条缝的上官透逗着孩子，第一次觉得二爹爹长了一张好看的乌鸦嘴。当然，二爹爹听到自己闺女生了双胞胎，兴奋程度绝对不亚于上官透。他还特地背着重莲的灵牌，大老远赶到长安，轮流抱孩子给重莲看。

很快，上官透的阿姨伯母们陆续赶来祝贺。一群妇女在一起叽叽喳喳，说从未见过如此相似的双胞胎，怀疑爹娘都分不出谁是谁。雪芝坐着月子，在床上笑盈盈地说，显儿的手背上有一颗红痣，适儿没有。然后，大家又研究俩孩子的名字，纷纷说，上官显，上官适，都是好名字啊。在阿姨伯母们的压迫下，雪芝终于妥协，承认他们姓上官，想想自己又输给了上官透，心情烦躁地在他身上掐了好几处淤青。父母都长得好看，孩子自然也是十分漂亮。显儿和适儿鼻梁和嘴唇长得像上官透，脸形和眼睛像雪芝，所以，俩小孩也都长得跟小白狐狸似的，圆圆白白，让人看了便忍不住捏几下。于是，儿子们出生以后，雪芝是彻底忘记江湖中事，连上官透也不大搭理了。

就在俩孩子出生后某一日，玄天鸿灵观藏书阁中，满非月一声"你在做什么"响起，丰涉正翻机密文书的手抖了一下。黄色烛光照映下，满非月幽蓝的脸悬在空中。丰涉站在黑暗中，将文书揉成一团，背在身后。满非月阴森森道："丰涉，你好大的胆子。"

丰涉却毫不惧怕，只微笑道："原来那么多掌门的暴毙，竟然和圣母还有丰掌门有关。"说罢摇了摇手中的纸张，"这名单我若泄露出去，恐怕会有不祥之事啊。"

"知道了这些秘密，你认为自己还能活下去吗？"

"不能。但若是被你逮住，我便能。"

"你就这么笃定我不会杀你？"

"是。"

漫长的沉默过后，满非月忽然带有一丝嘲意地笑道："罢了，我是不会杀你。"

"多谢圣母。"

"不过，这秘密你要让它烂在肚子里。不然，泄露一个字，总会有人杀你。"

"圣母请相信我。"丰涉绽开一个甜甜的笑，英气十足。

满非月忍不住多看他几眼，又道："把东西放好，跟我出来。"

就在二人走出藏书阁时，又一个身影悄悄从门后逃开。

满非月一直以为，丰涉和玄天鸿灵观的年轻男子们一样，外表妖艳靓丽，内心胆小如鼠。所以，她也认定他为了保命，绝不会有多余动作，此事算告一段落。然而，她错了。丰涉查出这一秘密，当日便上了华山，要求见丰城。

一场急躁大雨方过，天未晴，天边瘴来云似墨，华山树木潮湿而葳蕤。丰城一听求见他的人是丰涉，都未敢在正厅接待，而是叫儿子去放哨，把丰涉叫到一个偏僻的小房间中谈话。看见丰涉一脸坚毅地入室，丰城饮下一口茶，又嗑了两粒瓜子，不紧不慢道："这不是青面靖人手下的小混混吗？今日来我华山，有何指教？"

丰涉原本准备了许多话，但此时此刻，一个字也说不出口。丰城不耐烦地催促："说啊，有何指教？"

"希望你不要做出不利于重火宫的事。"

"哈哈哈，原来是因为这个。重雪芝是个美人儿，我儿子很喜欢她，我也很喜欢她。"丰城吐出一个瓜子壳，笑得别有深意。

丰涉露出轻视之情，道："你……"

"我怎么了？英雄美女，自古便是天造地设的一对。"丰城把他从头到脚打量了一番，"但你算个什么东西？有什么资格来同我说话？"

"我要不算个东西，你也不会偷鸡摸狗般，把我叫到此地。"

"说到此处，我居然忘记了，我还设了盛宴款待你。"说罢身形一闪，丰城撤到门外，熟练地将门扣上。

丰涉一惊，冲到门口拉门，毫无动静。仅是眨眼的瞬间，身后便有噼啪之声响起。他回头一看，刚才丰城坐的罗茵，居然已经着了火，且火势迅猛，以惊人之速，蔓延至四面八方。丰涉急了，用力砸门，喊道："开门！开门！"

丰城从容而鄙夷的声音模糊地传入门内："原本一只可怜的小蟑螂，又脏又脆弱，我也懒得去踩它。可惜你知道得太多，满非月又护着你……很抱歉，让你误会我是你父亲这么久，但你也不用脑子想想，我堂堂华山掌门丰城，怎么可能生出你这样的小贱种？哈哈哈……"丰城的笑声渐远。

看着猛虎恶狼般的火焰朝自己袭来，丰涉绝望地跪在门前。

第二十二章

东岭素月

从对孩子名字产生分歧之后，雪芝对上官透的恨意与日俱增。因为大儿子很黏自己，所以雪芝特别喜欢他，上官适这名字理所当然给了他，上官显则变成了弟弟。哪儿知孩子才出生不到一个月，奇迹发生：上官透捏着弟弟的小手摇晃，又指了指雪芝说"娘"之后，小儿子嘴里居然蹦出个"娘"字。上官透摇摇他的手，指指上官适，说"哥"，小儿子又模糊不清地叫了"哥"。所有人都说，很少见到这么聪明的孩子，都为上官透和雪芝感到高兴。雪芝却暗地里越来越敌视上官透。因为，她也学着上官透的方法，让哥哥叫上官透爹爹，上官适发出来的却是"啊啊啊"。都说双胞胎很少能力齐平，总有一个聪明一个笨。看样子，她偏袒的适儿便是笨的那个。

兄弟俩刚生出来第二天，皮肤由白转红，皱巴巴的，像猴子。雪芝以为他们病了，还特地请了大夫来看。大夫说这很正常，过十多天后，孩子便会变漂亮。果然，半个月之后，上官显皮肤渐白，越发有他爹娘的轮廓，而上官适却一直像只小猴子。娘自不嫌儿丑，雪芝别扭地天天抱着小猴子，还喜欢得不得了。这一日，国师府内，上官透抱着显儿，雪芝抱着适儿，聊孩子以后的前途，雪芝终于忍不住问，以后适儿会不会是笨蛋？

上官透笑道："这还一个月没到呢，适儿当然不会说话。很多男孩一岁都不会叫爹娘呢。显儿如此聪明，已是我们的福分。况且，就算适儿真的不那么聪明，他还有个厉害的弟弟，不是吗？"

雪芝想想，点点头，靠过去看上官透怀里的上官显。宝宝眨巴着明亮的大眼睛，雪芝用食指抠抠他的鼻尖。上官显鼻子一痒，重重地打了个喷嚏，伸出小馒头般的白嫩小手，握住雪芝的手指，紧皱着眉，像在向雪芝宣战。雪芝终于禁不住笑出声，喜道："儿子实在太可爱。"然后在他额上亲了一下。这一亲，上官显的眼睛居然眯成一条长缝，大大的瞳仁在睫毛的缝隙中闪亮闪亮的，像极了在鄙视亲娘。雪芝佯怒道："好啊，居然敢小瞧你娘亲。"说罢把适儿也丢给他爹，袖子一挽，开始挠显儿的痒痒。显儿立即眼角弯弯，咯咯笑出来。雪芝道："还敢不敢小瞧娘？小笨笨，还敢不敢？"

玩了好一阵子，她才察觉到，上官透一直没说话。她下意识回头看他，却见他满眼温柔地凝视着自己，十分享受这一幕。雪芝有些尴尬："我很没娘亲样……对吗？"

上官透却把俩小孩都放一边，搂住雪芝的腰便吻上去。二人太久不曾独处，在有些陌生又激烈的亲吻下，有那么一瞬间，雪芝感到心跳停止，但很快缠住上官透的颈项，热情地回应他。上官透将她压倒在床上，紧握住她的手。雪芝另一只手却特不安分，偷偷溜到上官透的衣襟下。只听见"啪"的一声，上官透捉住她的手，停止接吻，喘着粗气道："胡闹。"

"嗯？"雪芝眨了眨眼睛。莹黄的灯光下，那双眸子犹如皎镜，清澈无冬春。

"芝儿，你是才生了孩子毫无兴趣，我可是闭境自守太久，你能否不要故意……"

"故意什么？"她无辜地看着他。

上官透深深吸了一口气，道："身体还没恢复好，大夫说，最近都不可以行房事。"

"嗯。"她又轻轻点头，"我听你的。"

她根本不知道他在说什么。上官透直接坐起来，用力捶捶头，长长吐了一口气。雪芝在后面笑得上气不接下气，但都没发出声音。她也坐起来，从背后抱住上官透，放软了声音说道："官人，你不想要，人家是不会要的。"

上官透身子僵硬很久，猛地甩掉她的手，不悦道："我去沐浴。"

雪芝在床上肆意翻滚，尽情享受着报复的快感。

与此同时，华山。夜已深，墙上的火把噼啪燃烧着。丰城在大堂中来回踱步，焦躁不安地擦拭额上的汗液。随后，有弟子冲进来道："掌门，西边已经仔细搜过，没有看到四师兄。"

"怎么会没有？再去东面找！"

"是！"

一个女弟子道："掌门，下午我似乎在全真阁附近看到了四师兄。"

丰城道："我知道他下午在那附近啊。可是，现在他去了何处？"

"不，当时四师兄就在全真阁后面的小屋里小憩。会不会是他睡沉了，一直到现在都没醒？"

丰城突然浑身僵冷。

"全真阁？"另一名弟子接道，"师妹不知道？下午全真阁起了焚炀赫烈之灾，我们花了半个时辰，才把火扑灭……"说到此处，看到丰城的脸色，再不敢说下去。

"什么，不可能的……"丰城踉踉跄跄地跑下阶梯，直往门外奔去。

他如何都不会想到，原以为已被自己烧死的人，已经溜回了玄天鸿灵观。翌日早上，丰涉还硬和满非月杠上。路过的弟子都投来唯恐天下不乱的目光，还有人煽风点火说两句。满非月用带毒的巴掌抽过去，毙掉几个，便无人敢再多话。最终她忍无可忍，对丰涉怒道："你究竟想知道什么？"

丰涉毫无惧意道："我父亲是什么人？"

"我说了多少次，我不知道！"满非月情绪激动地怒吼。

"圣母是知道的。"

"你别再问，我什么都不会说。"满非月转身走开。

"丰业。"

一听到这个名字，满非月瘦小的身躯微颤一下，站住脚步。这两个字也像强力的催泪弹，在丰涉提起的瞬间，彻底模糊了她的眼眶。

"我生父叫丰业，华山前任候选掌门，丰城的亲兄弟，对吗？"

"我们不要在这里说。"满非月将他带进了自己的房间。

满非月对自己的定义，从来都是女皇。女皇可以享用很多个男人，却不会爱任何一个。也只有提到丰业时，她才会露出感伤之色。

当年，丰城和丰业曾一起被送到华山派习武，都是上一代辈分高的弟子。丰城是块天生的练武料子，却只想学成离开，逍遥江湖。而丰业资质不高，却对华山敬慕，勤劳习武，发愤忘食。几年后，满非月加入华山派，成了最小的弟子。起初，同门师兄弟们都以为她个子矮是因为年幼，可三四年后，她身高丝毫不变，大家便都嘲笑她，除了丰业。她因身高限制，许多招式练得很辛苦，丰业会耐心教她，并且严厉制止同门开她的玩笑。又过了两年，满非月因修炼毒功，被逐出门派。她自建玄天鸿灵观，研习独具一格的武学心法。丰业依然经常去看望她，和她叙旧。

很快，丰业和丰城同时看上了貌美的大师姐。大师姐欣赏丰业忠厚，两人成了亲，隔年产下男婴，取名丰涉。从那时起，丰城便对丰业积怨，只求夺取掌门之位，将他们赶出华山。但是，兵器谱排名丰城发挥失常，丰业却大展身手，前任掌门决定让丰业来继承掌门之位。被夺走了掌门之位和心爱女子，丰城很长一段时间都想不开，到最后竟动了邪念，开始设局杀丰业。刚好满非月对丰业新婚之事又爱又恨，轻信丰城，以为他只想杀大师姐，而非丰业，便给了他毒药。

然而事与愿违。死的人是丰业，而非他的妻子。丰城挑断了丰涉的手筋脚筋，以他威胁嫂子，让她隐瞒秘密，并嫁给自己，不然便会要了丰涉的小命。大师姐忍辱负重嫁给他，几次谋杀丰城失败，惨遭毒打，终于忍无可忍，把丰涉托付给满非月，自己一头扎进江中喂了鱼。之后，丰城收敛了性格，为人处世反倒圆滑世故起来。一年后，丰城又纳了个妾，叫白曼曼。他对白曼曼宠爱有加，却从未考虑让她当正房。人人都说丰城一心只念大师姐，对他格外尊重。

又过了许多年，丰城知道满非月不仅收养了丰涉，还将丰涉的手筋脚筋以蛊接好，心中害怕他来报仇，便私下放出消息说，丰涉是自己抛弃的儿子。因为只是谣言，他自己又不承认，别人也不便多问。

当然，满非月并未告诉丰涉，她对丰业的爱慕之情。只是在说这些故事时，她虽没表情，却一直在流泪。这个青肤的古怪"小"姑娘，第一次真正露出了符合她年龄的眼神。而丰涉从头到尾却只是静静地听着，到满非月说完，他才轻声问了一句："我父母，都是怎样的人？"

"你的父亲，是个光明磊落、侠气寡言的人。偶尔……也会有很温柔的一面。"满非月揉揉眼睛，苦笑道，"你的母亲，脾气有些急躁，但说一不二。虽然我一直不喜欢她，但她是真正配得上你父亲的人。"

丰涉点点头，不再多言。

此刻，他的脑海中浮现的，竟是林宇凰和重雪芝在一起吃饭的画面。雪芝一边吃饭，林宇凰一边往她的碗里夹菜，夹的刚好都是她最不喜欢吃的。雪芝要赖皮放下筷子不吃，林宇凰却理都不理她，将一块胡萝卜塞到她的嘴里。她勉强吞下去又使劲拍打他，他才跟仆人似的讨好说，爹这是关心你啊。当时丰涉看着自己空空的碗，突然意识到，从小到大，似乎从没有人替自己夹过菜。

又一日过去，丰涉赶到长安去见雪芝和上官透。

见客厅里丰涉满身都是熏烟，神情却一反常态，冷漠到无一丝起伏。上官透刚想问他发生了什么，他便摆摆手道："你要转告芝芝，丰城和圣母私下勾结，似乎打算逐一吞并门派一统天下，我看过他们合并门派的名单，最后一个是玉镖门。但是，他们都不是幕后的操纵人。我想了想，若真有这么个人，那一定修炼了'莲翼'，是个男的，所以才需要圣母去送壮阳药保持男人特质，他才能活到现在。若你们要查出这个人，最简单的方法便是囚禁圣母，那突然在江湖上消失的人，十有八九便是主谋。但是，你们一定要小心，若他们没做不利于你们的事，先别轻举妄动。若那人大功已成，那恐怕，恐怕……"

上官透耐心听他说，点头道："既然如此，你先留在这里，我们一起商量对策。"

"时间不多，我有事要先走。"

丰涉匆匆走到门口，却听到雪芝的声音自身后响起："怎么这么快便要走了？"

回头一看，她正抱着两个儿子，笑盈盈地望着他，道："不多坐一会儿吗？看看你的两个侄儿呀。"

"侄儿？"丰涉愣了愣，"已经出生了？"

雪芝点点头。丰涉走过去，轻轻接过适儿，适儿却紧捉住他的衣襟，浑身紧绷。雪芝忙解释说他离开父母会紧张，但不会哭。上官透道："丰公子，发现了吗，人出生时总是握紧双拳，撒瑟时又总是松开双手。"

"哟，很有经验嘛。"雪芝用手肘撞了撞他。

上官透不理她。丰涉看着适儿两只小小的包子拳头，轻声道："倘若人生可以重新来过，我不会做那么多丧尽天良之事。"

雪芝和上官透互望一眼，不知如何接话。雪芝道："小涉，你遇到了什么事？"

丰涉将孩子放回雪芝的怀中。糊里糊涂地活了这么多年，他第一次看清自己，也第一次有了非常想要做的事。他道："芝芝，可还记得你答应过，要替我做两件事？你还欠我一件。"

"说吧，但不许敲我竹杠啊。"

丰涉把腰间的葫芦取下来，递给雪芝，道："这个你收下。"

雪芝莫名其妙地接过葫芦，道："然后呢？"

"没了。"

"就是收下这个？"

"嗯。"

丰涉转身走了两步，停下来，从腰间掏出匕首，将头发右侧的几根小辫子全部裁下来，拿给雪芝，道："这个你也收下。"

雪芝又莫名其妙地接过。她和上官透面面相觑，却如何也问不出个所以然。丰涉只说自己要重新做人，便头也不回地走掉。他们也不便多问，便由他去。直至晚膳时间，雪芝才察觉情况不对，料想丰涉去找了丰城，便扔下筷子，拿了武器，不顾上官透阻拦，出去找丰涉。

华山西峰，清风徐徐，天地修且广。参天古木上悬着一轮明月，月下山脉峰峦起伏，悬崖深不见底。在弟子的带领下，丰涉来到此地。坐在古木下乘凉的，是他的亲叔叔丰城。丰城手中握着未出鞘的宝剑，身后放着一个巨大的棺木。听闻脚步声，丰城擦拭着剑鞘，头也不抬，道："我还没来得及找你，你倒是又一次自个儿送上门。说说，你今日又有何目的？"

"决斗。"

"哦，决斗。怎么个决斗法？"

"死斗。"

"很好！这是你说的！"丰城猛然站起，一脚踹开棺盖，"今天，我便要将你千刀万剐，碎尸万段，全喂给我儿子吃！"

丰涉咬牙切齿，面露凶色道："你杀我父母，断我筋骨，要被千刀万剐的人是你！"

刹那间，两人的长剑同时出鞘。碧华冰冷，狂风呼啸，高山上只剩两人漆黑的身影，阴寒闪烁的剑光，囤积西峰的白云，以及白云掩盖的万丈深渊。

华山山脚，上官透和雪芝策马而上。雪芝坐在后面，紧搂住上官透的腰，长长的大衣在风中翻卷。忽然，一个人影蹿到前方的道路上。上官透收住缰绳，青骢嘶鸣。一名女子站在淡若流水的月光中，慢慢转过头，对着两个人浅笑道："我劝你们还是不要去的好。丰涉今天死定了，何必再搭上两条性命？"

"柳画？"雪芝和上官透异口同声道。

黑夜宵月下，柳画抿了抿唇，红唇似血制的胭脂。"我不过好心提点，你们若是不信，便前去送死好了。"说罢她优雅地欠身，闪入树林。

柳画会出现在此处很是奇怪，但他们却没有犹豫，以最快之速赶上山，虽有不少人阻拦，但一看是上官透都不再多说。抵达西峰时，丰涉和丰城还在决斗。丰涉受了重伤，连续数次被打倒在地。他的武功远不及丰城，从头至尾，也只是在靠满腔仇恨拼命。起码，他还活着。雪芝一颗悬着的心总算放下，她高呼一声："住手！"但丰城没有丝毫停下的意思。雪芝正准备冲上去，却被上官透拦住。

"我去。"

他朝那两人跑去，可是才走了几步，一个高大的黑影便挡在他面前。然后，这人击了他一掌。雪芝看得很清楚，那人并未使出大力。她也是第一次看见，上官透被人一掌打倒。不仅如此，他跌倒在地，还向后滑了一段。他不可置信地捂着胸口，有鲜血涌上咽喉，却被他憋住，硬吞回去。狂风摇乱了古木的枝叶，沙沙作响。同一时间，丰涉被丰城一脚踹到悬崖边缘。石块顺悬崖滚下。

黑衣人往上官透身边走了几步，背对着丰城道："搅乱的人来了，速战速决。"

雪芝怔怔地看着那黑衣人。这声音她是记得的——在华山，在丰城的密室中！那个男女难辨的声音！

"是。"丰城上前一些，又一脚踹在丰涉身上。

丰涉半个身子掉出悬崖，他双手紧攀住悬崖的边缘。这时，山崖底部，才响起石头落地的回声。

"小涉！"雪芝再顾不得别的，往前奔去。

那黑衣人一转身，又一掌击来。眼见雪芝就要被打飞出去，上官透却挡在她面前，又一次被击倒在地。这一回，他吐出一口鲜血。

"透哥哥！"雪芝扑到地上，抱住上官透，"你为何要——"

"打不过的。"上官透强忍痛苦，握住雪芝的手，"这个人，我们联手都打不过……"

雪芝倏然抬头，大声道："丰掌门，求你，放了他！"

丰城尚未回应，那黑衣人却冷冷道："贱女人，江湖上的人美誉几句，你便找不着北了。"说罢，拽着雪芝的领口，将她提起来，"孩子都生了，还不守妇道。瞧你那逐渐憔悴衰老的脸，还想迷惑男人？"

雪芝再无力气与这人争辩，一口咬在他手上。黑衣人吃痛松手，她无视上官透吃力的呼唤，立刻朝着悬崖跑去。可是，她根本没来得及靠近，仅差那么十几步的距离，丰城将丰涉提起来，扔在地上，一剑刺进他的胸膛。

"小涉！"

伴随着雪芝呼唤的，是丰涉绝望的嘶吼。接下来，雪芝每跑几步，丰城便会在丰涉身上补上一剑。最后，她软软地跪在丰涉面前。古木树影的缝隙中，月光苍白，锋石横亘。血液暗红，蜿蜒成一条小河，染红了雪芝的白衣。

"小涉——"雪芝搂住他的脖子，试图将他背起来，但眼前的少年，早已百孔千疮。她甚至不知从何下手，才能不碰触他的伤口。

丰涉神情痛苦，只是侧头看雪芝，就已经耗尽他的生命，他说道："芝芝……我还是没能替父母报仇。"

"什么意思？"

"丰城……"丰涉指了指站在雪芝身后擦剑的丰城，"他杀了我的父母——丰业夫妻。"

"你明明知道打不过他，为何还要来？"

"我这辈子都打不过他。"

"胡说，胡说，你这么年轻，这么聪明，总有一天会变成旷世高手……你现在这样，根本就是送死！"

"圣母给我接的蛊，其实只够我支撑到二十九岁，而且……十八岁以后，身体会越来越弱。"丰涉轻轻动了动手指，"我……已二十岁。"

听见那句"已二十岁"，雪芝眼眶一酸，差点哭出来。她捂住他的嘴，闭着眼，道："噤声。我带你去治伤。"

她将他背起。鲜血很快浸透了她的衣裳。丰城看了他们一眼，又握紧长剑。那黑衣人却道："放他们走。"

"可是，她都听见了。"

"没有人会相信。"黑衣人不男不女的声音变得格外低沉，"放他们走。"

丰城只好坐到一边，朝着雪芝笑了笑，道："你非要他死在你身上才甘心吗？很不吉利的哟。"

雪芝愤恨地看着他，道："丰城，你从未想过自己的下场吧。"

丰城一脸不屑，道："那倒没有。"

"以后我会告诉你。"

雪芝背着丰涉，扶起重伤的上官透，吃力地往山下走去。刚一走出西峰，上了马，她便半侧过头，道："小涉，我不管你能活多久，起码你不能轻易放弃自己的性命。"

"我一点也不后悔，真的。"丰涉虚弱地说，"这是我有生以来，第一次觉得自己很伟大，第一次觉得……自己肩负重任……"

他比雪芝高出半个头，此时却像个婴儿一样，无助地将脸颊贴在雪芝的后脑勺上。他的嘴唇因失血而变得惨白，呼吸也只剩下了最后一口气。但他还是笑着，低声说道："芝芝，其实，我还是会舍不得，舍不得离开这个世界……"

这个残酷却快意的世界。

这个抛弃了我，也被我抛弃的世界。

这个有你的世界。

他流的血太多，淌了一地，以至雪芝大颗大颗的泪水混进去，也没能留下丝毫痕迹。她只感到他最后一丝力气在背上消失。她知道，背上有一个仅活了二十年的年轻生命，正如这东岭素月般，无声无息地走了……

三人到山脚时，正好迎上玄天鸿灵观的人。满非月从车上下来，看到躺在雪芝腿上、有着婴孩般睡颜的丰涉。雪芝靠在上官透的肩上，整个眼眶乃至鼻尖都变得通红，喃喃道："都是我的错。我若早一点赶来，小涉便不会有事。都是我的错……"

上官透默默不语，只轻轻搂住她。而满非月更是扑通一声，直接跪在地上，她无法接受眼前的事实。虽然清楚他不会活太久，但她不曾想过，他会这么快便去做如此鲁莽的事。她轻抚他右鬓断开的发，发现上面的小辫子已经不在了。她记得，丰涉小时，她很喜欢为他编辫子。他起初还觉得挺好看，但自从跟她去了一次京城，回来便不肯再编，说只有女孩子才会编辫子。她骗他说，男孩子其实也编辫子，不过长大了都把辫子剪了，送给喜欢的女孩，这样女孩子才肯嫁给他。你看，你有这么多辫子，以后可以娶好多个老婆呢。小丰涉听了以后数了数辫子，兴奋地说，那圣母再给我多编几个。长大以后，丰涉识破了她的谎言，也逗弄过不少姑娘，但一根辫子都没送出去过。

此时此刻，他的辫子没了，紫色绸缎也拆了，散着发，衬着清秀而年轻的脸，像是在熟睡。满非月再难控制悲痛的情绪，伸出短小的胳膊，用力搂住他，大哭起来。可是哭到一半，哭声却停止了，她才意识到，是上官透点了她的穴。

"得罪。"上官透将她扔到马背上，对她身后的鸿灵观弟子说道，"借你们圣母一用，很快归还。"

上官透吃了黑衣人两掌，一直卧床四天，才能正常走动。四天内，雪芝一直细心照顾他，喂他喝药，就像他以往对她那般温柔。只是她一直不说话，即便两个孩子在身边，也很少露出笑容。上官透看着她发间多出的几缕小辫子和紫绸缎，知道她的心已被那小小的葫芦带走，也不敢再提伤心之事。其实，最令他担心的是那个黑衣人。他不能确定那人是否练成了"莲翼"，但他从不曾如此被动和弱势过。他和雪芝在江湖上都是数一数二的高手，在那人面前，却是恒河一沙。

满非月一直被关在月上谷的地牢中。上官透命人照料好她，却不给她半点自由，连出恭都要人守着。不论满非月如何愤怒、如何不解，他都只是淡淡地说，我只是想等一个人。满非月说，你这叫守株待兔。他并不给予回答。他知道自己在守株，但等待的，却不是兔。是什么，他自己也不知道。

果然，五日以后，满非月开始着急。她命人传话给上官透，说自己快要死了，说自己研制出了长生不老蛊，说可以传授上官透最厉害的毒功……都被上官透驳回。第七日，满非月在地牢里撒泼，大声叫骂。上官透还是没回应。第十日，满非月已经开始大哭，说再这样下去，她小命不保。上官透依然没有回答。十日过后，她不再挣扎，只是坐在牢里发呆，时不时提起丰涉。时机差不多已经成熟。上官透请人全天下发请帖，邀请各大门派和武林豪杰来月上谷，参加他两个孩子的满月宴。

满月当日，邀请的人里，除去满非月，只有两个人没来：释炎和林轩凤。宴会后，雪芝和上官透特地在月上谷辰星岛弄了个擂台，让各派英雄切磋武艺，他们俩则在底下仔细观察所有人的武功路数。确认过这些人都无异后，他们知道，问题便出在林轩凤和释炎二人身上。

"不可能是林叔叔。"雪芝摇摇头，"他是我两个爹爹的好朋友，不可能偷学重火宫的武功。"

"你的意思是，方丈的可能性更大一些？"

雪芝一想起释炎胡子花白的模样，又道："这，好像更不可能。会不会是我们漏掉了什么人？"

"不管怎么说，先去拜访他们。"

次日清晨，二人便将两个孩子交给裘红袖照顾，叫着林宇凰去灵剑山庄。结果三人到了灵剑山庄，大门都没进，便被赶了出来。雪芝和上官透脸色大变。难道……真的是林轩凤？他们正准备暂离商量对策，林宇凰却破门而入，满脸不悦道："我孙儿满月宴他不来，现在我上门他也不见，林轩凤这东西当年欠我恁多人情，居然还有脸躲我！不出来我就把他以前的丑事写成书，印了到处卖。让他给我出来！"

下属传过话后，林轩凤终于缩在一个小会客室里见了他们。林宇凰刚一进门，说了一句话，林轩凤便被茶呛到。

"娶了媳妇儿忘了娘啊。"

"咯咯，咯咯，宇凰，你在胡说什么？小辈们在这儿，你说话注意点。有话直接问吧。"林轩凤放下茶杯，站起来指了指椅子，"都坐，都坐。"然后又拿起茶杯，慢慢喝一口。

"你练《莲神九式》了吗？"

此话一出，林轩凤、雪芝、上官透都呆住了。雪芝愕然道："二爹爹，你知道我们来这儿是打算……"

"芝丫头安静。"林宇凰凑近林轩凤，用大而明亮的眼睛看着他，"来，看着我的眼睛回答我，你练《莲神九式》了吗？"

"自然没有。你看我像练过的吗？"

"那便行，二爷相信你。"

林宇凰站起来，本想带着女儿女婿跑路，雪芝却把他硬留下来，与林轩凤叙旧。其实真正的理由是，她有了不好的预感，不愿二爹爹和自己一起冒险。然后，她与上官透一起飞鞚前进，赶至少室山。

少林寺，天下第一名刹——只是站在山脚，颙望这历史悠久的武林大派，便能感受到通透的正宗武学气息。至此，雪芝坚信是他们误解了。释炎要练了《莲神九式》，那得有多么荒谬，可能性根本是零。但上官透说，既然都走到这一步，还是去看看，让自己安个心也好。他们一起上山，向弟子通报要求见方丈，弟子离开了大概一盏茶的工夫，便回来道："方丈最近身体不适，请雪宫主和上官谷主尽快结束探访。"

雪芝道："既然如此，我们便不……"

上官透道："劳烦大师了。"

在僧人的带领下，穿过法堂，抵达方丈室门前。雪芝别扭地看了上官透一眼。上官透无视她的存在，只轻轻敲门，道："请问方丈在吗？"

释炎的声音传了出来："进来后，请施主关门。"

二人推门进去，上官透再把门带上。进入眼帘的，是墙壁上的《佛门八大僧图》《达摩一苇渡江图》，以及东侧巨大的弥勒佛铜像。佛像前，数百支红蜡烛罗列整齐。释炎穿着袈裟，双手放在身前，面对香火，背对他们。与这佛门净地格格不入的是，他身边还坐了个女子。

雪芝又被吓了一跳，道："柳画？你……何故会在此地？"

柳画笑道："女儿跟着娘一起，不可以吗？"

"娘？"雪芝不解道，"你娘在这儿？在少林寺？"

"她的娘，便是老衲呀。"

这个声音，再熟悉不过。很动听，很中性，正属于那个不男不女的黑衣人。只是，雪芝和上官透都万万不会料到，此时发出这个声音的，竟然是背对着他们的释炎。而他，正慢慢转过身来。

看到释炎面容的刹那，雪芝捂住口鼻，几乎呕吐——不，她根本不愿意，也不敢相信，这人是少林方丈释炎。她更愿意相信，是一个妖怪吃掉了释炎，穿上了他的袈裟，拿走了他的锡法杖，待在方丈室冒充他。眼前的人，虽苍老依旧，却没有花白的胡子和沉静慈祥的面容。他的眼睛弯起来，面颊上擦了浓浓的粉，粉厚到他稍微动一下，都会扑簌簌掉下来。在这样一张爬满皱纹、涂了白粉的脸上，甚至还有两团红红的胭脂。他身后是一面雕花铜镜，上有秦女携手登仙。方才他背对着他们，双手放在前面，原来是在对镜梳妆打扮。他的手中还握着胭脂片儿。

"好久不见，雪宫主……上官公子。"

释炎眼睛一眨不眨地看着他们，同时翘着兰花指拿起胭脂，含在嘴上抿了一下。大红的嘴唇，堪称精致细长的眉，便这般出现在一个年过知命的老和尚脸上，怎是别扭突兀所能描摹！相比雪芝，上官透显得冷静了很多。他朝释炎拱拱手，道："见过方丈。"

"上官公子有礼。"释炎依然翘着兰花指，对柳画抬抬手，"女儿，给他们上茶。"

柳画端上飘着花瓣的茶，递在他们手中，道："放心喝，无毒。"

接过茶杯，雪芝没喝，上官透喝了。释炎看着雪芝，冷不丁地冒出一句："贱丫头，还是对我敌意颇重嘛。"

雪芝彻底惊讶，不知如何回答。释炎不屑地对着镜子，用小指擦擦嘴角，道："女人真是麻烦。成日只知道吃醋、钩心斗角。我若想杀你，还需要下毒吗？如今老衲大功已成，不高兴看见的人，都可以送去会阎罗王。"

上官透道："敢问方丈，是什么武功？"

释炎对着镜子大笑起来。那样的笑颜若放在一个半老徐娘的脸上，怕是千般艳丽，万种韵味，只是，这人是释炎。雪芝被他吓得不轻，已握住上官透的手。释炎笑着把玩胭脂，道："上官公子这是真不懂，还是装不懂？当年莲宫主该有的特征，老衲现在全有。你说，老衲练的是什么武功？"

重莲练过《莲神九式》，确实是雌雄同体。雪芝至今还记得，某一日重莲喝醉的模样。他衣衫半解，星眸半张，躺在后山温泉中，提着热酒往喉间倒。头发似浓稠的黑丝，大片大片漂浮在水面。然后，他把喝空了的酒壶往地上一扔，便在温泉中仰头大笑着唤林宇凰。林宇凰刚一过去，便被他捜到了水中。最后，还是她和二爹爹一起把他扶回房内。他一路笑着，一路胡言乱语，吟诗作对，那样盛极的眼角眉梢，处处都勾着十足的风情……虽然第二天重莲非常后悔，也努力表现得无所谓，但那一幕雪芝再也忘不掉。她是头一次知道，原来男子也可以用"媚"描述。也是从那一刻起，她自认雌雄同体便是同时有女子的妖娆，又有男子的刚硬，是一种矛盾而无上的美。

但是，看到释炎时她才知道，她的想法大错特错。尤其这老和尚还拿自己与她爹爹相提并论，她气得浑身发颤，道："你……你简直是在侮辱我爹！"

"什么？"释炎眯着眼，手指掐碎了胭脂，"你，再说一次看看？"

上官透连忙拽了拽雪芝，朝她使了个眼色。雪芝怒气尚未平息，释炎倒先放软了态度，道："雪宫主，老衲完全能够理解你。莲宫主去世，带给你难以言喻的悲痛，只是，你不能总是活在过去。要看清楚现在的江湖，谁才是当下的王者，谁将要一统天下。"

"王者？那请问现在的王者，你有可能以真实面貌面对世人吗？"

"练此神功，自然会给身体带来不利之处。就像老衲的胡子……"释炎摸了摸光秃秃的粉白下巴，"若不是你们把青面靖人关起来，老衲也不会这般难堪。"他的声音突然压低，和以前无甚区别，"当然，若老衲愿意，也可以用这样的声音和别人对话。"说罢，又提高音量，"只是，老衲实在很喜欢现在的声音，且有一个很是伟大的理想，你们想知道是什么吗？"

听他声音时高时低、时男时女，雪芝一时间无法接受，只用力摇头。

"老衲想要一个自己的儿子。"释炎微微一笑，抿了抿大红色的嘴唇，指着柳画，"不是跟以前一样，随便找个妓女生出这么个东西。老衲不想当父亲，只想要当娘亲。"

柳画面露尴尬之色。不光是她，雪芝和上官透也都尴尬了。终于，上官透道："方丈，请不要忘记你是息心客。"

"息心客，哼哼。"释炎喉间发出不阴不阳的笑，"你们可又知道，老衲当年可不是自愿当的息心客。"

等了许久，他并未得到想要的答案，便仰首大笑道："无所谓啊。大千世界是多么美妙，老衲很快便会离开这座无聊的山，回到俗世红尘，享受人生。"

雪芝冷冷道："你杀了那么多无辜的人，即便是俗世也无法接纳你。"

"谁说他们无辜了？他们该死。像燕子花，老衲杀了她，是因为她四处说'莲翼'是邪功。这也算是间接在维护你，雪宫主。"

第二十三章

沧海横流

　　雪芝终于想起，当时燕子花死掉，身上有少林寺的檀香味。原来那人能自由出入少林寺，是因为他根本便是少林寺的方丈！而那脂粉味……她看了一眼释炎，顿时醍醐灌顶。她道："重火宫的正宗武学和《莲神九式》没有丝毫干系。而且，'莲翼'确实是邪功，我父亲早逝，也是因为它。所以我也奉劝方丈就此放弃，以免将来……"

　　"闭嘴。"释炎打断她，"你会这么说，是因为你们都无法修成，而老衲修成了。"

　　雪芝正待反驳，上官透却上前道："既然如此，我们便不多打扰。告辞。"

　　"慢走不送。"

　　待他们关门，脚步声渐远，柳画乖巧地替释炎拿出眉笔，放轻声音道："娘。"

　　"乖女儿，什么事？"

　　"公子命娘杀的人，是上官透吧。"

　　释炎接过眉笔，一笔笔勾勒着眉峰，道："问这么多做什么？"

　　"明天便是六月了。你放他们走，是想按照公子说的话去做，明天杀他们，对吗？"

"不是'他们'，只是他。"释炎哼了一声，"若不是公子不允许，我第一个想杀的人，还是重雪芝呢。上官透嘛，老衲也不想杀他。可是女儿你要知道，公子叫杀的人，便一定得死。"

"我知道。上官透死了固然可惜。"柳画笑笑，"不过，我还有公子，不是吗？"

释炎画到一半，手突然不动了，道："果然是我的女儿，好眼光。"

雪芝如何也料想不到，他们便这样被释炎放出来。二人在离开少室山的路途中，无法描绘释炎带给他们的震惊，都在沉默。光是说起来，分明是很滑稽很不靠谱的事，但见到释炎用那种别扭的态度，说要一统天下，雪芝还是明显感到恐惧。过了很久，她疑虑道："我们已经知道这么多事，释炎为何还会任我们离开？"

"因为我们说出去，恐怕没人相信吧。而且，他既然愿意以这样的面目见我们，想来是有了十成把握，说不定还有别的事……"

"有事发生？什么事？"雪芝突然站住脚，见上官透的脸色也白了下来，"适儿、显儿、二爹爹……他们都还在月上谷！"

不过，事实证明他们想得太多。半夜抵达月上谷，刚到青神楼门口，他们便看到林宇凰正抱着俩孩子摇来摇去。雪芝加快脚步跑过去，接过孩子，紧紧抱住。林宇凰满脸疑云地看看上官透，上官透点点头。当晚雪芝一直守在两个孩子身边，无微不至地照顾他们，直到午夜过后，才留意到上官透已离开。等很久不见他回来，雪芝有些焦急，抱着孩子在谷内寻找他。只是五个岛都走遍，还是没找到。她有些累了，回青神楼打算把孩子放回去再通知人，结果刚一进门，便看到上官透坐在床边，一脸疲惫之色。

"透哥哥。"雪芝走过去，把孩子放在床上，"怎么出去都不说一声，我到处找你。"

"你爹写的两本秘籍，给我一下。"

"怎么了？你不是知道放在哪里吗？"雪芝从枕头下拿出《沧海雪莲剑》和《三昧炎凰刀》。

"先给我保管吧，毕竟最近不安全。"上官透接过两本秘籍，也不正眼看雪芝，直接走到门口，"你先睡吧，我在门口待一会儿。"

"慢着。"

上官透站住。

"你有事瞒着我。"

"没有。"上官透径直走出去。

这一走，便是第二天中午才回来。到家时他喝得烂醉，无视一路追问的雪芝，一句话都没说，便倒在床上。雪芝坐到床旁，问他到底怎么了。他梦呓几句，便睡死过去。雪芝凑过去，在他身上嗅了嗅，一股浓浓的胭脂味从他身上飘出。隔了很久，她都无法接受眼前的事实。她推了推他，道："你起来。"

可他全无反应。那一股陌生而刺鼻的异香，刹那间唤醒了关于上官透与春容缠绵的记忆。想到此处，雪芝脑中先是一片空白，而后提高音量，脸颊通红，喊道："上官透，你给我起来！你去了哪里？去见了什么人？起来说清楚！你不起来我抽死你！"

上官透还是没有反应。雪芝坐在地上，伏在床旁，一直持续了一个下午。黄昏时分，上官透醒来，便看到雪芝正在脸盆中搓洗帕子。她拧了帕子，替他擦脸，道："肚子饿了吗，我叫厨子给你弄点吃的？"

她垂着头，皮肤依然白皙细腻，但一双眼睛却明显红肿。上官透轻声道："你哭了？"

"没有。"雪芝用力摇头，拽住他的九华锦衾，"要不要吃点东西？"

"不用。"

雪芝转身拿了一件衣服，替上官透披上："来，伸手。"

"芝儿……你这是做什么？"

"作为一个妻子，我很不合格。不会做饭，不会洗衣，脾气还特别不好。最近我也只顾着孩子，忽略了你的心情。"雪芝替他穿好衣服，整理领子，抬起红肿的眼睛看着他，"以后我会学着做妻子该做的事，也会乖乖听你的话，可以吗？"

上官透的眼中有水光闪烁。他立即转过头道："芝儿……对不起。"

雪芝怔了怔，又强笑道："无妨。只有这一次，下次不可以再犯，知道吗？"

"对不起。"

雪芝的笑容渐渐褪去道："什么意思？"

"我早有孩子了。"

雪芝几乎不敢相信自己的耳朵。她用力晃晃脑袋，又问道："你说什么？"

"我早已跟其他女子生了孩子。"上官透面无表情地看着床帐，一字一句道，"她也等了我很多年。"

毫无疑问，这句话是一记火辣辣的耳光，狠狠地抽在了雪芝的脸上。她脸上时红时白，佯装平静，声音却颤得不像自己的："……所以？"

"从今天起，我们不再是夫妻。"

"上官透，你是在跟我开玩笑吗？"

上官透从怀中拿出一封休书，放在雪芝手里。雪芝握紧那张纸，双手发抖，指甲划破了纸张，道："因为跟别的女子有孩子，你便要休了我？七出里面，我犯了哪一出？"她将休书揉成团，砸在他的身上，"你简直是疯了！"

上官透侧过头，双目空洞，淡漠道："寒光婉转，时岁欲沉。红颜之盛，终将零落。芝儿固然有倾国之色，也不臻足我。"

这一刻，她的心是碎了。想到自始至终，自己待他如亲人，现在更视他为一生追随的丈夫，他最终送给她的，居然只有一句"不臻足我"。她苦笑道："对你而言，我重雪芝的意义，都不过是一个'色'字？那你为何骗我？"

　　没有得到他的回答，她又道："说啊，为何骗我？"

　　认识上官透之前，她便听说过，他初入江湖放话说，重火宫的武功才是正宗武学。之后，他又一直跟着林宇凰习武，然后……她不敢再想下去，捂住头，憋住即将落下的眼泪，哽咽道："是为了我爹的秘籍，对吗？"

　　"……对不起。"

　　排山倒海的作呕感涌上喉咙。雪芝干呕着，迅速站起来，离开床铺，走了几步，却不小心踢到桌脚，一个踉跄，摔在地上。蜡烛与烛台也滚落在地，火光熄灭。上官透迅速下床，想去扶她，喊道："芝儿！"

　　玄色烟丝在空气中盘绕。雪芝坐在地上，大哭着往后缩，道："不要过来！你不要过来！"

　　上官透只得站在原地。因为两个人的吵闹声，小床上的适儿和显儿被吵醒，都大哭起来。雪芝强压着哭声，一边擦着眼泪，一边跑到床旁，准备去抱两个孩子。这时，一道强风刮过，吹开了窗户。房内最后一根蜡烛也在瞬间熄灭。一个黑影从窗口蹿入，不过眨眼工夫，两个孩子已经被抱走。雪芝惊慌道："适儿！显儿！"

　　那黑衣人停在窗上，慢慢转过身道："看样子夫妻俩正在吵架，不知这是否会妨碍我们的计划？"

　　又是这声音。雪芝一下跪在地上道："方丈，你要做什么都可以，不要拿孩子的性命开玩笑。他们是我的全部。求你！"

　　上官透却突然激动地吼道："你们到底要怎样才能满足？！"

　　"老衲的要求很简单。麻烦上官公子明日来光明藏河上游的河心亭中，老衲会亲自去接你。"释炎眼睛一转，看着怀中的孩子，又看看上官透，"记住，只能是上官透。其他人来，或者上官公子不来，恐怕孩子都要保不住。"

　　"好，好，你们好得很。"上官透神色极为痛苦，"我记住了。"

　　"就怕你记不住。先还你们一个。"说罢，释炎一掌打在上官显的身上。

鲜血从孩子的口中涌出。

"不！"雪芝和上官透凄惨的叫声传遍了整个岁星岛。

两个孩子的哭声，突然只剩了一个。释炎将上官显扔给雪芝道："老衲会在河心亭敬候上官公子。阿弥陀佛。"

释炎转身，身影消失在黑暗中，适儿的哭声亦消失在夜风中。雪芝抱着上官显，浑身发抖，道："显儿，显儿，娘在这儿，你不要怕，娘立刻带你去看大夫……"

上官透坐在地上，如大树被抽了根基般，轰然坍塌。

血腥味弥漫在空中。从初入江湖到现在，雪芝见过不少残酷血腥的场面，但没有哪一次，在热血流淌在自己身上时，她会像这次一般感到刻骨的疼痛。一如被斩了十指的疼痛。她抱着上官显，一路往外奔跑。孩子早已不再哭泣。两只紧紧握住的馒头一般的小拳头，也松松地垂落在空中，软软地摇晃着。

月白风清的夏夜，晚风微凉。天星河在寂寞的月下泛着粼粼波光，木船随波荡漾。雪芝抱着上官显小小的身体，用力砸殷赐的门。没过多久，殷赐便打开门，略显吃惊地看着雪芝道："雪宫主，你这是……"

"行川仙人，我……我儿子，他被人打中一掌，伤得很重……求求你，一定要治好他！"

"虽然我很想治。"殷赐眯着眼，看了看雪芝怀中的上官显，"但我也说过，不治死人。"

一夜之间，好像什么都变了。

雪芝二十年人生中，从未有哪一夜，像今宵这般绝望。她抱着显儿的尸体，坐在岁星岛的河岸边，想起了很多事。在适儿和显儿尚未出生时，她和上官透整天为了自己坚持的名字争吵。孩子们出生后，他们又为了谁聪明谁笨争吵。显儿是一个刚出生不多时便会叫爹娘和哥哥的聪明孩子。虽然她嘴上总说适儿好，但她知道，长大以后，显儿一定会很有出息。她每天都在幻想着他们一岁的样子，两岁的样子，三岁的样子，读书习武的样子，成人的样子，长成男子汉的样子，娶亲的样子……看着他们天真而又纯净的大眼睛，不厌其烦地做着相同的梦，她觉得自己是世上最幸福的人。他们，是上苍给她最美好的恩赐。而那大而明亮的双眼，此时紧闭着，再也睁不开。

这时，淡黄色的烛光照亮了地面。

熟悉的脚步声渐渐靠近。上官透提着纸灯笼，在雪芝旁边蹲下，伸手，轻抚显儿茸茸的头发。灯笼光芒微弱，照映在河面，莹黄的波光一起一伏，两人的呼吸一起一伏。上官透的声音压得很低："芝儿，显儿的事，以后再说。现在要紧的是救适儿。"

雪芝没有回话，晚风扬起她两鬓的碎发、轻飘的衣角。上官透道："这一回释炎叫我去，必定是要取我性命。我就算去送死，也未必能救回适儿。"

雪芝没有听到般，只是有节奏地拍着显儿的背。她淡黄色的衣服，早已被鲜血染红，与之融为一体。

"所以，我们不能莽撞行事。明天我们都起早一些，去搬救兵。午时三刻，我们在光明藏河上游集合，然后我一个人去河心亭。若发生什么情况，你便带着人冲上去，知道吗？"

雪芝依然拍着显儿的背。

释炎来之前，上官透对她说的话，她记得。他还会关心适儿吗？她的嘴角轻轻扬起，笑得很是嘲讽和尴尬。此时此刻，她再也不愿意想任何事情。她没有回头看一眼上官透，风声也将他声音中的异样盖住。晚风微动，夏草似青袍。她看不到，他雪白的衣襟早已被泪水浸湿。

"芝儿。"他在岸边的沙上小心翼翼地写了一行字，再轻轻用手擦去，然后他道，"我走了。"

他将灯笼往前拢了拢，起身而去。脚步声渐渐消失，雪芝的面颊贴着显儿的额头，热泪大颗大颗落在他的脸上。天星河清澈深邃，是一首低沉的挽歌，写满云山树影，春秋枯荣。夏风清凉柔软，是一场惆怅的梦境，带走了雨露，带走了薄沙，还有他写下的、她永远也看不到的"愿妻莫相忘"。

　　次日天方亮，少林寺方丈室中，释炎脱下夜行衣，换上袈裟。柳画捂着适儿的嘴，想方设法让他安静。这时，一个男子的声音从窗外传入："事情办得怎样？"

　　"孩子已经到手。"

　　"怎么只有一个？"

　　"另外一个杀了。"

　　"什么！"那万年不变的声音终于有了一丝起伏，"你杀了另一个孩子？"

　　这还是释炎头一次听出他的情绪，不由得担忧道："老衲怕上官透想什么法子来对付我们，还是先给他们一个下马威……"可话未说完，人被一掌击到墙上，震碎墙面。紧接着，一道黑影闪电般蹿过，眨眼的刹那，释炎已被桌子击中胸口，陶瓷壶、木鱼、念珠等物事砸在他脑袋上。那些飞落的硬物撞了他满头血，不曾停止，直至柳画抱着孩子挡在他面前，急道："公子息怒，现在可万万杀不得他！"

　　那身影停下来，四下静谧，只剩后庭竹林清响。良久，窗外没了声音。释炎捂着头上的伤口，上气不接下气道："公子？"

　　"娘。"柳画一屁股坐在罗茵上，皱眉道，"我一直觉得……公子有些护着重雪芝，但按理说，不应该啊……"

　　释炎忍痛站起身，来回踱步数次，又一次换上夜行衣，道："罢了，还是先去河心亭等着。"

　　雪芝一宿未眠。也是同一时间，她跑遍了整个月上谷，发现上官透连自己门派的人都没通知，只好将前一夜发生的事大致交代一下。林宇凰还在熟睡，她不忍告知父亲这一消息，便带着一部分弟子，匆匆赶向灵剑山庄。林轩凤听说经过，百般诧异道："释炎大师杀了你的孩子？！怎么可能，真……真是令人无法相信啊，雪芝，你确定其中没有误会？"

　　"林叔叔，我怎可能拿孩子的性命开玩笑？"雪芝丧子之痛未散，满眼悲怒，"释炎练了《莲神九式》。"

　　已无时间再等他们做出决定，余暑只够叫上林轩凤而已。林轩凤相信雪芝，却又觉得释炎修炼《莲神九式》太过荒谬，便带上弟子和雪芝一起往光明藏河赶去。

　　与此同时，光明藏河上游，河心亭中，释炎背对着上官透，轻笑道："上官公子可真早。没想过来得越早死得越快吗？"

　　露寒风狂，震梧叶芭蕉，亦吹得上官透满袍风片水丝。他面有疲色，但站得笔直，气势毫不输人，道："在下会不会死，还说不准。"

　　"哦？在这般境况下？"释炎慢慢转过身。

　　他怀中抱着上官适。上官透愣了愣，忽然笑出声来。释炎道："你笑什么？"

　　"释炎大师枉为武林至尊，对付小小的上官透，竟要用孩子做要挟。"

　　释炎哑然片刻，忽然把孩子扔过来。上官透连忙跃起，接住上官适。释炎笑道："给你，只是因为老衲知道你逃不掉。武林至尊这种头衔，老衲可是再不稀罕。"

　　"你若不稀罕，又为何做尽恶事？"

　　"这也算恶事吗？上官公子果真年少单纯，把世界想得太美。你可知道，老衲是如何走到这一步的？"见上官透沉默不语，他又笑道，"老衲出身寒微，曾入赘至亡妻家中。亡妻对我百依百顺，但她那出身武林世家的爹，却很是瞧不起老衲，数度在众人面前殴打老衲，根本不把老衲当人看。老衲卧薪尝胆多年，离间各大门派，挑起斗争，才终于杀了她全家，让其灭门。你说，这事究竟算是谁的错？"

　　上官透想起一段武林中的血腥往事，愕然道："莫非，你是当时灭了达摩教的……"

　　"正是老衲。你想问为何现在无人得知，对吗？要知道，少林寺可是中州最大的避难所啊。只是，出家当和尚着实无趣，老衲那蠢蠢欲动的野心，哪怕是在庙宇佛堂中，也难以磨灭。于是，老衲杀了方丈和所有同门劲敌，到底是当上了方丈。上官公子，切莫如此看老衲。后来老衲得到了一切，方丈之位，天下第一，备受武林人士敬仰，反而真觉得一切皆是空。直到修炼了《莲神九式》，才终于得知，做什么英雄好汉，都不如当一位母亲来得有趣……"

看见释炎脸上又露出小女儿情态，上官透一脸嫌恶道："住嘴，真是恶心。"

"你可千万别觉得恶心，上官公子。你这般出尘如仙，若愿答应老衲一件事，老衲便可饶你不死……"

上官透觉得更加反胃，将适儿放在岸边大石后，抽出寒魄杖，做出备战的动作，道："什么要求我都不会答应你。你可是杀了我的儿子，动手吧。"

"真是敬酒不吃吃罚酒。"释炎挥舞着手中的大刀，"上官公子，来会会我这《莲神九式》下的燃木刀法。"

火焰刀者，非金非铁，无形无相，纯以体内真气感应天地间三阴之真气，依五行生克之法而摄炼[1]。同上官透、雪芝成亲那一日的夏轻眉一样，释炎舞的是燃木刀，出招却完全不似燃木刀，少林纯正的阳气被他邪气的招式扭曲得不成形。只是，与夏轻眉不同的是，释炎的内力一点也不紊乱，相反，强得让人不容忽视。上官透接招接得很吃力，几乎没有还手的余地，寒魄杖已被乱刀砍出无数个缺口。最终，释炎一个快刀令他措手不及，又被其一掌击倒在地。释炎闪到上官透面前，拳头砸中他的腰部，一打便是连续几十拳。上官透面色惨白，释炎的动作又快到让他眼花，最后，他接住了释炎的攻击。释炎从背后抱住上官透的腰，将他扛起来，用力一扔，人被摔在身后。上官透捂着后颈，表情痛苦至极。释炎又一次将他拎起来，高高举在空中，道："如此英英玉立的公子，死了真的可惜啊。"

---

[1]　出自《少林拳谱》（2010年版），人民体育出版社出版。

　　话音刚落，便将他扔出去，在上官透落地之前，纵身一跃，一刀划在上官透胸口，鲜血溅满金井楼台。

　　雪芝一剑划开面前挡路的藤条。她跑得很快，若不放缓脚劲，同行的人根本追不上。其实她的身子尚未调理好，跑这么快，必然有弊无利。只是其余人知道显儿的事后，都不敢多话。林轩凤道："雪芝，我已经派人通知峨眉派、武当派，还有华山派，他们应该晚一些便能到。待会儿和上官公子会面，你要提醒他，若和释炎对上，定得拖延时间。"

　　雪芝却渐渐感到不安。她觉得，可能……她不会在上官透所说的地方遇到他。她急得满头大汗，一脚踹开路边的木块，道："朱砂，你说的这条路，真的是捷径吗？为何我完全找不到方向？"

　　此刻，光明藏河的河心亭中，上官透连滚带爬翻进亭中央，踢腿踹飞了椅子，以此攻击释炎。释炎同样伸腿一踢，将椅子从亭栏踢飞出去。他向前一跃，搬起桌子，砸在上官透的腰上，上官透与桌子一同被踹出凉亭。释炎的额头和胸口流了很多血。他按住伤口，咳了两声道："没料到你居然能伤了老衲。看样子，老衲得拿出看家本领了。"

　　他压了马步，双掌合十，运气，再一用力，连黑衣里的锦缎也都跟着碎裂，露出没长胡子的怪异的脸，还有流着血、结实却与那张脸全然不配的上半身。上官透捂着胸口，努力止血。那一刀并未伤及要害，但按常理说，他已不能再战。这时，释炎的刀法突然变得秀气起来。刀身在空中划过，断断续续，变幻出绚丽刀影。上官透从未见过这样诡秘华美的刀法，还有翥凤翔鸾的曼妙身影。虽说如此，配合着释炎怪异的外表，又显得极度恶心。只是，还未看清释炎的步法，上官透的手臂、大腿、小腹已经连中三刀。刀口很细，鲜血却汹涌而出。

　　上官透勉强撑着后退两步，不愿倒下。释炎拽着他的后颈，把他的头直接往岸边的岩石上砸。惊涛拍岸，浪花方才冲湿岩石，又一波涌上，将他的鲜血混入河中。眼前万物已在旋转，上官透头晕眼花，看不清任何东西。他只知道，释炎提起他的双臂，往反方向一扳，骨头碎了。最后，释炎挥动大刀，又一次舞起凌乱的刀法。上官透只见鲜血从头上流下，模糊了他的视线。这一回朝他袭来的，是几百道刀影……

雪芝等人赶到光明藏河上游时，此地空无一人。唯有流沫成轮，然后徐行。烈日骄阳烤烫了河岸的鹅卵石，雪芝踏着石路，眺望河心亭数次，都没等到上官透。林轩凤刚开始还问一下情况，但是等了一个多时辰，华山的人都赶来了，还是没有任何消息。雪芝再忍不住，一个人悄悄靠近河心亭。然而，越是提心吊胆，一路上越是寂静得诡异。鱼戏荷动，鸟散花落，天地万物宁静，似无边的坟墓。终于，她离河心亭近了，河水咆哮着流过。在这湍急水声中，她依稀听到了婴儿的哭声。亭中什么人也没有。原本亭台附近有一座石碑，上面记载了一部分佛经的内容。但此时此刻，石碑碎了一地。满地都是残缺的木块和破损兵器。河边的大石旁趴了一个人，婴孩的哭声便是从那里传来的。雪芝眯着眼，看清那人：染满血的衣服已看不清是什么颜色，散乱的长发间，有几片残破的孔雀翎。

分明已怕到周身发冷，但她还是咬住牙关靠近，告诉自己那人不是上官透。可是，他怀中紧紧搂着的孩子，正是上官适。上官适还好，除了身上沾了血渍，毫发无损。除了他的亲爹，谁还会这样拼死保护适儿？雪芝又看了一眼那趴在地上的人，顿时觉得呼吸困难。上官透四肢都在流血。猩红的血液顺着他的身体流入鹅卵石缝，流入湍急的河水。

"透哥哥。"雪芝立刻跪在上官透身边，轻轻推了他一下。

还好，他依然有体温。她大松一口气，却又更加担忧地扶住他的双肩，将他翻过来。

也便是那一瞬间，空气迅速凝结，世间万物都停止了运转。鸟鸣撕碎云层，便是那把刺穿她心脏的利剑。一阵天旋地转过后，雪芝捂着脸，惊声尖叫。她的叫声引来了林轩凤和丰城，还有其余门派的弟子。然而，抵达她身边的人，无一不是震惊至无言。上官透瘫软无力，面孔已经被划得血肉模糊。不是说五官不分明——若别人不说，没有人会认为这是一个活生生的人。

雪芝捂住口鼻，一边发抖地望着那人手上的块状血肉，一边连滚带爬地后退，震惊道："不，这……这人是谁……"

林轩凤虽然脸色也不好看，但相较冷静许多。他在上官透身边蹲下，检查他的伤口，又捏住他唯一完好的下巴，左右摆动看了看。"他手筋脚筋已断，嗓子哑了，至于耳朵……不知道还能不能听到我们说话。"

上官适像是听得懂他们说话，哭得更加厉害。雪芝试探着靠近，轻声道："透哥哥，你还听得到吗？"

上官透了动脖子，喉间传来古怪的声音，却再说不出话。

"他究竟是被何人所伤？怎么这样残忍？"丰城走过来，也禁不住皱眉，"这样……他完全是一个废人了啊。"

雪芝原本想说出释炎，但一想到可能会令上官透更若枯鳞，便咽下要说的话。一阵狂乱的心跳过后，她表现得出乎意料地刚强，道："废人也好，起码他没有死。现在什么也不要再说，赶快带他回月上谷，找最好的大夫替他诊治。总会有办法。"末了，她轻轻握住上官透的手掌，"你一定会恢复的，要坚持住，知道吗？"

上官透又发出了"啊啊"的声音，像是在答应她。雪芝吃力地将他拖到自己背上，坚持将他背回去，任何人要帮忙，都被她拒绝了。林轩凤帮忙抱着上官适，却一句安慰她的话都找不到。

他们离开时已是黄昏。云归日西驰，远峰隐半，夕阳化作濒死赤龙，游弋天际，渐为黑暗淹没。

回到月上谷，雪芝立刻找来了殷赐。在殷赐给上官透诊治的阶段，她放走了满非月，命重火宫和月上谷的弟子们加强防守，一有风吹草动，便来通知她。林宇凰还不知道这件事，但也快瞒不住了。因为，事情远比雪芝想象的要糟：上官透在激战中失血过多，现已哑言，四肢残废，内力武功全失。殷赐说，或许他的耳朵还有救。但是痊愈后定会毁容，其余的伤残也好不了。最重要的是，他失去了生育能力。

雪芝一直麻木地听他说着，心也渐渐麻木。

上官透背叛了她，负了她，但这一刻，她却再恨不动他。她只知道，她是他的妻，铭记着他曾说过，不将回首，是因永不言弃。待人终散去，她筋疲力尽地跪下来，轻握他包得牢牢的手，道："如此也好。从今往后，我再也不用害怕失去你。君心似月，妾却固若磐石，愿日日与君好，此生白头到老……"她闭上眼，两行泪水骤然滑落。

岁暮景迈群光绝，安得长绳系白日。

一晃眼，岁月匆匆，便是六年。

六年后。

三月，大地回春，垂柳千条。新燕剪尾，桃李飘香。原是最为惬意的时节，武林气氛却格外剑拔弩张。眼见一年一届的兵器谱大会即将展开，正儿八经在讨论这事的人，又没几个是光明正大的。

长安——

"大哥，兵器谱大会，你去吗？"

"不去。"

"以往你不是最喜欢参加这些比武大会的吗，怎么这几年都……"

"还能因为何？重火宫啊。他们去了谁还愿意去？"

洛阳——

"今年兵器谱大会，不知道排行会怎样？"

"我知道。兵器第一，重火宫混月剑；武籍第一，重火宫《沧海雪莲剑》。"

"重火、少林不是一直对抗得很厉害吗，何故重火宫势力发展得如此快？重雪芝不是根本没有在江湖上露面吗？"

"有穆远出面便够，非要让那女魔头出来掺和你才高兴不成？"

"九域不安，人心惶惶啊。"

苏州——

"狼牙，重火宫这两年可真是如狼似虎，让人担心啊。"

"不过是恢复以前的样貌，有何大惊小怪的？"

"可这一点也不像雪芝妹子的作风，难不成是一品透要不好了……"

"乌鸦嘴！瞎说什么，他都那样了，你还诅咒他！"

正如江湖人所说，在重雪芝继承宫主之位后，重火宫的声誉有所转变，渐渐被世人接受。但是，这一份平和却未持续多年。"地狱阎殿，人间重火；神乃玉皇，祇为莲翼。"这早已淡去的十六个字，如今又一次被人们广为流传。夫君残废后，重雪芝逐渐淡出江湖。然而，第六年年初，她却突然改嫁穆远，性情大变，复出江湖，吞并了二十余个大大小小的门派。如今，江湖上能够牵制重火宫的，除了少林以及几个联盟的大门派，再无他者。

重雪芝与穆远成亲后一个月，林奉紫下嫁武当三弟子蔡诚。蔡诚曾在雪夜邀雪芝共饮，却遭到拒绝，且他妻子早逝，林奉紫的婚礼多少显得有些委屈。这一日，武当例行议会结束后，蔡诚回到家中，心事重重道："华山……恐怕要撑不住了。"

林奉紫立刻上前端茶送水，在一旁替他削苹果，问道："怎么说？"

蔡诚依然如以往般举止贵气，面如美玉。他喝过茶，喃喃道："丰掌门传了话，说已确定副掌门叛变归顺重火宫。现在华山有两成的弟子投靠了重火宫，五成和重火宫交往甚密。"

奉紫脸上依然保持着笑容，声音也是软软的，只是顿时冷了个调："官人说的这些事，奉紫是一句也听不懂。"

"总而言之，若华山垮台，武当也将不远。"

"官人可憎恨姐姐？"

蔡诚一时哑然，略显尴尬。奉紫哼笑道："姐姐一直是这样。无论她犯了多大的错，做了再多不可饶恕的事，总是有那么多人向着她。即便此时的她已经成了武林公害，官人却依然对她念念不忘，不是吗？"

"当然没有。"蔡诚揽住奉紫的肩，柔声道，"我现在心中，只有你一个。"

"倘若姐姐此时再来找你，说要跟了你，你会不要她吗？"

蔡诚怔了怔，又笑道："自然不会。"

"如此甚善。"奉紫把削好的苹果往笥篋里一扔，站起来，"我先回房歇息。"

六年前，上官透残废，她亲眼看到了重雪芝的痛苦。雪芝一天到晚抱着适儿发呆，失神地问自己，为何当初不对上官透和显儿好一些，不管出了什么事，她都应该包容才对。奉紫还亲眼看见雪芝亲吻上官透那惨不忍睹的脸，只觉得又恶心，又深深震撼。在这风生水起的江湖，有太多的不确定，谁也不知将来如何，谁也不知是否一个明月良辰后，便失去了重要之人。终于，奉紫鼓起勇气，向穆远告白。至今她还记得，那天风很大，翻卷了整片枫林。叶片丹红，是熊熊火种，烧尽了重火境。穆远自枫林深处走来，黑发披散而飘逸，面容干净而俊美，身形却是一抹暗夜的孤影，敏捷又危险。她素来自恃清高，面对他却失态又语无伦次，却总算令他知道了自己的心意。他不是装傻的人，亦不懂得婉转地同姑娘说话，只淡淡地说了一句话："我对你无意。但你是宫主的妹妹，我还是会善待你。"说完便离开，不给她任何"还价"余地。

虽然他不给她承诺，甚至说得残酷而傲慢，但是奉紫相信，这是因为他人品高尚，如圭璋明月，不愿占自己便宜。只要他不讨厌自己，她便还有机会。接下来的六年，她一直陪伴他。为了他，她曾经与父亲大吵数次，离家出走数次，在找到穆远后，他却数次以"还有事要做"这样简单的理由，将她冷落在街头。她从小娇生惯养，受不了这样的待遇，想要放弃。但是，他只要稍微温柔一些，她便会缴械投降。她甚至为了挽留他，曾放弃过矜持，想要委身于他。可是，她的美貌在他面前形同虚设，他一直无动于衷。她原本以为，最糟也不过如此，却没料到第五年岁末，雪芝态度稍微一转，穆远便迅速与她定下婚约。

奉紫知道，雪芝不爱穆远，完全不爱。因为这些年，她时常探望雪芝，雪芝一直跟上官透同居一室，无论去了多远的地方，都会在半个月内，回重火宫照顾他。最开始她情绪不稳，常年自责悲伤。但是渐渐地，她开始习惯上官透新的模样，并且决定重新开始，与他平平淡淡地生活。可是，去年年底，她再去看雪芝，发现雪芝精神不好，整个人都病恹恹的，还瘦了一大圈。只要一提到上官透，雪芝便会转移话题。到了年初，她突然和穆远成亲。

第二十四章

张女哀弹

薄烟罩树林，繁花飘落。迷人的樱花雨，是侪侣轻柔的眼波。重火宫朝雪楼的花林中，一个红色的身影飞速穿过：艳红罗纨，银白弯刀，女子长发轻扬，舞出极其阴柔飘逸的剑法。纷繁的樱花瓣中，若隐若现的，是一双深黑的剪水瞳仁，眼角微扬，一如最为妩媚的狐仙。乱刀舞起，闪烁的却是剑影。凛冽的光芒向前方直劈，隔着一棵完好无损的樱树，一片石林轰然坍塌。同一时间，树林中响起了掌声。女子握紧宝刀，看着前方的树林发怔。她长发浓密乌黑，其间系着几缕泛黄的小辫子。

她一直出神，直到身后的声音响起："宫主好身手。"

"穆远哥。"雪芝深吸一口气，回头见穆远的身影出现在樱树下，便一刀劈去，将挡住他面容的花枝砍下。

穆远右手端着一碗汤药，左手伸手接住樱花枝，道："拨开便是，为何砍了它？"

"这院子里的樱花总是开得太旺，不摘掉一点，结不出好果。"雪芝接过他手中的花枝，轻声道，"这两日都去了哪里，为何不来看我？"

"不是帮你办华山的事吗？"穆远垂头在她的发侧轻轻一吻，搅拌着手中的汤药，"有人来找你，你猜是谁？"

"柳画。"

"真乃上智之人。宫主是如何猜到的？"

"释炎肯定着急。依华山目前的情况来看，是分一杯羹，还是极力维护丰城，他想要做出决定。"

"先养好身体吧。也不知你是怎么回事，这几年身体越来越差。"穆远语气中有一丝谴责，不过还是很温柔地将勺子送到雪芝嘴边，"小心，别烫着。"

雪芝喝下一口，把玩着手中的樱枝，轻轻转了一圈，接过汤药，道："我自己喝吧。你先去，我很快便来。"

穆远离开。她将汤药倒在地上。

六年前，她瑶翠坐自伤，大病一场，一躺便是几个月。大夫说她是久病卧床，旧疾复发，且病情严重，若不好好调养，会落下病根，须按时服药和调养内力。所以，这六年来，穆远一直在悉心照料她，督促她吃药休息。不过也不知是何原因，雪芝的病情一直没有好转，还经常会胸闷咳嗽。她自己并不在意。只要不死，怎样都行。

雪芝足下一点，跃到二楼，踩在房檐上，将青瓷花瓶中的旧花枝拔出，换上新的。春日阳光明媚，洒落在她飘扬的鲜红裙裾上。窗内，床旁放着一根淡青色的杖，杖顶的宝石闪烁着冰蓝的光。站在高耸楼台，下面是满目花红如云。庭院空空，樱瓣纷纷扬扬，落了一地。阳光虽不刺眼，雪芝却明显感到眼睛疼痛灼热。她闭上眼，快速离开了朝雪楼。

嘉莲殿外，侍女列作两排，延伸到阶梯下方，鱼梁尽头。在碧瓦飞甍和白衣女子中，雪芝的衣裳是一团火焰，一路燃烧至大殿。大殿正中央站着一名粉衣女子。听见脚步声，她慢慢转过身来。她的眼角微微下垂，两鬓别着兰花发簪，看上去亲切温柔。她冲着雪芝微微一笑，道："未料到发生了那样的事，才经过这么些时日，便恢复得精神奕奕。果然是重火宫的宫主。"

"多谢。雪芝忝不敢当。"雪芝皮笑肉不笑，"柳姑娘坐，请用茶。"

柳画坐下来，端起茶盏，小酌一口，脸立刻皱起来，道："好苦。"

雪芝看了看自己的茶，道："似乎放错了茶。这一杯才是柳姑娘的。"将自己的茶盏递给柳画后，她接过柳画的茶递给烟荷，"烟荷，去把这个倒了，给我重沏一杯。"

柳画抬头，表情有些不自然，道："我此次前来，是为了替释炎大师传话。"

"但说无妨。"

"方丈只想知道，雪宫主打算什么时候动手？"

分明是来替释炎大师套话的。雪芝笑道："我不理解姑娘的意思。"

"自然是关于丰城的。"

"我想，只要少林不干涉我做的任何事，姑娘很快便能知道。"

柳画想了想，从袖中取出一个信封，交给雪芝。雪芝接过拆开，快速扫了一遍，又将它叠好，放入护法手中，令其谨慎收好，而后命令道："新进的有武功基础的弟子，带一部分给柳姑娘。走之前，请他们务必留下书信，写明自己从何而来，正去何处。"

"是。"

柳画一脸不甘，却看见雪芝美丽的面孔渐渐靠近，说道："放心，只要在我重雪芝的眼皮下，该活的人死不了，该死的人，自然会死。"

柳画嘲道："这么说，上官透在你的眼里，算是该死的人？"

她分明看见雪芝的眼神闪烁。但雪芝说的却是："既然他死了，他便该死。"

"雪宫主，你又何必逞强……"

雪芝迅速站起身道："来人，送客。"

"不必。"柳画站起来，轻轻笑道，"我和方丈都会静候雪宫主佳音。告辞。"

柳画背影婀娜，消失在整齐的侍女队伍中。雪芝忽然轰地一拍桌，背对四大护法道："烟荷，我的茶呢？"

烟荷端着茶盏，支支吾吾道："宫主，茶虽好，但浓茶伤身。一次放这么多莲子芯，恐怕……"

"给我。"

烟荷垂着头，无声递给雪芝。雪芝饮酒般将茶水一饮而尽。浓重的涩味充斥了舌尖口腔，脑中所想，却是那个人淡淡笑着说："我并不偏爱浓茶，只有香味若隐若现，才叫真正的茶香。芝儿这样淡雅可爱的女子，应该更适合淡茶。"

雪芝将茶杯重重放在桌子上，道："适儿呢？适儿去了哪里？"

"娘。"一个尖尖脆脆的童声传入嘉莲殿。

雪芝忙转过身。一个小男孩捂着手肘，跛着脚走过来。前一年，雪芝带他和上官透回京师探望国师夫妇。所有见了他的人都说，这孩子远看很有上官透的模子，近看五官却有八九分像她。因为显儿的去世，适儿成了重火宫唯一的继承人，所以，雪芝将他的姓氏改为重。重适确实有着上天赐予的漂亮脸蛋，性格却比小时还要让人无法接受。

"娘，有人打我了！"重适提高音量道。

他一走近，雪芝便跪在他面前，将他紧紧搂住。靠在他小小瘦瘦的胸脯上，雪芝轻声道："谁欺负你了？"

"没有关系，一点也不痛。"重适骄傲地扬起小脑袋，"他们真是蠢死了，竟不知我是少宫主。我还了手，他们比我伤得严重多了。"

雪芝检查了重适胳膊上的伤口，又摸了摸他的脸，道："儿子，你记得，下次人家伤了你的手，你便把他们的手打断。他们若断了你的手，你便断了他们的命。知道吗？"

"孩儿谨遵娘亲教诲。那，倘若人家要了我的命呢？"

"没有人能要你的命，别说这样不吉利的话。"雪芝极其温柔地抚摸他的头发，"适儿要有个三长两短，我会要天下人陪葬。"

重适早就长成了个小魔头，仅六岁便养成了比同龄人冷酷十倍的性格。可是，听到雪芝如此说话，还是下意识感到些许害怕，道："娘……"

雪芝的声音依然柔软如润雨："娘一直在这里，无人能伤你。"

平淡温柔的一句话，却充满了难以言喻的悲恨。依稀记得当年，上官透随便说一句话，便可以让她哈哈大笑，他只要稍微有一点不对劲，她那一点不值钱的眼泪便哗哗落下，也只有他心疼。可是事到如今，她已无泪可流。她只想忘记一切。只要想到上官透，她便会努力转移注意力。因为，哪怕多想一刻，都无法承受，都会觉得呼吸也是疼痛。

他等了她一百天，她守了他五年。一直以来，她不曾为自己感到不值。世间有很多事都是这样，要论孰是孰非，也无人能辨。当初上官透彻底沦为废人，她在绝望中度过了数百个时日。四个月后，他的伤病复原，意识也相对清楚许多，她天天与他说话，不论他是否听得懂。即便伤口愈合，他的脸也依旧惨不忍睹。除了绫绮和发冠被她打点得照例考究，无人能认出，这个成日坐在轮椅上的厉鬼，便是当年潇洒风流的一品透。她曾想过找释炎和丰城报仇，也想过要练成绝世身手，闹得天下大乱，以天下人的痛苦来补偿上官透。但是最终，她总算想清楚，她要做的，是守好自己所拥有的。

对一个女子来说，常伴意气风发的夫君左右，是再简单不过的事。但是，常伴一个落魄无望的废人，堪比枯木期填海，青山望断河[1]。可上官透是早已种入她生命的一棵树，即便没了刹那热情，没了仰慕之情，他依然根深蒂固地伴随着她。她就这样日夜照顾他，与他同榻而卧，抵足而眠。每至夜深人静，她能听见山涧泉声涓沄远扬，山鸟展翅喧哗，却再听不见他的温言软语，感受不到他强有力的拥抱。那等寂寞，时常令她彻夜难眠。达旦入梦，他终于殷勤归故时，他又回到当年英雄大会擂台上，白袍翩翩、如仙如画的模样。便有此梦，也聊胜于无。

她原想独倚这棵残缺的树，了却此生。如今，却不得不将这棵树拔

---

[1] "枯木期填海，青山望断河"：出自北朝·庾信《拟咏怀·其七》。

出来。

"娘，娘，你把我抱得好疼。"重适轻声哼道，"我快不能呼吸了。"

雪芝怔了怔，松开他，拍拍他的肩，道："傻儿子。"

穆远走过来，也蹲下，看着重适微笑道："雪芝，我看你在重火宫内也待得够久了。离兵器谱大会还有一段时间，不如我们带适儿出去走走？"

"去哪里？"

"当然是宫主说了算。"

雪芝眺望窗外，仿佛可以越过千万重树枝花叶，看见天边缅然之地。她一直沉默不语。穆远顿了顿，摸摸重适的头，全无失望之色，道："不想去也无妨。我们确实该留下来为大会做准备，毕竟这是你重出后第一场。"

"江南。"

穆远倏然抬头道："什么？"

"我想去江南。"

穆远素来喜怒不形于色，对于她的拒绝，他早已习惯，且绝对不会流露情绪。但听到雪芝说这句话，他竟显得有些兴奋——来回走了两圈，转过身道："那我们早些出发，我这便叫人去准备行囊。"

"嗯。"

是夜，雪芝走到朝雪楼南厢房门前，轻轻款门，后推门入内。冷月无声，寒光幽照回廊。厢房内，茶香飘逸，画卷器具精致而孤独。寒月挂高岭，清风疏竹林，一个男子背对着门，坐在轮椅上，月色沐浴了他一身柔光。想来他常年幽居独处，能聊以解慰的，也只有室外鸣琴声。

"我马上要出远门。"雪芝走上前一步，想了许久，"会让人照顾好你。"

上官透不语，只是半侧过脸，一双眼直直地看着她。她亦回望着他，眼带笑意。在她看来，那样恐怖的脸孔，却是世上最美的事物。她笑着，快步走到他面前，蹲坐下，轻伏在他的膝盖上，握住他修长却残破的手指，道："你是不是想说，换季了，让我注意身体？我当然会注意。"

万事难并欢，这一花香虫鸣的夜，温暖却又寂寞。她变成了一只黏人却安静的雪猫，在他的膝上轻蹭。这样清冷的月夜，她却像拥有了全天下最大的幸福。上官透眨眨眼。那一双眼睛在月光中是如此明亮，却很快通红。他用手背回蹭着雪芝的脸，眼泪落在她浓密的发间。她感受到，却未表现出一丝伤感。她只是闭着眼，微笑道："透哥哥，不要难过，芝儿一直在这里。"

看着她半睁着的漆黑瞳孔，他吞了吞唾沫，却说不出一个字，只任凭她在这里静陪自己一个时辰。后来，她到别的房间去收拾东西，前脚刚出去，后脚便有一道身影飞入房间，闪电般落在上官透面前。那人居高临下地望着他。"我交代过多少次，你只要老老实实当个活死人便好，休得在她面前流露感伤之色。"不待他说话，那人又冷冷道，"否则，我把你眼睛也挖出来。"

杪春时节，疏花暗香。重雪芝抵达苏州的一日，清旦的雾气，在片片吹落的柳絮红药中游走，挂上薄纱，透明细白，朦胧一片，把柳树枝条勾勒得更加嫩绿。远处楼房早已湮没在大雾中，一如为屋顶纱窗挂上了绮幕。窗台红花恬静仰头，花骨朵是团团白雾的红晕。天方亮，十里春风吹拂苏州，梦和雾连成一片。两岸红楼碧瓦中，雪芝望见一栋酒楼上的菱形酒牌：仙山英州。春阳淡柔，照映在这木制牌匾上。大红四角灯笼也被朝阳照得一如新制。

这个时段，酒客不多。裘红袖接到锦书，一早便站在岸边静候雪芝，艳丽胜似两岸的七里香。只是，当她真的看见雪芝过来，态度却冰冷得很，道："雪宫主，有何贵干？"

雪芝掀开珠帘，从船上下来，轻身跃到岸上，道："红袖姐姐。"

"进来坐吧。"裘红袖看了一眼随后上岸的穆远和重适，冷笑一下，话还未说完，便转过身去。

"穆远哥，你先带着适儿去逛逛好吗？"

穆远点点头，摸摸重适的头，抱他骑上自己的肩，逛街去了。而后，裴红袖命人替雪芝沏茶，又冷冰冰地问她要吃什么。她摆摆手问仲涛去了何处。裴红袖一句"他死了"便完事。雪芝哭笑不得，想了半晌，还是起身道："我不过路过此地，想来看看红袖姐姐，既然姐姐安好，便不多打扰。"

上官透重伤时，裴红袖和仲涛是最先赶来看他的。他们每几个月便会登山临水，长途跋涉，赶到重火宫一次，再忙也会发信函询问上官透的近况。但是，自从雪芝和穆远成亲，他们就与雪芝断了联络。雪芝完全理解他们，便是有朝一日，他们带大批人马上门劫人，她也不会感到意外。所以，她也早便猜到了他们对自己的态度。

"慢走不送。"裴红袖双眼飘到了窗外，端起茶杯抿了一口。但茶还没下肚，胸膛已剧烈起伏，直到雪芝走到门前，她终于忍不住，狠狠一拍桌，站起来道："重雪芝，你回来！"

雪芝站住，问道："红袖姐姐还有何指教？"

"既然咱们都是多年的姐妹，有的事便不要遮遮掩掩，开门见山谈谈。"裴红袖冲到她面前，怒道，"你知道吗？狼牙听说你要来，一大早便出城，说等你走了再回来。你说，光头变成那样，你便嫌弃他了？好吧，我承认，他变成那样，确实配不上品貌双全的雪大宫主，可你改嫁了也罢，还弄得天下皆知，你这样对得起一品透以前对你的一往情深吗？"

"我自然对不起他。"

她这么一说，反倒让裴红袖说不出话。裴红袖摇摇头，冷静了许多，态度也软了下来，问道："那你这是什么意思？"见她看着自己没说话，又道，"确实，你还年轻，要跟个废人这么过一辈子，是谁都受不了。姐姐不是不理解你，只是……那人是一品透啊。"

雪芝淡淡笑道："我知道，我欠他的。"

"儿子都长这么大了……你们夫妻还有谁欠谁的？只是，改嫁以后，千万不要丢了他。他这人我最清楚，有什么不高兴的，全都往心里搁，死都不会说出来。更何况他现在也说不出……"

"他死了。"雪芝打断道。

"所以我才说——什么？"裘红袖像是突然被人抽了一耳光，愣愣地看着她。

白雾苍茫，春日的苏州失去了鲜明的色彩，轮廓也变得模糊。满目红楼化作海市蜃楼，不再秀美，不再明媚。裘红袖反应很快，笑得有一丝轻蔑，道："你是在为自己改嫁找借口吗？"

雪芝静静地看着她，许久，才又一次重复道："他死了。"

她已经调整好了心情，没有失态。只是在说出这三个字时，一颗巨大的泪珠从眼眶中落下，毫无预警地。她认定自己能够平静地诉说这一切，她也已经做到。看着裘红袖在瞬间变得悲恸不已，她不是没有受到影响。只是，她不能继续哭。若她哭，大概真的会做出很多傻事。她还有自己的安排。

最起码，要为上官透和显儿报仇。

裘红袖和雪芝聊了一整个白天。景落阴峰时，雪芝刚离开不多时，仲涛便随着回来。他为裘红袖摘了她最喜欢的桃花枝，也做好准备，花枝会又一次被她无情地扔到一边。把花枝递到裘红袖手中，他还顺便板着脸道："我还真是看到姓重的丫头走了才回来，怎么样，她跟你说了什么？"

裘红袖看着花枝发呆，眼睛肿肿的，妆也有些花。仲涛这才发现她的异样，急道："她欺负你了？红袖，红袖，你不要吓我。"

微风徐徐，摇动了仙山英州的酒牌。斜阳洒落万点殷红，水木湛清华。当四个飘逸的大字摇摆，裘红袖的发丝与金钗也已微乱。她突然扑到仲涛的怀中，紧抱住他，大哭起来。

一直以来，裘红袖都是刚毅坚强的女子。她与母亲自小被父亲抛弃，便认定了男子都是骨子里的贱，她同男子花前月下，却从不愿意把心交出。初闻上官透噩耗之时，她并未考虑过仲涛。直到雪芝回来前，她都未打算给仲涛什么答复。她一直对仲涛若即若离，不过害怕他得到自己后便跑掉。可是，心爱之人的死亡和离别，还是前者更令人害怕。

栖栖世事，难以预料。她不愿意像雪芝那样，她不愿意后悔。他们不会是雪芝和上官透。她呜咽道："狼牙，我们成亲吧。"

"哦，好。"仲涛养成了习惯，随口答应，而后大叫一声，"什么?!"

此时此刻，雪芝站在对岸的小船中，掀开帘子，走到重适和穆远身边，指着儿子怀里一堆木制玩具道："哇，穆叔叔给你买了这么多东西?"

"是啊，这是关羽，这是张飞，这是刘备!"重适摇晃着手中的木偶。

雪芝笑着应了一声，坐在他身侧和他玩游戏。很快，船夫临流叩枻，她偷偷回头掀开纱帘，看到了对岸的仙山英州，还有站在夕阳下旁若无人紧紧相拥的两个人。她知道，红袖姐姐是重情之人，一直把上官透当成亲弟弟看待，才会哭成这样。不过，也因为这事，她成了个好红娘，未尝不是一件好事。她微微一笑，静静颙望着他们。雾散了，在一片宁和中，苏州的繁华之夜悄然升起。大红灯笼被点亮，游船缓缓前进。岸上两个人的身影也在视野中缓缓缩小，被来往的人群和灯火替代。末了，她什么也听不到，只听见岸边有人轻弹《张女》[1]，流悲绕城郭。

悲伤时，谁都是会哭的。可雪芝不能哭。

因为，能够让她停止哭泣的人，已经不在了。

四年前，在少林的支撑下，柳画自创门派画剑庄，规模实力日甚一日，并且在这两年和重火宫数次交锋，争夺买卖与吞并门派。当时，柳画重回江湖，引起不少人的猜疑，但有释炎这强力后盾，她很快恢复了正常生活。她擅长一切女子擅长的东西，但在门派争斗方面，却心有余而力不足。几次在大场合与重雪芝碰面，雪芝都不大留意她。这让她很懊恼，决意要与重火宫以及雪芝分出个高下。

去岁腊月，她来找过雪芝。数年未见，雪芝几乎没认出眼前的人是

---

[1] 汉乐府曲《张女弹》的省称。《文选·潘安仁（岳）〈笙赋〉》："辍《张女》之哀弹，流《广陵》之名散。"张铣注："曲名也，其声哀。"

谁。岁月催人老，形迫杼煎丝。不长不短的五年过去，柳画的外表依然秀
丽温柔，却早已不是当年水嫩如豆腐的模样。柳画说话一向语速很慢，因
此，她慢吞吞诉说的故事，也比任何事都来得折磨人。她离开后，雪芝不
记得任何事，只记得她说的两段话。

第一段是："或许，你早已听说了我和上官透的事。他背后的那个女
人便是我。我和他早就有了孩子。我曾经要上官透休了你，他说会考虑。
不过我想嘛，男人都是吃着碗里的，看着锅里的，他大概都不会跟你提及
此事。但我比你幸运。我在怀孕期间，便听说公子打算杀掉上官透的消
息，当机立断，了结了肚子里的婴儿。不然，这孩子也该跟你的适儿一样
大了呢。"

上官透变成废人对雪芝的打击太大，她几乎忘记了上官透写休书之
事。她一心认为，这是他让自己远离危险的借口。总而言之，在她觉得快
要失去他时，他的一切都是好的。不管他曾做了多少对不起她的事，她
都不能再抛弃他。可是，她情绪尚未调整好，柳画已告诉了她第二件事：
"与你寸步不离、和如琴瑟的那个人，你大概永远不会知道是谁。因为，
上官透早死了。"

苏州下起毛毛细雨，落了满城薄雾轻埃。再过几日便是兵器谱大会，
城内人声喧嚣，城门车马如龙。然而雨水缓慢虚弱，连倾注的力气也已丢
失。水道城门处，雪芝、穆远还有重适在船上静坐，排队等着出城。岸上
的抱怨声、谈笑声，仿佛离她有几十里远。其实最开始，她拒绝相信柳画
说的任何一句话。但静下心来想，她不是没有发现上官透的异样。尽管如
此，她依然拒绝相信——直到她鼓起勇气，与那废人谈了话。

"你告诉我，你究竟是不是上官透？"她如此问他。

那废人明亮的眸子中，闪烁着水花。他久久地沉默，令她感到越来越
恐惧。直到最后，她受不了了，站起来，发狂地摇晃着他的肩，问他是不
是上官透。可他沉默着，一直沉默。

这一回轮到雪芝去找柳画。柳画大方告诉她，那废人是自己的安排。

当年，释炎大功修成，并且接到"公子"的命令，上官透不可能活下来。然而，为了让方丧幼子的雪宫主不至于太绝望，她把活死人"上官透"留在了光明藏河河畔。后来，雪芝问了柳画很多问题。例如上官透的尸体在哪儿，他们为何要杀上官透，他们的目的究竟是什么，还有，"公子"是什么人。但柳画都只是一直笑，笑靥如花，同时残忍狂妄。之后，雪芝连续几日不吃不喝，将自己封锁在小房间里。那段时间，重火宫的人都以为她有轻生念头，她却突然振作起来，宣告重出江湖。

人活着，便一定有想要的东西。她要除掉三个人。其中一个是丰城，一个是释炎。

另一个，是"公子"。

虽然，她在明，他在暗，她随时可能死在他的暗箭之下。虽然，她甚至连此人是谁，都不知道。

前方是漫漫悠长的河道，身后是名城苏州的锦绣胜地。珠帘声在微风细雨中碰撞，清脆空灵。雪芝打着油纸伞，坐在船头，听见重适和穆远在一旁聊天。

"我觉得苏州很好玩啊，穆叔叔，为何我们不多留几日？"

"因为过几日，我们便要去兵器谱大会打坏人。"穆远声音低沉，在船篷中轻轻响起，"若你喜欢，等兵器谱大会过后，穆叔叔便带你回来，如何？"

"嗯！"

两岸画梁红窗已消失在视野中。满目徒留柳枝烟树，青草香荷。雪芝觉得有些累，轻倚在船舱旁，闭眼休息。睡意越来越明显，意识越来越模糊。不知过了多久，有人轻摇她的肩。

"芝儿。"

"我很困，让我再睡一会儿吧。"她扭扭肩。

"芝儿，别在这儿睡，会患风寒。"

这个声音，她已多年没有听到，是非常年轻动听，却不浮躁，令她心跳不已的声音。隔了很久，她才突然意识到这是谁的说话声。她立刻坐起来。可是，周围没有人。细雨依然无声飘落，她的面颊和睫毛上，都是细细的雨点，四周灰蒙蒙的，圻岸灯光泱泱，与行船擦身而过。她失望地靠回去，却又一次听到那个声音："芝儿。"

这一回她反应很快，立刻站起来四下观望，但还是没有人。她站起来，掀开珠帘看船篷内，穆远和重适不知去了何处。她再转过身，看到了站在船头的上官透。他依旧一袭白衣，外面披着狐裘，连衣白绒帽低低半掩青丝，及腰的长发在风中轻摆，一如落凡谪仙，一如十年前，他初次出现在她面前。

雪芝捂住嘴，几乎尖叫出声。朦胧春景中，他对她露出了淡淡的笑容。她加快脚步，直奔过去，却站在他的面前，不敢轻举妄动。她生怕这是梦，她要有所举动，梦便醒了。然而，他却轻而易举地将她搂入怀中。闻到熟悉的味道时，雪芝哽咽得一句话都说不出口，只是紧紧回抱着他，呼唤着他的名字。这不可能是梦，梦不可能这样真实。她大哭出声："我想你，我真的想你。透哥哥，我可是在做梦，你终于回来……"

喊到此处，她被自己的哭声惊醒。周围的环境没有变，她仍旧满脸泪痕。只是，她依然坐着，而船头没有任何人。她慌乱地环顾四周，擦了擦脸上的眼泪。一切都已中断，唯独眼泪不受自己控制，不停流下。此间，还是那艘船，还是那条河，还是这片天下。思念也一如既往，潮水般吞没她的世界。

只是，他不在了。

从来不曾有这样真实的梦。真实到梦断人醒，她都觉得他方才来看过自己。春雨过后，空气潮湿。雨霁，夜空繁星闪烁，甚是高远清冷。船只在河中轻摆，河面一片玄青，岸边小圆红灯笼在上面投落团团光晕，又被行船溅起的水花荡开。空气清洌，身体如从薄冰中穿过。雪芝抱着双腿，坐在船头。

"雪芝。"穆远的声音在她身后响起。

"嗯。"她的声音听上去平静，却哽咽沙哑，未能止住胸中刺骨的疼。

一阵沉默之后，穆远走上前来，坐在她的身边，道："莲宫主去世前，曾经交代过我一些事。若你生活困难，便让我来照顾你。"

雪芝缩紧脖子，轻声道："你一直都很照顾我。"

"他的意思是，要我娶你。"

雪芝怔了怔，又道："你已经娶了我。"

穆远又一次陷入沉默。过了许久，雪芝才麻木地说道："你是想说，我们没有圆房吗？"

"不是。"穆远立即回答，却又过了好一会儿，才继续说道，"可能在你看来，我是一个没有感情的人，或者我所做的一切，也都只是莲宫主叫我那么做而已。"

"我知道你是真的对我好。"

"雪芝，你的人生才刚开始，怎能停滞于此？往事固然可贵，但也是时候向前看了。"

"我也想忘记他。他已经走了，我不管那是什么理由，他丢下了我。现在我再难过，他也看不到。若是可以，我也不愿再想起这人。可是，你觉得我能够做到吗？"她转过头，眼眶和鼻尖都已红肿，"穆远哥，我能做到吗？"

四周静悄悄的，只剩下水声。穆远伸手搂住她。"你不用忘记他，也不应忘记。但是，我不希望你再难过下去。"他半睁着眼，双瞳漆黑透亮，在长长的睫毛下泛着点点水光，"无论多久，我都会陪着你。"

"对不起。"

"你没有对不起我。虽然你不嫁给我，我也会帮你报仇——"发现怀中的雪芝身体僵硬，他抚摸她的背脊，柔声道，"可是，既然我们已经成亲，我便会努力成为一个好丈夫。那些上官透答应你却没能做到的事，我会努力替他完成。"

雪芝脑中一片混乱。自从知道上官透的死讯，她便让自己忙碌起来，拼命练武，这样她便不会太难过。所以，外人根本看不出她有怎样的变化。只是，他曾是她的港湾，说要忘记，又谈何容易？已很久不曾这般放纵自己，去思念那已故的夫君。她想起自己对他心动的种种。从最开始的仰慕，到难以察觉的动心，到爱恨交加，到单纯的爱慕，到现在……第一次如此深刻地感觉到，原来只是单纯的相思，也可以如此苦涩钻心。只要一想到他已不在这天地间，她与他今世缘分已尽，哪怕靠在穆远怀里，她的泪水也止不住地往下落。

她又想起了多年前，那个桃花纷飞的下午。上官透说梦到了她爹爹，还说了许多哄她开心的话。当时，他也是这样温柔地抱着她，抚摸她的长发道："他说，我的女儿有倾国之姿，破军之慧，怎能下嫁你这平平无奇的男子？当时我可不高兴了，说莲宫主，虽然我配不上你女儿，但这可是你在托我照顾她一辈子，也不好太亏待我。不如这样，这辈子她嫁给我，到下辈子、永生永世……我也会一直守着她。即便她不喜欢我，我也会保护她，不让她受人欺负，或者孤单一人。"

也不知道是那一日的阳光太温暖，还是飞舞的桃花太多情，她记忆中的上官透笑颜淡雅又温柔，美好得不属于这个世界。

上官透，他可真是个骗子。

莫提来生如何，他连此生的承诺，都未做到。

他只是从她的生命中，这样无声无息地，永远地消失。便如这盈盈水光中，船只渐行渐远留下的涟漪。她知道，到头来似月多变的是他，悲如落花的是她。年年岁岁，容华弹指间尽，唯妾心不变，卑微地留在那远去的旧梦中。

血樱六子

第二十五章

兵器谱大会很快到来。碧草如裙裳，白云如衣带。少室山树木染上绿意，白花雪般落满杪头。九莲山顶拂来阵阵春风，送上石坊内早春丹萸的清香。说到最适合比武的季节，还是兽肥草短的春季。释炎大师站在擂台中心，主持大会的开场。这些年来，他的武学造诣登峰造极，越发仙风道骨，德隆望尊。然而，这一届参加兵器谱大会的人士格外多，不是因为释炎，不是因为华山掌门，不是因为林轩凤，也不是因为从不缺席大会的慈忍师太等，而是因为静坐一隅的门派——抑或是这门派的主人，那中间黑发红衣的妩媚女子。

重雪芝今年二十六岁，在江湖中，不过年轻而又生涩的年纪。可她静坐在座位上，只手撑着侧脸，双目倦怠，一副了无生趣的样子，却似一统天下的女皇。她肌肤白皙，朱唇若丹，黑发绸缎般落了满座，整个人都似由白雪、烈焰、黑夜糅合而成。不管台上打得多么激烈，总有那么一些人，会被她的一颦一笑夺走注意力。而她身边，温孤长老按捺不住火气，用力一拍桌，道："不杀释炎？为何不杀释炎？他盗窃了我们的武学秘籍，处处与重火宫作对，还令上官公子成了废人，若这狗贼不该死，其他人也都该被赦免！若说以往杀不了也罢，现在宫主和大护法联手，未必打不过他！现在是拆穿他的假面具的最佳时刻，你们却——"

穆远打断他道："长老，宫主如此做，自有她的安排。"

"我不能理解宫主的安排，我们已经忍了太多年。"

雪芝浅笑道："释炎不是不争强好胜的人，也不是不能每一届比武都拿第一。只是，他为了那个人，也为了不暴露自己修炼《莲神九式》的真相，一直在忍。杀了释炎，便无法杀掉那个我真正想杀的人。"

"宫主想杀什么人？"温孤依然意气用事。

"那个能让他如此忍辱负重的人。"

"那是何人？"

"很快便会知道。这人，我也不会立刻让他死。"雪芝轻轻摆弄着一绺发梢，嘴角上扬，"人活着，未必就比死了开心。"说罢，她又拍拍烟荷的肩，"丫头，待会儿上去赢得漂亮些，别老跟以往一样，打得颠三倒四。"

烟荷用力点头道："是，宫主！"

雪芝顺着发梢一直往上摸，摸到缠着发根的几绺小辫子。"小涉，后天你一定要睁大眼睛，看着这一切。"雪白的手指穿在流水黑发间，笑容艳丽，却双瞳湿润，带着一丝难以察觉的悲伤。

兵器谱大会持续四日，兵器和武籍分别持续两日。先是兵器榜的比武，一流门派很少第一日便上场，重火宫却在第三场比武便派了烟荷，让许多人都摸不着头脑。然而，当烟荷连续几场都在反复使用麒麟剑时，便有人看出了重雪芝的野心——大会规定，一个人无论在一场比武中使用多少种兵器，获胜后，定会选取使用最多的那一把。穆远已连续三年拿下混月剑榜首，他一个人也无法拿下两个排名。而对重雪芝来说，榜上只有混月剑远远不够。第一日下来，重火宫的麒麟剑首次入榜，便进入前十名，水纹剑、火焰剑、星轺剑进入前二十名。但到最后一场，慈忍师太坐不住了，出场将麒麟剑击退至第十一名。

到第二日，高手角逐。雪芝漫不经心地观看比武，每次重火宫被击败，人群的目光总会不约而同转向她的位置，可她神色悠然，一点要出场的架势都无。于是，剩下的只是排名不断往下掉和人们的一次次失望。

这一年，第一个挑战丰城的人还是满非月。满非月败下阵来，玄天鸿灵观被华山狠狠甩在后面。雪芝并不喜欢满非月，但见她一直想替她最心爱的弟子报仇，却不由得心生感激。近日丰城老来得子，意气风发得很。看着他在擂台上故作谦虚地拱手，笑得无比张扬，雪芝几乎就要冲上台去，和他对抗，可是她要忍。重火宫的人也知道，她的目标不仅是杀了丰城，还要继续夺取双榜桂冠。只是，要在兵器谱大会上不留痕迹地杀掉丰城，确实难如登天。

丰城从擂台上下来，雪芝转头看向了他。丰城下意识回头，和雪芝四目相接。然后，她对他露出微笑。这样百媚横生的笑容，所有男子都无法抵挡。只是丰城看见她的笑，受宠若惊之余，竟流露出一丝恐慌之色。毕竟，千年狐妖的笑是美艳的，同时也是致命的。

最终，穆远手持混月剑上了擂台。一直到最后一场结束，他都没有下来过。兵器榜角逐告终，南墙前一年的大红榜被揭下，墨迹未干的新榜贴了上去：

第一名，重火宫，混月剑，穆远。

第二名，少林寺，双节棍，释炎。

第三名，武当山，太极剑，谭绎。

第四名，灵剑山庄，虚极剑，林轩凤。

第五名，重火宫，星轺剑，海棠。

…………

从头至尾，重雪芝都没上场。不少人失望而归，不少人大呼上当，却有更多的人津津乐道，谈论着雪宫主的美貌。他们都说，重雪芝只是重火宫的摆设，真正的宫主是穆远。雪芝对这些事不关心。马上便是武籍榜的角逐，她有些激动，甚至，有些紧张。

云霞收夕霏，人群渐散。她挽着穆远的手，正准备离去，却看到逆人潮而来的林奉紫。奉紫没有变，依然弱柳扶风，身姿轻盈，只是看到雪芝和穆远挽着的手，目光变得格外沉重，道："姐姐，我爹爹说你会来参加大会，一定是有想要除去的人。"

雪芝微笑道："这与你无关。"

"究竟发生了什么？你变了很多。"奉紫垂着头，并不敢直视雪芝，"你知道吗？所有人都说你是大魔头，将来定会引起腥风血雨。"

"妹妹，现在说这些未免为时过早，我还什么都没有做呢。"

"收手吧，我不愿看姐姐这般堕落。"

"明天我还有事要做，告辞。"

奉紫上前一步，拦住雪芝道："你究竟打算怎样？你要杀的人，很可能都是好人！无论他们因为怎样的差错，得罪了你雪宫主，他们毕竟也是有亲人、有喜怒哀乐的大活人，你怎能做出伤天害理的事？"

明显感到怒气上升，雪芝还是微笑道："很多事你都不知道，我不想多说。"

"你……只是因为对上官透厌倦，便开始唯恐天下不乱了吗？"

一听到那三个字，温热的液体便直直地往眼眶涌。雪芝攥紧穆远的袖子，努力保持镇定道："这是我和他之间的事，不需要你管。"

"我曾因你们的感情流泪无数次，可是你最后还是背叛他了——"

"再说一次，这是我的事，与你无关。"

"与我无关？"奉紫痛苦至极，她抬头看着穆远，又看看雪芝，"这么多年，我一直……我一直……你又知道些什么？"

发现自己是多余的，奉紫尴尬地站在原地发呆，然后转身跑掉。直到奉紫走远，雪芝才如梦初醒一般看着穆远，一脸惊慌道："难道……难道奉紫现在还是对你……"

"自然不是，雪芝想多了。"穆远宠溺地摸摸她的头发。

次日，武籍比武大会正式开始。若说兵器榜排名代表一个门派在江湖上的实力，那武籍榜排名则代表这个门派在历史上的地位。相较激烈的兵器榜比武，武籍榜比武更加稳重，且危机四伏。作为新门派，画剑庄在兵器榜上拿下二十多名的成绩，已是东南竹箭。柳画并未就此收手，前几场比武频频出场，且一直盯着重火宫的位置。然而，一整日下来，雪芝依然没有出手。

最后一日，重火宫突然恢复了以往的活力。四大护法轮流上场，与少林、峨眉、武当、华山、灵剑、蜀山等大门派混战连胜八场，终于过了午时，压轴的掌门纷纷出场。撑到最后的重火宫护法是海棠。她顺利击败蜀山掌门、华山副掌门，终于，丰城足下一点，跳到擂台上。这些年，丰城武功突飞猛进，海棠不是他的对手。外加海棠奉命使用金风化日手，招式局限令两人刚交手不出十招，海棠便转为弱势。烟荷握紧双拳道："这下不好，大护法，快救急啊！"

雪芝摇摇手，道："不急，先看。"

不出一盏茶的工夫，华山派《泰古长剑》胜了重火宫《金风化日手》。丰城剑锋不偏不倚地指着海棠的下颌，傲慢地说了一句"承让"。海棠回以拱手，下了擂台。正午，阳光刺目，照得擂台大山般突怒偃蹇。人们汗水直流，也有人离开会场。而不过眨眼的工夫，一道红影闪过，落在擂台中央。许多人还没有回过神，雪芝已握住金柄长刀，冲丰城微微一笑，道："丰掌门，请赐教。"

"华山派丰城对重火宫重雪芝。"释炎在台下高声道。

最后三个字，顿时吸引了所有人的注意。春日艳阳下，长裙似火，烧红了空气。黑发是颤动的旌旗，迎风飘舞。雪芝的红衣猎猎抖动，却笔直地站成了一尊神女雕塑。随后，铜锣敲了一下，两下。丰城如何都不会料到，这一日会和她对上。原本按照惯例，对手是女子时，他会让对方三招。可当第三声铜锣响起，他不受控制般，小心地后退一步，而后奋力出击。相反，雪芝成为让招的人。她左躲右闪，游刃有余地避开他的所有攻击。刀身一如秋水，刀尖回挡时剧烈震颤。

她的笑意和从容让丰城不安。起先，丰城只是打得匆忙。但是，她轻盈绕过他身后，说了一句话，才让他明白，自己的恐惧不是多余。"不想简单地杀了你。可是，我有太多的事要做。"

她化身为修罗，向他索命来了。

咚、咚、咚！三声沉闷的巨响，丰城的长剑刺向雪芝，次次直击要害。锐利的剑锋铁钉般，深深扎入擂台木柱上。毫无剑法可言，他早已自乱阵脚。相反，雪芝的刀法却舞得出神入化。刺、斫、收，回斩，利索到位，如云劈雾裂，霹雳掣电，快得令人心惊，数度令丰城产生万马奔腾、红莲灼烧的幻觉。她袍袖翩跹，如蝶如烟，仿佛在跳一支远古时期的白纻舞[1]，芳姿艳态妖且妍。然而，也如白纻舞，她身法由缓至急，一如自九天降落的火凤凰，无声在擂台上燃起了熊熊烈火，看得在场人士均全身紧绷，忘了呼吸。虽说如此，她却无一招击中要害，像一只正在和小老鼠玩耍的猫。丰城打得满头大汗，却面色发白，道："这……这是什么邪功？"

"蜉蝣辈焉知龟鹤年，丰掌门还是别多问了。"说这话时，雪芝连大气也不喘一下，却已挥刀十六次。

"莫非这是……三昧炎凰刀？！"

雪芝只是笑，不答话，反倒加深了丰城的恐惧。

没错，她修成了《三昧炎凰刀》。这些年，穆远和雪芝分别修成《沧海雪莲剑》和《三昧炎凰刀》。其实，重莲早已告知过穆远修炼条件：将重火宫所有心法都修至顶重，而且刀用阴内力，剑用阳内力，交错使用。这样修炼发挥的效果，只领悟皮毛，便已笑傲武林。也正因如此，重火宫又轻松回到武林霸主的地位。重雪芝不曾问过穆远，为何他不提早告诉自己，她只知道，用这炎凰刀，她可以杀人。

是人都看出来了擂台上的气氛不对，但没有人知道究竟发生了什么。

"难道宫主打算下毒？"朱砂看了看琉璃，"可是，她和丰城交过手，

---

[1]　白纻舞，最早出现于三国时期的吴国。吴国出产纻布，织造白纻的女工，用一些很简单的舞蹈动作，来赞美自己的劳动成果，创造了白纻舞的最初形态。

若查起来，人家定会怀疑她。"

琉璃无奈道："宫主做事欠考虑，我已习惯。即便她现在在台上斩了丰城的脑袋，我也不会吃惊——呃，下雨了？"

他摸摸自己的头，有液体落在自己的头上。他看见了朱砂等人惊愕的表情，又看看手心——黏稠的鲜血顺着手心滑落。他随众人再次回头，只见擂台上，雪芝持刀的手高高举过头顶。宽大的红色衣袖滑落至肩，露出雪白的手臂。她头顶刀光闪闪，未沾上一滴鲜血。可是，她对面站了个无头人，颈处鲜血火花般四处飞溅，下了一场血红的大雨。

"啊，我手一滑，就……"雪芝故作惊讶地收刀，后退一步，"丰掌门的头呢，谁看到丰掌门的头了？快快装回去。"

不多时，人群开始涌动，中间传来女子的尖叫声。丰城的头颅皮球般被人们抛来抛去。那颗头颅上，神情依然惊恐。随后，擂台上，丰城的尸体轰然倒下。

这一日，很多人都知道雪芝会杀人。包括柳画、释炎、林轩凤、奉紫，还有重火宫的部分弟子。但是，没人知道丰城的撒瑟方式竟是这样。全场混乱中，人群里传来白曼曼撕心裂肺的尖叫声："不——！杀了她，杀了她，杀了她，杀了重雪芝！她这个人尽可夫的小贱货，她这个恶贯满盈的女魔头——"

雪芝站在高高的擂台上，看见白曼曼一身华衣，跪在地上吼叫，金钗珠玉狼狈地落了满地。白曼曼身边的奶娘，还抱着丰城刚满月的儿子。雪芝咂咂嘴，摇了摇头，却不觉得后悔。

"阿弥陀佛。"释炎站出来，闭眼道："雪宫主，今日你在少林残杀丰掌门，应自知后果……"

"重……重雪芝——你疯了？"慈忍师太语无伦次道。

林轩凤道："雪芝，无论你和丰掌门有何过节，你也不应该——造孽啊。"

雪芝背对着重火宫的人，击掌三次。海棠端着一个盒子走上来。雪芝将盒子放在擂台中央，道："诸位理应知道，丰城登上掌门之位，是因他的兄长丰业暴毙，方才取而代之。而这害死丰业、强娶逼死嫂子、挑断侄子手筋脚筋并在其成年后将之残忍杀害的，也是丰城。这些都是重火宫找到的罪证。这些年，丰城与邪教勾结，出卖华山的事也做了不少，他甚至还偷学邪功，在华山的地下通道中存有大批金银珠宝，妄图待东窗事发，便携妾私逃。若诸位武林豪杰对我今日所作所为仍有所不满，请随时来重火宫讨伐，我必亲候大驾。"

实际上，丰城做过怎样的坏事，这武林究竟会变成什么样，重雪芝一点都不在乎。只要她愿意，在释炎默许的情况下，也可以让丰城死得神不知鬼不觉。她之所以要去调查这些事，不过是想让丰城身败名裂，更凄凉一点而已。仲春时节，繁红嫩绿，花香早已将血腥味覆去。各大门派已派人着手调查丰城背景。兵器谱大会继续进行，圆满落幕。大黄武籍榜上沾满了鲜血，很快又被少林弟子揭下去，换上新的。第一名是重火宫的《沧海雪莲剑》，后面紧跟穆远的名字。

白曼曼跟着奶娘走到雪芝面前，无视旁人的目光，用虚脱的声音说道："我不管你杀丰城究竟为何，我不管他做过什么，做错什么，他是我的丈夫，他才从丧子之痛中走出来，我们才有了孩子，你便让我丢了相公，让孩子丢了父亲。重雪芝，你今天若不杀了我和我儿子，以后我们将不惜一切代价，向你索命！"

最后几个字，她说得咬牙切齿。雪芝撑着下巴，嘴角微扬道："随时奉陪。"

那孩子看见眉目如画的雪宫主，睁大双眼呆了很久，露出了甜甜的笑容。如此可爱，如此纯真，好像刚才身首分家的只是一棵树，或者一个玩具。在这会场上，除了这个什么都不懂的孩子，无人会用这样的眼神看她。白曼曼走后，再看看四下沉默散开的人们和一双双惶恐的偷瞄目光，雪芝突然想起穆远曾说过的话，她轻轻笑道："穆远哥，你曾经答应过我的事，真的做到了。"

"什么事？"

雪芝摇摇头，褰红裙而起，离开座席。兵器谱的大红大黄榜上，字体未变，墨迹犹新，血迹也行踪杳然。如此崭新，与过年贴的喜庆窗花，并无不同。那记忆，似乎已是很久以前的事。那时候，她还不认识上官透，甚至还不认识小涉。夏轻眉还是一个温柔多情的少年，原双双还是一个挑剔刻薄的中年美妇。而她，只是一个有些愤世嫉俗又充满憧憬的小姑娘。那时她那么讨厌奉紫，却又忍不住一次次看她，偷偷地羡慕她。那一年，她对世事一无所知，在她的眼中，天下是广阔新奇的，如早春三月的阳光。那一年，上官透出现在英雄大会上，那超凡脱俗的浅浅一笑，深深刻印在她少女的记忆中。

那一年，在英雄大会上，重火宫吃了很多亏。但是，穆远的一句话，令她振作起来：给我十年，我还你一个当年的重火宫。

不管是否沧海桑田，不管这中间她牺牲了多少，失去了多少。重火宫，终究是回来了。

如今，她的第一个目标已经完成，却不能立刻杀释炎。杀了释炎，"公子"便会很难对付。虽然完全不清楚"公子"的底细，但雪芝深知，要与此人对抗，不亚于陷落刀山火海。这人手中掌握着的人命，不计其数，释炎、上官透、柳画、丰城等人的性命，均任他摆布。所以，和"公子"对抗等于拼命，甚至送命。

一直以来，"公子"的身份都是个谜。雪芝只知道两点：一、他暂时没有除掉自己的打算。二、他通过释炎，操纵少林、华山。

虽然"公子"的武功很可能比雪芝认识的任何人都高，且一点线索都没有，但只要是两个人知道的事，便不算秘密。只要有人知道释炎的行踪，他便不算无迹可寻。

接下来要做的事，是等待英雄大会。因为，《莲神九式》有一个不算缺点的缺点：修炼这一武功的人，在阳光下和体热时，能将功力发挥到极致，但同时也会难以控制内力。英雄大会，释炎必然会参加。虽说英雄大会不限制武功招式的路数，但他也不会傻到用《莲神九式》击败对手。他还会努力隐藏这一邪功的内力。以释炎的功力，不是做不到。但是，任何人在长期的搏斗下，都会忍不住使用自己最擅长的招式。十月正是秋阳高照的时节，若到时天气够好，让释炎暴露真实内功，势在必得。只要释炎暴露了内功，全武林必讨伐之。那时候"公子"是谁，也不难知晓。

只是，要与他深厚的内力长时间搏斗，便是一等一的高手，也很难做到不两败俱伤。唯一的可能，是双方刻意延长比武时间。释炎不是傻子，不可能被人白抹了油嘴，除非有致命的威胁或者诱惑。在雪芝看来，释炎就是个怪物，并无太多想要的东西——除了自己当一个儿子的娘。同时，还得找个孩子的爹陪他玩这游戏。

她大概知道该怎么做。

兵器谱大会结束后，雪芝和众人一起下山，准备上马车，回重火宫。雪芝踏入车门时，突然看到山脚光明藏河旁，走来两个人。原只是不经意瞥那两人一眼，却禁不住再次回头——其中一个一身青衣，头戴黑色斗笠；另一个身披大氅，垂落的绒毛帽檐，将半张脸都盖住，只露出挺拔的鼻尖。对于戴斗笠的人，人总是会下意识多瞧几眼。可是，雪芝看他们的原因却不是斗笠，而是这样的情景。如此春色，山脚又有飘落的樱瓣。是刚下过一场红白相间的大雪吗，樱树上尽是细碎的花瓣花朵。而光明藏河明媚湍急，吞没了所有人的脚步声。

不由自主地，她记起当年苏州岸旁的往事。上官透一脸闲逸，仲涛却从来闲不住，绕着圈圈转悠。上官透摇着扇子，劝他静下来坐坐，赏赏景，喝喝酒。仲涛说："肚子饿还赏景，一个太阳有什么好看的，想餐风饮露、成仙飞升吗？"上官透只道："狼牙兄，其实闲来忘却江湖事，买个扁舟，半斛佳酿，周旋江北，历览江南，何尝不欢快自在？"

当时，雪芝一脸神往地坐在上官透身边，双手托着下巴看他，道："周旋江北，历览江南？"

上官透将扇子一合，笑道："青山绿水白云间，中流一壶逍遥游。芝儿可知其中意趣？"

不知为何会回想起那一幕，雪芝回过神来，晃晃脑袋，又扶着车门，打算上去。与此同时，那青衣人走上前来，道："雪宫主请留步。"

雪芝回头看向他，道："足下是？"

那青衣人揭开斗笠，露出一张年轻干净的脸。他看了看雪芝，又看看她身边的朱砂和海棠，笑得有些腼腆，道："我们少爷已经留意宫主很久，特地叫小的将这个送给宫主。"说罢，将一枝樱花递给雪芝。

雪芝接过樱花枝，有些诧异，又恢复平静，将花枝送回去，道："我已为人妻。"

青衣人并未接下，道："少爷知道，这也是他不亲自送花的缘故。少爷只是一个赏花人，对美丽的花朵只敢远观，而不敢亵玩，望雪宫主不要介意。"

雪芝握着花枝转了几圈，喃喃道："你们少爷叫什么名字？"

"长安虞楚之。"

她再看看那虞楚之，当真是仆从周身珠玑，裘马也轻肥。他自个儿却打扮古怪。分明已是四月，他却披着狐毛镶边的豹皮大氅，帽檐上的珍珠快赶上荔枝大小，可谓身披千金。雪芝道："虞公子穿那么多衣服，是什么意思？"

"少爷体质特殊，素来畏寒。"

"那他为何要送我樱花？"

青衣人不确定地回头看一眼虞楚之，见虞楚之点头，才转过来道："梅花谢后樱花绽，浅浅匀红。试手天工。最美的花，理应赠给最美的女子。"

又是千篇一律的赞美。雪芝面露疲色。

"而且少爷说，每次宫主看到樱树时，总是会有一些失神和伤感。既然与樱花有不解之缘，便应该拥有它。"

听闻此言，她又想起七年前，那个花红如云的下午。在阳光下，那人白衣黑发青腰带，瞳孔是淡淡的琥珀色。他仰望她，抱起她，呼唤她的名字。他对她说，以后每天我都为你摘一枝，放在花瓶里，摘一百年。她说，一百年以后我们都死了。他说，那等你转世以后，定要嫁给那天天往你窗台上插花枝的人。

雪芝望着樱枝。枝干嶙峋如峰，花瓣温润如玉，清香四溢。只是，暮樱尚不待时，落花又能几芳？她低声道："替我谢谢虞公子，此花零价亦无价。"她抬头看向河岸边，见虞楚之朝她轻轻一拱手，文雅周到。

她只能看见他的下颌。他皮肤雪白，如他手指上的汉白玉戒。一般男子很少生出这样的肤色。雪芝下意识看了看自己的手，再看看虞楚之那双白而修长、骨节劲瘦的手。看过之后，才觉得这行为真是幼稚又多余。她转身，对朱砂道："大护法呢？"

"大护法和海棠还在山上，说过一会儿下来。"

"嗯。"说罢，雪芝又下意识瞥向岸边。那青衣人还在，虞楚之却不见踪迹。而观望四周，只有一望无际的河和马路，并无拐角、船只或者灌木丛。

与此同时，少林寺外，穆远倚墙而立，正在静静等待。方丈室内，释炎正背对正门闭目打坐，海棠站在他的身后。窗外人来人往，习武声、钟声、吆喝声、法鼓声此起彼伏。释炎不紧不慢道："是谁派你来的？"

"是大……"海棠想了想，穆远在门口嘱咐过，不可暴露其行踪，又道，"是宫主。"

"替我转告雪宫主，老衲眼望灵鹫 [1]，心念净土，不与女子做交易。"

"方丈不如先听了再做决定。"

"请说。"

"方丈只需在英雄大会上让重火宫两百招，我们便可替您完成最想实现的事。"

"两百招？施主请回吧。"

"方丈并非无欲无求，我们宫主可是很清楚您最想要什么。真的不考虑？"

---

[1] 灵鹫，指山名，佛祖所在地。

　　释炎犹疑片刻，额头上渗出薄薄的汗液，顺着眼角的皱纹往下滑。他知道重雪芝了解自己的愿望，也曾数次后悔自己说出来。但一想到可能实现，他便开始心跳加速，沉默片刻道："是什么人？"

　　问这句话时，释炎居然显得有些拘谨。海棠从未见过他娘娘腔的模样，居然还是有一种翻江倒海的反胃感。不过，她还是很镇定，微笑道："会在英雄大会上和你动手的人。"

　　"雪宫主想要利用老衲，查出'公子'的真实身份吗？替老衲转告她，用一点高明的方法可好？"

　　少林寺的和尚成百上千。果然，没有一点脑子的，不可能当上方丈。海棠微微叹息道："唉，我原本以为释炎大师是天下第一，却未料到连让重火宫两百招都不敢。"

　　释炎冷笑道："激将法对老衲无用。"

　　"我这不是在激方丈，不过是感叹时无英雄，使竖子成名。"海棠又叹了一口气，拱手道，"这便告辞。"

　　刚走两步，一道黄色的身影便闪到海棠前面，身法快到她无法看清，甚至吓了她一跳——若此时他想要杀她，小指头都不用动。而他只是面颊红润，露出了羞涩的神情，道："老衲只让两百招。"

　　"成交。"

　　回到重火宫已是晚上，雪芝将窗台上干枯的樱枝扔到窗外。这么多年来，这习惯一直未变。不论有多忙，定不会忘记在春天换樱枝。但第二天，她在自己的窗台上，发现了一枝樱花。她觉得奇怪，但第二天晚上继续扔掉花枝，第三天还是有一枝新的樱花静立在花瓶中。她出去嘱咐过所有人，不要换窗台上的花，却无人承认。然后，第四天、第五天依旧如此。到第六天，雪芝通宵未眠。她躺在床上不出声。但是到天完全亮了，都没任何动静。等她终于忍不住起床以后，发现花还是被换过，却不见任何人的踪影。第七天，她实在坚持不住睡着了，又做了一个梦。梦中来换樱花枝的人，竟然是上官透，可是他换好了花便离开。正准备起身赶上他，她又醒了。

这一次，她醒得很早。她已经做过无数次亦真亦幻的梦。在惆怅失望中坐起，她听到窗外有簌簌的衣料摩擦声。她立刻下床，却看到停在窗前气喘吁吁的穆远。她道："穆远哥……你在这里做什么？"

穆远看看樱花枝，又看看雪芝，道："没事。"说罢，跃下窗台。

一个时辰以后，穆远照例端来汤药给雪芝，还亲手喂她喝。雪芝喝下几口药，还有些咳嗽，穆远拍拍她的背，欲言又止。雪芝笑道："其实你是想告诉我，换樱花的人是你，对吗？"

在晨光中，她的皮肤散发着柔光，纯粹的雪白与深黑的发，成强烈的对比。穆远看着她失了血色的唇，皱了皱眉，还是没有说话。雪芝的眼却弯了起来，道："谢谢。"突然感到没来由的心酸。她捉住穆远的衣领，在他一脸疑惑的瞬间，轻轻吻在他的唇上。

也是同一瞬间，穆远手中的汤药打翻在地。在这之前，她对他的感情生活毫无了解。但今番亲吻之后，她心中一直在暗笑。因为，在她亲了他很久以后，他好像都不知道如何回应。直到她用舌尖轻轻卷着他的唇，他才有些生涩地张开嘴，谨慎地与她缠绵……

"穆远哥，这是第一次吗？"之后她这么问他。

穆远还是沉默。不过，沉默中带着些尴尬。他的武功那么高，脑子这么好用，理智得像个怪胎，却连接吻都不会。多年来，雪芝第一次因为脑子里的奇怪想法笑出声来：名扬天下的穆远，居然未经人事。这和当年那因下流把她吓哭的昭君姐姐截然不同。他们根本不是同一类人。所以，即便她和穆远在一起，也不算将他当代替品。或许，真的该忘记上官透了……

距离三年一届的英雄大会，仅存数月，雪芝求神拜佛，盼这期间不要再出岔子。然而，在这杀机暗涌的江湖中，即便是一个时辰，也可能会有千百条冤魂到阎罗王那儿报到。每一日都有新门派建立，也有门派衰亡乃至销声匿迹；每一刻都有无名小卒初出茅庐，或有人一夜间驰声走誉，成为大侠或者盗客；同时，也有武林英豪退出江湖，被人们淡忘，甚至彻底遗忘。

近日，江湖上又多了个名人，七樱夫人。想要成名，最简单的方法便是杀人。想要验证一个人是否成名，只需要知道想杀他的人有多少。七樱夫人成名的速度快得有些惊人，这便意味着，她杀了很多人。而且，想杀她的人也不计其数。

七樱夫人出没江湖，确实杀了不少人，但也杀得干净利落。不该多杀的人不会杀，能一剑解决的人不会用两剑。若一件事必须要·千两银子才能完成，她不会吝啬一个铜板，也不会多浪费一个铜板。她的追随者不可胜数，但长期跟在她身边的只有六人，也可以说是她的随从，加上她总共七人，他们出入任何场合，都会戴上面具。只不过那六人戴的是白色面具，七樱夫人戴的是黑色面具。七个人的面具上，都有红色的樱花花瓣，这也是她名字的来由。实际上，没人知道她的真名。

七樱夫人身边的六个随从合称血樱六子。六人都是男性，身形差异巨大，有两个特别高大强壮，一个特别矮，一个特别瘦。另外两个，都是标准的身材。有人说，血樱六子并非人人都会武功，因为，会出手的只有三个人。不过，有更大的可能是另外三个人根本没机会出手。因为，这三个人其中任何一人杀人，都没机会用第二招。

至于七樱夫人本人的武功，从未有人见过。就算见过，也只可能是死人。

对于江湖上这些新鲜事，雪芝多年前便已不关心。但她没想到，这七樱夫人居然会惹上重火宫。

公子楚之

第二十六章

七月的长安，炎风溽暑，菱角荷叶，葳蕤生辉。天空是一片白，长安城内车马骈阗，空中飘散着层层尘埃。烈日高悬在尘埃上空，祝融、回禄[1]点了金色火箭般，直射到地面，将皇城烧成个大窟窿。光芒又化作一道道利剑，直挺挺地刺入人们的皮肤。这个月，每个人都成了油炸猢狲，心浮气躁。

这一日，朱砂带着几个重火宫弟子，来长安接平湖春园的一批货。因为马车坏了，他们便将碰头地点从白虎门改到东市长安春饭馆。饭馆门前人来人往，门内宾客如云。只是这一日，挤在门外的，却有不少老客人。掌柜的一边跟客人赔礼道歉，一边解释里面坐的是个人物，实在惹不起。这时，一具尸体从二楼飞出来，被飞驰而过的马蹄踩得稀巴烂。掌柜的摸摸脖子，缩到一边叹息道："华山不是才死了个掌门吗，怎么这么快又派人来送死？"

"不都说新官上任三把火吗？陆掌门这火熄得也太快了些。"

---

[1] 祝融、回禄：均是传说中的上古火神。

"我想也就只有重火宫能上三楼了吧。"掌柜的抬头看向骄阳下的红窗。

朱砂带着弟子径直走入饭馆。小二连忙上前，挡住朱砂，道："客官，今儿个我们店满人，不接待客人。客官请另寻……"

话未说完，掌柜的已经一算盘打在小二头上。"胡叫什么！"又对着朱砂便媚鞠恶，"原来是朱砂女侠，我们这儿实在没空，改日一定登门——"

朱砂眼睛长在了掌柜的脑袋上，直接进去。随后掌柜的来了劲，向四处大喊道："重火宫的人上去了！"

人们密实地围过来。说饭馆满人，实际上大厅里除了一些小厮，一个客人也无。二楼楼梯口有两个戴樱花面具的男子，虎背熊腰，少说比朱砂高了两个头。其中一人坐在楼梯旁，另一个长胡子的笔直地站着。坐在楼梯旁的男子四肢有寻常人的两倍大，正捧着十来个银锭子和几个小铜板，一个个地放入口袋。但一个不小心，一个铜板掉进了墙角缝。他伸手去掏，但掏不到——其实缝隙不小，是他的手太大。他却没向旁边的男子求助，一拳打穿墙壁，把里面的铜板捡起来，擦擦塞到口袋里。

朱砂看了他们一眼，直接在一楼坐下。站着的那人道："我们主子在上面，请离开。"

朱砂道："我们在一楼吃饭，与你们何干？"

"我们主子包了。"

朱砂根本不予理睬，道："小二，上菜。"

话音刚落，一把小钢刀从她脑后飞来。她头一歪，躲过了暗器，迅速后空翻，同时，四把钢刀"啪啪啪啪"刺穿了她对面的墙壁。重火宫的弟子冲上去，朱砂也拔刀，准备迎战。她和那胡子大汉交手不出十招，几名弟子已倒在地上。最后一个冲上去的，耳朵被那大手大汉硬生生拧下来。朱砂错愕地看着这俩人。虽然她今日带在身边的不是一流高手，但也不至于如此不堪一击。越是这样想，她越气愤，怒吼道："你们可知道自己在跟什么人动手？"

没人回答她。

"你们出去！"她对那几个重伤的弟子吼道，"立刻出去！"

她接下来要对付两个人。从他们的装束她看出来，他们是血樱六子中的两个。那么，在三楼用膳的，定是七樱夫人。在武艺上，她并无十成的自信，但是力道一直是她的强项，很多男子都不是她的对手。可对这两个人来说，她的力气简直可以忽略。她被狠狠撞倒在地，口角流血，却仍不甘心。她足下轻轻一点，飞到二楼的栏杆，纵身跳到三楼。那两个大汉的轻功也不弱，很快追上来。胡子大汉捉住她的手臂，她几乎被拉扯下去，及时一脚踹中那人要害，一头砸进三楼包厢的门。

然而，里面的情景却让她傻了眼：薰香四溢，房内站了八个男子，躺着一个女子。女子穿着薄薄的纱衣，白得就像蒸鸡蛋的蛋白，躺在宽敞的虎皮椅上，身材饱满匀称，让人第一眼看到的，便是半露的乳房和雪白的脚。她戴了遮住眼部和半边鼻梁的黑色面具，面具上有一片红色樱瓣，面具下方，一双鲜红欲滴的丰唇半张着，满是撩人风情。她身后站着四个男子，两前两后，均戴着白色樱花面具。前面两个一个身材清癯，正替她扇风；另一个矮小，拿着算盘和账本。而后面两个人看上去完全不同，他们的身材和下颌，都很夺目，尤其是右边那个。光是看看他宽阔的肩，高挺的鼻尖，还有黑亮及腰的长发，朱砂这大龄妇女都觉得胸有小鹿乱撞。不过古怪的是，在这样的天气中，他竟披着狐裘大氅。而且，穿着这么厚的衣服，他面不改色，一滴汗都没流。

很显然，这便是七樱夫人和血樱六子。

血樱六子都挺拔而精神，同时有些冷酷。倒是躺在躺椅上的七樱夫人，看上去温柔可人，甚至笑容可掬。仿佛下令杀掉外面人的不是她，她什么都不知道。这时，外面两个大汉追进来，却站在门口不动。七樱夫人拿起盘中的樱桃，丢到口中，细嚼慢咽，吐了核，轻描淡写道："看什么？杀了呀。"

"慢。"那个容貌最出众的血樱子说道，"夫人，这个人是重火宫的护法。"

"重火宫的？"七樱夫人透过面具，眯着眼看了看她，挥挥手，"带走。"

朱砂不是没有见过大场面的人，但是她蒙了。一直到那两个大汉把她扔出长安春饭馆，她都还有些回不过神来。因为，那另外四个人她都知道是谁，而且见过两个。但七樱夫人不知出于何种目的，以及拥有何等能力，才会把这四个人聚集到一块儿：第一个是身带剧毒且百毒不侵的毒公子。相传，任何触碰他皮肤的生物，都会在短时间内死亡，即便是自带剧毒的蛇蝎。第二个是武林轻功第一人，灵剑山庄第十一代弟子钱玉锦，自前仟庄主去世后，他便选择了淡出江湖，云游四海。第三个人个子矮，四肢小，脑袋大，额头比鼻梁高，眼睛的位置很是偏下，看上去就像是个南极老人星。长成这样的人非常罕见，而长成这样，又穿了一件垂地红大褂，胸戴八卦镜的，便只有一人——"神算破阵"巩大头。这天下没有他解不开的数字猜谜，也没有他破不开的迷阵。第四个人瘦成了竹竿，佝着背，肤色白得骇人。和那白肤血樱子不同，他这是灰白病瘘，像是刚从土里挖出来的僵尸，连表情都已僵化。看见他只剩下半截的右手食指和中指，朱砂便确定，这人是"江北盗跖"屠飞燕。据说，屠飞燕会变成这样，是因为刚开始盗墓时，他挖过一个千年古墓，手指被卡住，提起手却看到手指被一个头骨咬着。他受惊过度，硬生生把手指拉断才发现，咬住他的不过是个青铜骷髅。从那以后，他彻底失去面部表情。这四个人都不易寻找，尤其是毒公子和屠飞燕，一个住毒窟里，一个住坟地里，也不知道这七樱夫人是怎么把他们揪出来的。

这时，那个手大脚大的血樱子走出来。他一出现，便是凭空一座泰山落下，吓跑了所有人，也挡住了大部分的阳光。他向朱砂说了一些话，便打道回府。接了货，朱砂回到重火宫。

"那刚出道的七樱夫人，可以把大名鼎鼎的朱砂伤成这样？"重雪芝在大殿尽头踱步数回，又道，"你确定没有看错人？"

"宫主，我敢以我的项上人头保证，就算那个七樱夫人是刚出道的，那两个彪形大汉也不会是新手。"

"罢了，武林中高手云集，既然此事已过，不必再多计较。再过一段时间，便是英雄大会，不可以再惹出事端。你好好养伤，最近多休息，少走动。"

"可是宫主，现在整个长安都知道，重火宫的弟子落败于七樱夫人，若我们不出一口气，重火宫颜面何在啊？"

"他们若出现在英雄大会上，我们有的是机会。若英雄大会都不出席，也无竞争力可言。"

"可是……"

"不要可是。"

"宫主，他们说轻薄你的话啊。"

"什么？"

"那个贪禄嗜货的血樱子跟我说，他们六个人里，有一人打定主意，要把宫主弄到手。"

"是吗？"

"他还说叫你打扮漂亮洗干净了，等那血樱子的临幸……"

雪芝冷笑道："胆子不小。"

"不过说实在的，若他说的是我看中的那一个，那宫主如果没有大护法，还真可以考虑考虑。"

"下次再看到，杀无赦。"

朱砂"嗯"了一声，陶醉在那血樱子的美貌中，道："那人真是迷人，即使站在人群中，都很出众啊……不过，真不理解他是什么意思，大夏天的，穿个裘皮大氅。"

雪芝忽然看向她，问道："那个人是不是皮肤很白，个子很高，还戴了玉扳指？"

"宫主为何知道？"

"没事，你先休息吧。"

朱砂说的人十有八九是虞楚之。江湖上总是新人辈出，美男子亦不例外。可是，能让雪芝印象如此深刻的人，还真没有几个——她不曾见过虞楚之的脸，也不曾听过他的声音，但那种浑然天成的优雅贵气，涵养礼法下的清冷，非寻常人所能及。

转眼便是秋季。奉天城郭中，大雁低鸣，拂陵阙高台，万里清霄，明净无云。白昼时间缩短，阳光不再盛气凌人，将大地万物都镀成金色，连带街边树上的小叶。江上归舟出远雾，落叶飘零，浮在清明如镜的沈水上。原是有些感伤的季节，城内却热闹非凡。英雄大会期间，来的人不仅仅是正派邪门、枭雄奸雄、大侠盗客，连带全天下的奸商黑贩，都欢聚一堂。赌场、酒馆、武器铠甲大出血、黑市、一流二流三流的药店、二手大会入场券……都在一夜之间化作野火，燃烧了整座城。

重火宫依然占着奉天客栈的上房。入住后，雪芝便听说，七樱夫人早已订好上房，且比她提前到了客栈。因住房紧缺，血樱六子被拒在门外。他们也没有像以往那样嚣张，而是直接离去。她想，这七樱夫人并非暴发户。她深谙武林规则，行事低调。直到晚上，她才知道原来是自己多虑——七樱夫人早已在奉天买好房子。她去任何地方，都是征服领地的皇帝，会在当地买房挂旌旗，还留下部队驻扎。回到房间以后，雪芝又在枕边看到一枝樱花。她拿着花枝，走到隔壁，敲了敲穆远的房门。待他开门，她晃晃手中的花，道："多谢穆远哥赠花。"

穆远瞳孔微微紧缩，并未接话。雪芝道："你可真是点石成金的神仙，这季节也能找到樱花。"

"花不是我送的。"穆远扬了扬眉，"雪芝，你这是想告诉我，除我之外，还有男人仰慕你的倾国之色吗？"

雪芝望着花，愣了一下。"不是你，那……可能是先前的客人留下的。"又察觉到穆远眼神冷冽，她往后退了一步，"既然如此，穆远哥早些休息，我……我先回去。"

"若江湖上有人知道，我穆远娶了妻，居然到现在还分居，恐怕会是个笑话。"

雪芝的心凉了一下。他们成亲以来，她从不敢直面这件事，穆远也不曾主动提过。果然，她无法一直装傻下去。她垂下头，蹙眉道："天还未完全凉下来，我看琉璃和长老他们挤一间多人房，定会有些闷。若明天的事成，穆远哥可以把房间让给他们住。"

见她一脸勉强，他漠然道："我不过说的玩笑话，你不必如此当真。"

"此事自然得当真。我，我会尽好妻子的责任。"说罢，她抬手轻轻摸了一下穆远的脸颊，见他有些羞涩地别过头，看向别处，才勉强挤出微笑，转身回到自己房间。

其实，她心中深感负罪，因为她知道，她并非徒有妻子之责，更多的是想要穆远把事情办好。毕竟她已等待多时。现在，她要快刀斩乱麻，一拳击碎黄鹤。

英雄大会上，同时出现了两个醒目的女子：一个是美得让人不敢逼视的重雪芝，一个是美得让人想入非非的七樱夫人。天渐冷，七樱夫人披着豹皮薄披肩，可是胸前雪白饱满的肌肤，还是赤裸裸地暴露出来，引来无数男子注目。而她没有一丝不习惯，似乎还很享受。她被血樱六子众星拱月地簇拥着。和在长安春饭馆一样，两个壮汉站在最前端，一瘦一矮站中间，身材出众的两个站在她身后。他们都穿着单薄的浅色绫绮，戴着刻有红樱花瓣的半边白色面具。只有虞楚之最为古怪，披着不合时节的白裘大氅，戴着汉白玉扳指的手，居然还拿着一把黑色折扇。烟荷盯他许久，忍不住道："那个血樱子有病，穿毛皮大氅还拿折扇。既然这般热，便不要穿这么厚啊。他是嫌自己不够引人注目吗？"话音刚落，那虞楚之还真的打开扇子摇了摇。虽然他肤白如新雪，看上去一点都不热。

朱砂按捺不住，笑出声来，道："烟荷，你也在看他？我看他好久了。"

连木头人砗磲都禁不住感慨："我从未见过这么古怪的人。"

琉璃道："我只看球。"

朱砂脸红道："色鬼，你龌龊！"

"都安静。"雪芝回头道，"琉璃，你记得准备出场。"

琉璃面部扭曲，道："一定要我去吗？宫主，让那个老和尚对我意淫，当真恶心。"

"不过拖延时间，不必在意。"

琉璃看了她许久，终于露出了决绝的表情。

人们常言，感到有炽热的目光注视自己，并非假话。英雄大会会场上，人数成千上万，雪芝却感觉到虞楚之的目光一直锁在她身上。只是，并不炽热，她觉得浑身冰凉。一个上午，重火宫和七樱夫人都没派出一个人。好不容易挨到了中午，太阳高照。在华山现任掌门与少林老和尚交手后，琉璃才上场。为了不引起别人的怀疑，他并未立刻挑战释炎，而是挑战了正准备下去休息的华山掌门，接下来，他连战三次，才提了释炎的名字。释炎接受挑战上场，二人交换了一下眼色。琉璃只觉得难以言喻地反胃。而释炎看着琉璃的眼神，在惊讶后，竟有一种诡异的温柔。不明白的人看来顶多是怪异，雪芝却明白，这无异于少女怀春。重火宫众人都对琉璃面露同情之色。雪芝决定，回去以后，一定要重赏琉璃。

琉璃绝对是一等的高手。不过以他的实力，挑战如今的释炎两百个回合，是绝无可能之事。若释炎不隐藏他的实力，在场大部分的掌门，都会在三招内被他击败。释炎和琉璃做出备战的动作。在场的所有人都不知道，这两个人心中，究竟是怎样的波涛汹涌。

前三十个回合，两人的比武一直很保守传统。释炎一直使用菩提刀法，琉璃则使用混月剑法。

三十个回合到八十余回合之间，招式便开始混乱，且变幻多端。

八十回合时，太阳高悬于会场上空。

炎炎烈日下，琉璃的剑法依然稳定。释炎开始使用他最拿手，也是最容易控制的燃木刀法，但已明显有些急躁。然而，这些细微变化，并未引起别人注意。到一百招时，释炎的身法已明显开始转变。他知道雪芝在想什么，也知道这样坚持下去，会是怎样的结果。可是，他不仅成竹在胸，还觉得有些不舍。因为，眼前的琉璃，这身着青衣的重火宫护法，竟真有一双琉璃盏星点的眼……雪芝一手紧握红木椅扶手，盯着这两人。她同样知道释炎的挣扎。这个年过七旬的老和尚，正在压抑着欲望，努力实现自己的愿望。他们都在赌。

刀剑交错之声持续了一炷香的时间，却感觉比一个时辰还漫长。到一百二十招时，释炎只防守，不进攻。旁人更感到奇怪。雪芝心想这样不妙，释炎很可能会认输。可这时，琉璃嘴巴动了一下，似乎对释炎说了什么。接下来，释炎的眼中突然露出愤怒又期待的神情。至一百三十招，释炎的攻击突然变得强势。他还是用着《燃木刀法》，招式中却透露出了一丝妖娆——修炼过《莲神九式》，再正气的武功，都会变得邪气。他终于藏不住了。

雪芝捧着茶杯，盖与杯间碰撞出轻微声响。生死存亡，便在这一瞬。可也是这一瞬，一阵强劲的风，从人群后方呼啸而上。雪芝迅速站起来——不好！情况非常不妙！无论它是向着谁的，计划都会失败！

但掌风太快，她再无时间阻止。释炎和琉璃被掌风击开，弹到擂台的东西两侧。大家尚未摸清头脑，一把细长黑柄宝剑横空劈落，重重插入擂台中央！也是眨眼的瞬间，又一阵掌风冲上来，击中宝剑。左右快速振动几十下，宝剑后的释炎受到重击，狠狠后退几步，摔倒在地！一个男子的声音在擂台东侧响起："公子，不是已决定不杀方丈大师吗？为何又要改变主意？"

听到这声音，所有人的目光，都转向了七樱夫人——没错，说这句话的人，正是她身后的虞楚之。可是，这句话是对空气说的，没人回答。雪芝看着他那令人迷惑的面具，意识到虞楚之叫的人是公子。若此公子乃彼公子，事情便有些骇人了：公子在英雄大会会场。而且，他还想杀了释炎。如此，只有两种可能性：一、她的一举一动，都在公子的监视中；二、重火宫内有叛徒。她找不到答案，只是感到有一丝害怕和气愤。害怕不能表现出来，气愤却不知是为谁。最初的计划到底是毁了。

也是这时，虞楚之出现在擂台上——之所以称为"出现"，是因为没有人看清他的身法。林寒下叶，残叶纠缠旋转，落在擂台中央，他披着那么沉的大氅，却跟这残叶一般，无声无息地落在琉璃对面，道："久闻琉璃护法身手了得，不亚于几位长老，还望赐教。"

琉璃疑惑道："你是？"

"血樱六子虞楚之。"由于面具的遮挡，虞楚之下半张脸上的微笑与自信更加显眼。

沉沉清商，寂寂黄草，他的黑发和白衣猎猎翻飞。习武之人，很少有他这样的长发。他的头发鬓黑如云，与面具、衣裳、肤色形成强烈对比。很显然，擂台中央的黑柄宝剑是他的。可他依然抱着胳膊，挺拔地站着，手握黑扇，扳指透亮，浑然一副出尘之姿。虽然掩面，但看他肩宽骨骼、举止动作，这人绝非少年。他方才挡下疾速掌风的一剑，也非"高手"二字便能概括。七樱夫人身边无庸才，他又是从未出手过的血樱六子之一。所以，琉璃比和释炎决斗前还要警惕。不光是他，重火宫和在场所有人都不禁屏气敛息。

但很快，他们便知道，这紧张是多余的。因为，比武的铜锣敲响后，回音还在万里清霄中荡漾，他们听见响亮的收扇声。虞楚之冲着琉璃一拱手，微微笑道："承让。"

琉璃人已倒在擂台下。

能一招摆平，不会使用第二招。这是七樱夫人的行事风格。可没人想到，这所谓"一招"，还真就是毫不夸张的一招。此刻，虞楚之的大氅上，甚至一个褶皱都没有。众人哗然，面面相觑，连释炎都露出了错愕神情。在大家都低声讨论时，慈忍师太纵身，跃上擂台，抽出长剑道："贫尼来与虞公子一较高下。"

虞楚之依然风度翩翩，飘然若仙道："请。"

意料外，又是意料中，铜锣敲响之后，慈忍师太和琉璃的结果一样。接下来，又上去了少林释平、武当书云、蜀山狐轩……结果通通一样。这么多场比武过后，人们都低声抗议，认定虞楚之在使用妖术。沉默的人，偏偏是那些和他交手过的人。他们知道自己是如何败的，也知道虞楚之确实出过手。但是，没人看清他用的是哪派招式，修的是哪家心法，更别谈武功路数了。七樱夫人黑色的面具下，是一双丰腴撩人的唇，那双唇对虞楚之弯成好看的形状。虞楚之回头对七樱夫人微笑，透露着凌厉中州、顾盼生姿的傲然。不过，回头的刹那，却轮到了他惊讶。

莺背色的擂台，兔黄色的落叶，火红的裙裳，重雪芝站在他的正对面，握着长剑，长剑指地，道："虞公子，请赐教。"

虞楚之并未立刻回答。片刻惊讶之后，他露出了玩味的笑意，而后脱下裘皮大氅，将之抛落在擂台下。奇怪的是，大氅居然发出了激越清响，但无人留意到这个细节。因为，和许多人猜测他身材有缺陷截然相反，他有一具堪称完美的身体。秋风起，孤雁南翔，失去了大氅的压制，他的长发和白衣如东流海浪般，狂舞飞扬。浑身唯一无变动的地方，便是那美好幽香的樱花面具及清冷若水的微笑。金风刮得井梧碎，沈水雾落，青浪飞吐。近有箫鼓伴雁鸣，远有山烟断画舸，这是奉天一年中最为凄美旖旎之景，却因虞楚之这淡淡一笑，沦为寡淡绿叶。

"苍天大地啊！"朱砂捧脸道，"这……这当真是嚼蕊饮泉的凌霄天仙啊……"

琉璃沉思良久，道："何故我觉得这话耳熟得很……"

铜锣敲响，虞楚之对黑柄长剑的方向用力一握，剑竟脱离擂台，飞到他的手中。雪芝不是江湖小虾米，却对他深不可测的内力一无所知。这样关键的时刻，她脑中突然闪过很多年前的一幕。

有一次，裘红袖又从江湖上听来一些小道消息，对上官透道："'风度翩翩，蛇蝎心肠。仪表堂堂，赛胜女郎。'一品透，你知道这是说谁的吗？"

上官透道："不是说我，故而不关心。"

"你最大的本领，当真是装聋作哑，掩耳盗铃。武功、名利、自由、容貌、钱财……这些凡人毕生追求的东西，你都有了，你活着不腻吗？或者说，你不觉得自己会短命吗？"

上官透摇摇扇子，回头看向她，道："你觉得这些东西便够吗？"

"你还不知足？一品透，虑澹物轻，意惬无违啊。"

"有点道理。"上官透摇着扇子，"不过，思虑营营，因此无为庚桑楚[1]也。"

雪芝晃晃脑袋，不知自己怎会想起那已故的人。只见翻卷的落叶、枯黄的落叶、片片分明的落叶，在金阳下，融成一团，又在剑气中破碎，化作蝴蝶、樱花，翩翩起舞，团团旋转。虞楚之明明使着黑剑与黑扇，手中却永远只有一把武器，攻击对方的武器，又永远都有两把：他持剑攻击时，抛出的折扇便会在空中打开，旋转着，旋回到他的手上；当他换了折扇，剑被无形锁链套住，在空中自由挥动。落叶飘舞，剑扇交错，他有昆山仙人的绰约风姿，雪白袍带在浮云秋风中翩跹……在场的任何人，都没见过如此轻灵飘逸的身手。他所有的动作，每一招皆是致命一击，却在下一招出手时巧妙连接上，连贯到接近完美无瑕。像是看透了她不过想求个结果，他刻意放慢了动作，让雪芝看清他每一个动作，如此惬意随性，不过像在陪小孩子玩竹马游戏。她却有些恼羞成怒，身法如电掣，剑击如雷鸣，次次使尽全力，便是想试探他的虚实。令人费解的是，他看上去悠闲自在，优雅如烟，却总是能躲过她敏若流星的攻击。

她的裙裳是赤红烈火，他的衣袂是高岭白云。她是浓艳，他是淡雅。二者原应水火不相容，却在擂台上分分合合，纠缠交错。每当看见他从自己身侧擦过，或是落下轻蔑的笑意，她便更加愤怒，更加拼劲出击。最终，他让了她三十余个回合，总算玩够，轻松地击败她。

雪芝用眼角看了看抵在自己喉间的折扇，终于忍不住问道："你用的是什么武功？"

出口以后才发现，这句话问得实在太外行，甚至有些掉价。而且，无

---

[1]　庚桑楚，相传为老子的徒弟，曾教导南荣趎勿思虑营营。

论她说什么，虞楚之都不会给她正确答案。他道："剑法名字很重要吗？雪宫主必然没有听说过。"

"我没听过，却觉得眼熟。"

"是吗？"在听到主持人宣布胜负后，虞楚之收回折扇，摇了摇，身形一闪，又出现在七樱夫人身后。

其实，重火宫的人都觉得他的剑法十分眼熟。只是看出来他武功路数的人，只有两个：重雪芝和穆远。他们之所以觉得眼熟，是因为重莲的秘籍。虞楚之使用的剑法，竟和穆远修炼的《沧海雪莲剑》，还有雪芝修炼的《三昧炎凰刀》是同一种套路。这种修炼方法是重莲开辟的新派武学，除了她和穆远，无人知道。这两本秘籍需阳性内力修阴性招式，阴性内力修阳性招式，二人同时修炼配合，才能发挥功效。可是，她感受不到虞楚之的真气。或者说，他的体内有两股真气，在他使用招式时，便是阴阳内力交错着。

武学的最高境界，是同时拥有阴阳内力。在此等情况下，一个人可同时拥有两脉内力的招式和身法。合二为一，并不等同于两个人的实力，而是大大超越两个人的实力。若此人是个武学功底深厚的奇才，便可能成为百年难得一见的天下第一。不过，这是理想境界。同时拥有两脉内力的人，结果不是走火入魔，便是武功尽失。"莲翼"是突破这一理想境界的功法。但人们也都说，这两本秘籍是神仙鬼怪修炼的，以凡人的体质去练，结果还是一样。所以，虞楚之有双重内力的设想可以排除。

不管如何燮理内息，虞楚之对他的剑法的熟练程度，已经超过雪芝。也就是说，他比雪芝更早修炼。她不相信在这么短的时间内，会有人写出同样套路的剑法。唯一的可能，便是秘籍外泄。究竟是几时发生的事？她心里很乱，想不明白。

雪芝败阵之后，短时间内便再无人上台挑战。穆远握住剑柄，向前走了一步，雪芝却拦住他。他回首看她一眼，三思后退回原处。他理解她的意思：他上台挑战，或许能弄明白虞楚之的武功路数。但虞楚之摸清的，会是重火宫的底细。虞楚之不是他们的敌人。即便是敌人，他们也犯不着去当其他门派的磨刀石。

最后，虞楚之理所当然地成为英雄大会第一。

英雄大会第一，在大部分人的眼中便是天下第一。人人都想当天下第一，大会的竞争也是一届比一届激烈。而这一次的虞楚之，不仅赢得没有悬念，他横扫群雄的盛况用"不动声色"来形容，都不足为过。

自此，七樱夫人名声大振，并将虞楚之与重雪芝交手的功法名字公布于世——黑帝七樱剑。招式如其名，分七剑：戒日剑，大昊剑，炎汉剑，水帝剑，元帝剑，六宗剑，九皇剑。很多人都以为，血樱六子加上七樱夫人总共七人，每个人会黑帝七樱剑的其中一剑。但实际上，除了虞楚之，血樱六子中无人会黑帝七樱剑，包括七樱夫人。当然，知道这一事实的人并不多，整个武林不会超过十个，雪芝已是其中一个。所以，无论他们怎么努力去掩饰，也藏不住一个秘密——虞楚之，才是真正的"七樱夫人"。

是夜，薄雨轻点沈水，泊舟轻荡，轻鸟划过涟漪。雪芝倚在奉天客栈窗旁，面前茶盏中龙井浓至发黑。茶苦，却不知其味。她眺望对岸灯火与热闹街市，已有两个时辰，却不曾留意，楼台下有人一直在仰望她。她蹙眉，强逼自己喝下一杯浓茶。她撑着下巴，闭眼听对岸楼阁琵琶女戚戚独奏。她的美丽历稔不曾改变，双眼却平添忧伤。她又饮下一杯浓茶。

有人敲门，她应声后，便听见有人推门进来。她没有回头，也知道是谁。她猜到他会来，却没猜到他会直接走过来。穆远环绕过她的颈项，将她紧紧搂住。他沉声道："若再不抓住你，你是否便会跟着那个人走？"

"穆远哥可是指，今天送上珠宝的洛阳古董商？"

"我是说虞楚之。"

雪芝很明显听到自己的心跳声，穆远远比她更了解自己。这些年来，她一直在努力避免回想让她伤感的东西。可是，看到虞楚之后，她努力让自己去想上官透，像是在强迫自己。难道，她还是和以前一样，容易对击败自己的男子心生神往？虞楚之分明什么都没有做。

"我能容忍你心中有上官透，毕竟你和他的羁绊太多。"穆远的发一丝丝落下，擦在雪芝的耳边，"但是，我不能容忍其他人，尤其是在我之后出现的人。"

她摇摇头，轻声道："我不会，没有人能取代穆远哥。"

"雪芝，我已经等了太久。"

她沉默。

"我已经不能再等。"穆远的声音变得有一些喑哑，"你明白我的意思吗？"

"我……"

她的话音刚落，耳垂便突然被穆远含住。她低呼一声，握住他早已游入自己衣襟的手，微微后仰，倚在他的怀中。他顺势关上窗，吹熄了蜡烛。而后，他将她翻转过来，推到墙上，极尽细致地吻着她。她没料到，穆远居然也可以如此热情。他们拥吻了很久，那白衣人却一直站在岸边。直到街上的人渐少，最后难见一个人影。直到对面的灯盏渐熄，只剩河边莹莹纸灯笼，及沈水上形影相怜的光晕。

直到这一刻，他都不敢相信亲眼看到的事实。这一切都是意料之外，又在情理之中。夜深天冷，虞楚之反而只穿了一件薄衫，站在岸边一动不动，更像不敢动弹。任呼啸的秋风吹乱他的长发、衣摆。在那雪白的面具上，樱花瓣绽放出一抹触目惊心的殷红。还记得几个月前，那个女子曾问他，现在你最想要什么？他平静却坚定地说，杀了穆远。而此时此刻，他没了方向。他坐在地上，靠着河岸边的石柱，大笑起来。

那笑声如此苍凉孤单，她却没有听到。不知过了多久，她抱腿坐在墙角，口中是流落的咸咸的泪。她看见那被穆远狠狠摔上的门，又重新被风刮开，突然感到前所未有的脆弱和无助。到最后，她还是无法接受其他人。分明答应过穆远的事，她却无法做到。究竟要到何时，她才能走出来……

"透哥哥……"她哽咽着闭上眼。

　　若你还活着，那该有多好。瞧瞧这悠悠江水，玉杵秋空，哪一样不是美若秋梦，又有哪一样，不是冷若秋梦？君可知晓，若是可以，妾愿用余生阳寿，来换与君一宵重逢。然妾饮尽断肠之酒，尝遍相思之苦，却不过换来漫长的徒劳。连盼君回春入梦来，都已是天大的奢念。

　　奉天客栈外有沉沉十里长街，深邃如故人之眼。她望不尽画堂灯火，望不尽前尘往事。

第二十七章

冰窖奇遇

　　五日后。清商萧索，浮云在太虚峰间飘游，穆远在一个墓碑前，已跪了两天两夜，未开口说只言片语。他不是傻子，也很少做这种无意义的事。但这一回，他要跪到自己清醒为止。

　　他真的不够清醒。这已是第三天，退食，滴水未沾。他的武功再好，内力再高，也开始觉得头晕虚弱。可是，只要一闭上眼，便会看见一双水灵湿润的眼。他的颈项似乎依旧被那双柔软的手搂着，唇上还有她的余温。他从来不知道，与她走近会是这样。那一个险些得手的夜晚过后，他变得连自己都不认识。无论她说什么，做什么，他都会目不转睛地盯着看。他试图找一些事来做，以分散注意力，得到的结果往往是看不见她，便又开始心烦意乱。他是如此想要看牢她，令她长陷缧绁，不让任何男子看她，不许她再想任何男子，包括上官透。

　　可他知道，他不能这样想。这一切对他的复仇大计，有百害无一利。他正头脑混沌，便听见有老者在身后说道："你对重雪芝动心了，是吗？"

　　"不，我只是……"

　　老者打断他道："当初我便告诉过你，要么选择不计前嫌，要么复仇到底。若走了中间路，恐怕你不杀她，待她知道真相，也会杀你。"

穆远埋下头去，嘴唇苍白，声音也有些干涩："我知道……爷爷。"

此刻，雪芝已回到重火宫，哄好了许久没见娘怒气冲天的重适，打点了内务，便开始考虑下一步的行动。之前英雄大会的计划被虞楚之打断，短期内便再无和释炎在人多之地交手的机会。而由于招式未满两百，释炎也没要他们履行诺言。接下来，只有从柳画身上下手。派人跟踪她，完全是无头苍蝇瞎撞，但雪芝还是没有放过这一机会。

这些年，柳画一直住在画剑庄，生活单调无聊得很：早上起来梳妆打扮，处理帮派内务，练剑；下午若有事便外出，无事则做针线女红；黄昏时分，偶尔会下厨做饭；晚饭过后沐浴，接下来睡觉。看这状况，似乎是没什么好研究的，除了诡异的沐浴时间。雪芝非常不理解，一个天天沐浴的人，居然一洗便是一个半时辰，还不带休息的，其间也没有丫鬟伺候。所以，五日过后，她便开始寻找新的办法。柳画那边只是让人跟着，有异样再向自己汇报。十日以后，那弟子又带回来和以往一样的答案。只是，睡觉之前的活动多了个画画。雪芝道："画画用了多少时间？"

"一个多时辰。"

"那她是不是过子时才就寝？"

"不是，她睡得很早。最近她沐浴很快，两盏茶的工夫便会出来。"

十五日以后，穆远回来，并带消息说，七樱夫人最近接了一个大活儿，死伤不少人。同一时间，那弟子又回来道："柳画最近晚上不画画，沐浴又超过一个半时辰。"

原以为是巧合。但经过两个月的观察，雪芝发现了柳画的沐浴规律：平时，她沐浴时间都会超过一个半时辰，而七樱夫人在江湖中活动多时，她沐浴的时间便特别短，两盏茶的时间便可以出来。难道，七樱夫人和柳画，甚至"公子"也有着千丝万缕的关系？还是说，七樱夫人便是"公子"？雪芝被自己这一个猜想吓住。但她急于知道答案。

几日后，她得知消息，那向自己示爱的古董商左阳，即将在腊月为女儿办满月宴，邀请了许多达官贵族、知名门派及武林高手，重火宫也在邀请名单中。她从不参加这种宴席，何况想起这左阳老婆还大着肚子，他便来勾搭自己，她更是不屑。只是为了支走穆远，她让他专门跑去洛阳拿邀请函。穆远对她的行为感到不解，但也没多问，很快便出发。接下来，她去了画剑庄。

在庄外角落静候两天，雪芝大致观察出，这门派确实如探子所说，防守不算森严。于是，第二天晚上，她换上夜行衣，神不知鬼不觉地探入庄内。不到半炷香的时间，她找到了柳画的浴室。窗上挂着纱帘，纱帘上透着点火光。浴室前回廊上站了几个丫鬟，但无人进去服侍柳画。雪芝跳到房顶，借着月光，用剑锋挑开一片瓦，往里面看去：室内雾气腾腾，木桶里装满花瓣和水，却没有人。再掀开几个瓦片，确定里面没人。看这水的热度，柳画应该才进去不多时。按之前的规律，她会在一个半时辰内，回到这个房间。而这期间，不论她去了何处，这浴室里都定有秘道。

柳画一点也不可怕。雪芝可以用一根指头将她击倒。但是，柳画后面那人才令她担心。她一面希望柳画的去处，会对她调查"公子"的事有所帮助，一面又害怕和"公子"正面交锋时，自己会孤身一人。经过三番思考，她还是决定留在屋顶，观察一阵子。这浴室很普通，有一个靠墙的巨大木桶，木桶一侧是个高台，台上有通水的竹管和一个空篮。竹管正在滴答滴答滴水，旁边地面上摆着木瓢、木盆等。墙上挂了一个小木勺。墙角有一堆新鲜皂角。浴室东西两面墙上各有一扇窗，南墙上是通往长廊的门，北墙上是一幅巨大的仕女竹画，墙后是高山。所以，基本排除有通往庄外秘道的可能性，只可能是地窖或者山洞。

雪芝耐心等了一个多时辰，终于等来动静：浴室内，北墙上的竹画往上卷起来，露在后面的是一面石壁。石壁由两块巨型方石拼凑而成。后面有人在推巨石般，那两块巨石原地旋转了半圈——原来，那是两座石门。柳画披散着长发，从里面走出来，又将石门关上。她在几乎已经干透的头发上泼了点水，吹熄油灯，离开浴室。她走了一会儿，丫头们还在门口看守着，似乎打算在这儿站一个通宵。但是对雪芝来说，这些看守人形同虚设。她轻轻一翻身，便从窗口钻进了浴室。

她擦亮火折子，推起竹画，开始研究那个秘门，很快悲哀地发现一个问题：若想以推拉的形式来打开那道门，几乎不可能。因为那两道石门都是旋转式的，无法从缝隙处推开，只能推大门左右两侧，以让它往里面凸起。而且这两道门中似乎连有机关，或是太重。总之，无法单方面地推一边的门。她的手不够长，就算勉强摸到大门两侧，也没有足够的力道将大门打开。就算有这样大的力气，估计门缝还没有她的脸颊宽，便会直接撞上她的鼻子。总而言之，这门没有钥匙，只能从后面的秘道推开。

为了得知开门方法，雪芝又等了一日。

次日柳画进浴室，便开始脱衣服。这时，木桶还是空的，木桶旁边的竹篮里有一些玫瑰花瓣。但是，就在她脱衣服时，气人的事发生了——她不知道从哪里弄来了类似于烟幕弹的东西，往地上一扔，转眼间整个浴室都是雾，什么都看不到。布料摩擦声后，是木头碰撞的声音，再来便是水声潺潺。等雪芝能看清楚以后，里面的情况又跟前一日一样：灯火明晃晃，木桶里的水已放满，花瓣也撒在水面上，里面没有人。奇怪的是，她没有听到竹画卷起的声音，甚至连石门打开的声音都没有。

一个半时辰后，柳画又从北墙石门后回到浴室。与前一日不同，这一日，她进入木桶沐浴后才出去。待她离开浴室，雪芝又照着前一日的方法，罩住窗口，点火折子在里面摸索。柳画应该不是从那道门进去的。可是，雪芝将屋内所有的瓶瓶罐罐都抬起来，未发现任何秘道。几乎开始怀疑自己的听力，她突然看到了那个木桶。她过去搬木桶，但木桶里装满水，太重搬不动。若将水倒出去，肯定又会惊动外面的人。她用力推动那个木桶，大概移了几寸，下面没有洞。她很失望，注意力又转移到了墙上的仕女竹画上，几乎每一块竹片都翻开看，还是没有发现任何端倪。最后，她甚至连那些皂角都拿起来研究，却不小心碰到挂在墙上的小木勺。

同一时间，她很清晰地听到水声——确切地说，是水滴落地的声音。

她再摇摇墙上的木勺，便没了声音。可是水滴声依然不停，声音从沐浴的木桶的方向发出来。雪芝凑到木桶旁去看，顿时大喜——木桶的底部竟裂开了个缝，水一直往下流。下面黑黢黢的，不知道通向什么地方。

她又回到墙壁旁，眯着眼靠近一些，发现小木勺挂在一个小铁钩上。她直接取下木勺，拧动铁钩，水声大了些。她往反方向拧去，流水声没了。但是，又有流水声响起。热水从通水的竹管，流到了木桶中。到水位碰到竹管时，又自动停止。这下，她算是明白了，真正的通道是这个木桶。她开了一点水，等它慢慢流光。但是她不理解，为何刚才推木桶，下面什么都没有。许久之后，木桶中的水流干，雪芝伸手过去摸了摸，发现原来木桶底部有两个铁钩，打开机关时，会自动把地面活动的石板拉开。不知柳画究竟藏了什么东西，居然会设计这样精密的机关。底下明明是可以活动的木盘，都可以做到滴水不漏。越这么想，雪芝便越有一些激动和害怕。她将底部的木盘完全打开，跳了进去。

里面是一个管道，滑而陡峭，连楼梯都没有，根本无法沿路返回。一片黑暗中，空气温度急剧下降，加上她刚才倒下的水弄得里面一片潮湿，她冷到浑身发抖。而真正的极寒，是到管道底部。她沿路往前爬了几步，出了管道，身上的水已是半结冰状态。她怎么都想不到，这下面会是一个冰窖。她更想不到的是，在她滑到冰窖中的一瞬，身后便传来巨响。回头一看，一个庞大的铜门落下，封住了管道出口。

雪芝心底一凉。这下不往前走都不行。寒冰隧道青光微弱，狭窄且长，支架上挂了一件毛皮大衣。雪芝取下大衣，裹在身上前行，看到道路两旁躺着几个人。她走上前去看，发现这几个人已死，但在这冰窖里封藏，光凭外观，根本看不出死了多久。但她能认出两个是少林的，三个是华山的，还有一个最近消失的重火宫弟子。这几个人武功都不弱，可以说很强。她感到头皮发麻，但也只能强忍惧意走下去。

本以为能发现大秘密，神器、惊天动地的计划书、藏宝图或绝世剑谱，可这冰窖不大，走到底也只有几间房。除了一间房里有几个冰雕，其他都只是空空的房间。那些个冰雕也很简单：一棵树，一个女子，四面墙壁上雕刻着雪花。这些雕像似乎也有很长时间了，是什么树，女子的面容，都已经无法辨认。只是，雪芝的好奇心和惧意都被极寒驱走。她只想早点找到出口，离开这里。她靠在一面墙上，使劲揉搓自己的手，吐了一口气。可她还没来得及站直身体，便听到冰壁裂开的声音。她大惊，连忙站直身体。但已来不及，身后的冰壁哗啦啦碎裂，往地上砸去。雪芝捂住头，闭眼惊叫。下了冰雹般，她左躲右闪无用，被砸了一身冰块。所幸落冰并未持续太久，很快，冰窖又恢复极寒的状态。雪芝慢慢睁开一只眼睛，发现冰壁后面还有个房间，只是她开始没看到。

房间正中央有一个冰雕躺椅。一个人正靠在躺椅上，闭目养神。他一袭白衣，衣衫丝料单薄，正轻飘飘地垂在半空。他一手放在腰间，食指上是一枚温润洁白的汉白玉戒指。他的脸上依然戴着白色的樱花面具，黑发长长地垂在冰椅上。

竟是虞楚之。而且，只有他一个人。他很少一个人。

雪芝顿时哑然，同时还大松一口气——还好是虞楚之，若是"公子"，那可完蛋了。但转瞬一想，又觉得不对劲，为何虞楚之会在这儿？这可是柳画的地盘。难道，虞楚之便是……

雪芝觉得更冷了些。虞楚之睁开冰似的眼，并未坐起来，只淡淡道："雪宫主光临寒舍，真让在下受宠若惊。"

"你住这里？"雪芝环顾四周，不可置信道，"这个冰窖？"

"嗯。"

"可是，这里什么都没有……你在这里住了多久？"

"很多年。"

"平时都不出去吗？"

"今年才出去的。"

雪芝顿时醍醐灌顶。虞楚之皮肤这么白，原来是由于住在冰窖，不见天日。还有，他不离身的大氅丢出时，发出沉重的响声，大概是冰块或冰袋的声音——他穿大氅不是因为怕冷，而是怕热。住在这种地方，体质自然与寻常人不同。那他强到不正常的身手，大概也与此有关。雪芝觉得有些毛骨悚然，道："常年住在冰窖，性格不会变得很古怪吗？"

"我很古怪吗？"

"我不认识你，不知道。不过为了练武，忍耐这般痛苦，真是很不容易。"

"不是为了练武。"虞楚之眯着眼睛，"是为了杀人。"

"那这个人应该已经死了。"

"尚未。"

"什么人这么厉害？"

"一个总有一天会惨死的人。"

"说了等于白说。"雪芝叹气，看着他又道："我想问你一个问题，若觉得不便回答，你可以不说。"

"你想问我和'公子'的关系。"

"是。"

"我也想知道他是什么人，但柳画从来不说。"

"你不是他？"

"若我是他，我们还能如此平和地聊天吗？"

雪芝沉默片刻，又道："那柳画呢，你们是什么关系？"

"她是我未过门的妻子。"

"哦。"

"何故面露失望之色？"虞楚之的笑声清脆，"毕竟在下曾对雪宫主表示过爱慕，是吗？"

"你想太多。"

"但愿如此。"

"虞公子确实武功盖世，但这不代表所有人都会喜欢你。"不知为何，虞楚之时常挂在脸上那一抹清高的笑，让她觉得很讨厌。

"我可什么都没说。况且，我也知道雪宫主是已婚之人……不，应是穆夫人。失礼。"

她与穆远在一起的点点滴滴，竟被他说得如同见不得光。讨厌的感觉更加强烈。而他的目光一寸寸在她身上游走，像是能洞察她所有心事，道："怎么，不喜欢这称呼？还是说，更喜欢我叫你……上官夫人？"

雪芝倏然抬头，道："不要说了！"

"雪宫主颜色如花，即便羞恼，也是天姿国色。"虞楚之缓缓坐起来，阴阳怪气地笑着，"只是，反应如此之大，难不成，是对上官透念念不忘？"

雪芝不说话。

"其实，在下也知道一些上官透的事。"

"什么事？"

"第一，他是个死人。"看到雪芝露出怒容，虞楚之忍不住笑道，"第二，他生前曾经和别人做过一笔交易。第三，这个交易的对象，是一个你绝对想不到的人。"

雪芝急道："什么人？什么意思？"

"这可是天大的秘密，让你知道，对在下一点好处也无。"虞楚之站起来，走近雪芝，"不如，我们也做一笔交易？"

"你说。"

"怕你付不起。"

"直说，我不缺钱。"

"你。"他的个子比雪芝高了一个头，这会儿和她站得很近，面具后的瞳孔被映得幽幽青蓝。

"什么？"

虞楚之脸上挂着深深的笑意。他垂下头，长发擦着雪芝的耳侧。他在她的耳边轻轻说道："……只盼雪宫主，与在下共度幽期。"

雪芝断然道："抱歉，宁蹈大故也不从。我们没什么好谈的。"

"雪宫主，现在你出不去，又打不过我，若我强要了你，岂非得不偿失？还是答应的好。"他在她耳边用极为诱人的声音说道，"你知道吗，我在床上的表现，绝对不亚于英雄大会那一日。雪宫主试试便知。"

"多谢，我一点也不想知道。"雪芝说得很平淡，但心中很乱。她知道对付这种人，最好的办法便是冷淡。她要忍住，不动怒。

"你不是已经让穆远睡过了吗，再多一个我，又有何关系？"

"告辞。"

若是别人，雪芝早已大开杀戒。可她打不过他，她只好憋着气，转身走了。谁知，虞楚之上前来，拦在她面前，道："穆远如何？两刻钟，还是半个时辰？"

雪芝涨红了脸，道："这与你无关！"

"不比较，你怎么会知道？"

"无须比较。从我和穆远成亲开始，我便打定主意要跟他一个人。无论如何，他便是最好的。"

"那上官透呢？"

"你可以住嘴了。"

"你说，那上官透呢？"

他话音刚落，雪芝便抽出武器，一剑刺过去。也是意料之中，虞楚之捉住她的右手。雪芝抬头望着他，浑身发抖，道："上官透已死。你若尚存一丝人性，便不要再提他的名字！"

虞楚之怔怔地看着她。她眼中分明有泪光，但她忍着，咬紧牙关，扬头眨了眨眼，深呼一口气，道："他已弃我而去。所以，我也决定抛弃他。"

"……你不爱他了吗？"

"不爱。"

虞楚之目光平淡，没有说话。雪芝道："请问，可以让我出去了吗？"

虞楚之往旁边让了一下，后面有一条寒冰隧道。雪芝朝他微微一拱手，道过谢后，朝隧道走去。她都已经走远，才听到他在身后轻轻地道："还好，上官透已经死了。"

　　她原便不打算和虞楚之打交道，可听到那句话时，她竟感到莫名的痛心。虞楚之后面是一道楼梯，上了楼梯便是一个石洞，推开门往前走一段便是浴室。到浴室时，木桶中的水还没装满。雪芝推开窗户，悄悄溜了出去。

　　刚回重火宫，雪芝便听说，虞楚之和柳画已经定亲，将在腊月公布婚期。此事对雪芝，对知道雪芝报仇计划的人来说，都绝非好事。不管柳画和"公子"是何关系，他们都在同一战线上。若她再和虞楚之成亲，那想要对付公子，简直难如登天。所以，这婚绝不能结。最起码，要尽可能延后。同一时间，穆远拿回左阳的邀请函。据说左夫人知道雪芝要来，气得都不肯管孩子了，还是左阳花天价，用一整块翡翠雕的牡丹花打发了她，才把她哄回来。原本雪芝不打算去，但穆远说在洛阳看见了七樱夫人。七樱夫人也将参加左阳女儿的满月宴，还说有另一门喜事要公布。或许，便是柳画与虞楚之的婚期。于是，雪芝和重火宫众人一起讨论，如何拖延他们的婚期。她并不想穆远知道太多自己为上官透复仇的计划，所以没有叫上他。

　　讨论到最后，雪芝采用了烟荷的方法。

　　柳画到洛阳的那日，雪芝命海棠把她打晕，绑起来扔在柴房里。属下本提议直接了结了她，但雪芝想了想说，她死了说不定会打草惊蛇，还是留着。接下来，雪芝去洛阳，花重金聘请到花满楼的大花魁赫连飘飘。赫连飘飘是个月里的嫦娥，柳眉杏眼，仪态万千，去年的蟾宫客们因为她大打出手，还有一个侍郎公子因为她投河自尽。京城里流传过这么一个说法：对赫连飘飘不动心的，只有女子和黄门。若你是男子又对她无感，那你便是黄门或天阉。

　　虞楚之虽然冷漠，但好歹还是男人。

　　接下来，雪芝带着儿子和四大护法，出席左阳女儿的满月宴。赫连飘飘则是直接被抬上轿，赶往左府侧门。

　　左阳的面子很大，黑白两道都有他的朋友。雪芝在宴会上看到很多熟悉的面孔，大堂也布置得很是喜庆奢华：入门一把巨大的貂尾扇，地面铺着大红色的波斯毛毯，只要是靠着墙的地方，一定会有昂贵的商彝周鼎。左右两边各一排红漆楠木桌，桌面上摆着白玉花瓶，桌上摆着无数佳肴珍馐，鸡鸭鱼肉、山珍海味应有尽有。开胃菜便是银碗装的血燕窝。宴会正中央摆着左四爷不知用什么途径弄到手的前朝纯金雕龙，龙的眼珠子是两颗夜明珠，桂圆大小，闪着奇光异彩。左阳身材高大，身披云豹重裘，站在门口成了一口大钟。他老婆身段苗条，是个标准的美人。她身穿宝蓝织锦裙，披着白狐皮披肩，往来宾客人手送一个红包，均是沉甸甸的金线梅花锦囊。她身后奶妈抱着个漂亮的奶娃娃，几乎每路过一个女子，都会忍不住上去逗一逗她。

　　重火宫人到时，没有女儿的雪芝自然忍不住多看了那孩子两眼，还冲她笑了笑。那一直睁大眼睛看着来往宾客的奶娃娃，居然也在对她笑。然而，奶娃娃她娘却不那么喜欢雪芝。左夫人防备地往后退，做出护住孩子的动作。这动作倒是让左阳很尴尬，连忙赔笑，招呼雪芝进去。雪芝干笑一下，便进去，却很清楚地听到后面夫妻的对话：

　　"她到底是我们的客人，有不满你就不能忍忍吗？"

　　"没有办法，昨天我梦到她变成了一个尖嘴狐狸，要来吃我的女儿！"

　　"你……这么小家子气斤斤计较，怎么上得了台面？"

　　"你说我上不了台面？她上得了台面啊，骚气冲天，恨不得所有男子都看她。你愿意娶一个狐狸精回家？那你休了我，娶她啊。狐狸精是来者不拒吧！你看她那来路不明的孩子，父亲是谁都不知道！"

　　左夫人的声音越来越大，像怕雪芝听不到。雪芝不愿意惹出过多事端，径直往里面走去。可是，老天不帮她，她儿子也很不给她面子。重适用尖尖的童音大声说着："谁说我来路不明？我是上官透的儿子，我爹可比你这蛤蟆相公英俊、有钱、武功高。我爹是国师公子，你当家的是什么？乡下种菜的，卖几个又旧又破的罐子，便自称儒商？蛤蟆想追我娘，当然追不到啊。自个儿当家的管不住，责任都推我娘身上了？"

这下所有人都停下来，看着他们。

雪芝的脸变色，拉住重适便往里面拖，道："适儿，你瞎说什么，跟我走。"

左夫人脸色发绿，一手握着锦囊，指着重适发抖道："你……你，要说丑事，还有哪个门派比重火宫出得更多？你那死鬼老爹从前不知搞大了多少女子的肚子，现在又抛弃你们母子，不知去哪里逍遥，是死是活都不知道……"后面的话被左阳一手捂住。

"你！"重适推开雪芝，尖声道，"你说我娘是狐狸精是吧，那你便是蛤蟆精！还有你这个长相古怪的女儿，跟你长得一样，蛤蟆脸！"说罢，伸手在那奶娃娃脸上狠狠拧了一下。

奶娃娃的脸立刻通红。场面僵冷了片刻，她嘶声大哭起来。这下彻底尴尬了。雪芝确定，自己儿子比上官透小时还可怕，是个大祸苗。只是，倘若不是她有事要办，听到这样的话，早已大开杀戒。可左夫人非但不觉愧疚，反倒提高音量，哭了出来，道："你这个无法无天的死小鬼，居然动我女儿！雪宫主，你不要因为自个儿死了儿子，便眼红别人家孩子啊。"

重适脾气和雪芝很像，一被人说中要害，火气噌噌上升。他也开始大哭，还扯着左夫人的白狐肷披肩，拳打脚踢。雪芝听到这句话，之前强压的怒气也瞬间消失。她再看看左阳的女儿，那张脸是那样纯净可爱，让她立即想到多年前，死在释炎手上的显儿。如今适儿苗壮成长，显儿却早已失去了脆弱的小生命。所以，无论适儿做错什么，雪芝都不会责备他。她要对适儿加倍地好。所有亏欠显儿的，她都会偿还给适儿。

因为太过伤痛，雪芝已经忘记如何还击。她只是拉着重适，不让他继续添乱。看到雪芝明显受伤的表情，左夫人也有些于心不忍，想开口解释一两句，却又被乱咬人的小狗一般的重适逼疯。左阳拉住她，整个场面一团混乱。宾客们也开始纷纷劝架。这时，一个女子软绵绵的声音从人群中传来："出了什么事，为何这样热闹？"

很多人都认得这个声音。人们也自然让开一条道，七樱夫人走过来。

她身穿金钱蟒长裙，裙摆飘飘，佩环华贵，手里提着一个玛瑙鼻烟壶。她的个子并不高，但是被六个男子众星拱月地包围着，却是格外妩媚动人。然而，她在重适的眼中却是透明的，他还是继续没完没了地闹腾。七樱夫人不语，她身后的虞楚之却走上前来，摸了摸重适小小的脑袋。

奇怪的事发生了。任别人怎么拉扯重适，他都没有反应，虞楚之这样一摸，他竟转过头来，用哭红的眼睛看着虞楚之。重火宫很多弟子都说，只有神仙，才能让哭泣的重适安静下来。重适平时很依恋重雪芝，可一旦他哭了，她也别想成为那个神仙。任她如何哄、逗、骗、摇晃、捂嘴，甚至用细竹条抽屁股，他都不会闭上那装了长笛的嘴。很显然，虞楚之也不是神仙。重适回头看了他一会儿，又转过头去拉扯左夫人的绫绮和奶娃娃的脚，持续哭闹。突然，虞楚之挡在重适和左夫人中间，蹲下握住他的双手。这下重适更不乐意，嗓门更大。虞楚之轻轻道："适儿，昨天我遇到一个冥寂士。他给了我一个难题，我如何都解不开。"

重适依然在哭着，不过在他说的过程中，哭声渐小。虞楚之道："我给了他无数种答案，他都说是错的。于是，我叫他给个正确答案，他却说，你去问天下第一聪明人吧。然后，我翻来覆去想，谁会是这天下第一聪明人呢？"

重适已是干打雷不下雨。他看着虞楚之，眼中露出期待的神情。虞楚之道："我遇到的很多人都不够聪明，直到刚才看到你，我便跟身边的叔叔们说啊，这个孩子便是天下第一聪明人，你说是不是？"

重适道："那个高人问了你什么问题呀？"

虞楚之在他耳边悄声说了几句话。重适吃惊道："啊，这个你都不知道啊？"

"怎么，你知道吗？"

"这个我小时便会，太简单了呀。"听到那个"小时"，周围一帮人都忍不住笑了。

"可是叔叔就不知道呀。"虞楚之看看左右，小声道，"说不定周围的人都不知道，这答案你得偷偷告诉我。"

"没有问题。"

重适凑过去，却被虞楚之挡住，道："别在这儿说，我们进去说。"

"好！"

然后，重适顺其自然地被虞楚之领进去。

这一幕实在让不少人惊讶，当然也包括重雪芝。旁人是惊讶万年冰山居然会这样对待孩子，雪芝却是惊讶虞楚之竟然能让重适不哭。

"左四爷喜庆添一子，祝先花后果，儿孙满堂啊。"他们刚进去，七樱夫人便上前击掌。两名随从便搬了一个玉石盆景过来。那是一大片碧玉雕琢的幽篁，盆景左右两侧还有一副小对联：绿竹生新笋，红梅发嫩枝。

周围的人都发出惊叹之声，雪芝却觉得她的声音很耳熟。她满腹疑虑，带着几个护法进了大厅。虞楚之和重适一大一小正聊得开心。看到雪芝进来，虞楚之便起身，将重适牵到雪芝面前。但是，重适黏上了虞楚之，道："我要跟虞叔叔坐一起。"

"适儿乖，别瞎闹，跟娘过来。"雪芝有些尴尬地拽动重适。

虞楚之却道："要不我们坐一块儿，适儿很讨人喜欢。"

后面那句话让雪芝彻底无言。虞楚之绝对是这个世上第一个说小魔头"讨人喜欢"的人。雪芝没有拒绝。整个宴席上，她都得想方设法拖住虞楚之，让他不要公布和柳画的婚事。只要不公布，便没人参加婚宴，他们的婚期自然会延后。只要不成亲，便有很多种办法拆散他们。虽然听上去有些残酷，但只是精通烹饪的柳画，绝对斗不过擅长七种乐器、会临摹三十三个名家字帖水墨画、能歌善舞、从小被栽培成男人克星的赫连飘飘。就算不能让虞楚之变心，也可以让他暂时沉沦美色，无心插手"公子"的破事。

赫连飘飘也愿意完成这个任务。没有女子会放弃接近虞楚之的机会。

酒宴开始后，虞楚之便坐回了七樱夫人那桌。虽和雪芝相邻，但不能陪着重适。重适很快感到疲惫，跟着孩子们去后院玩耍。雪芝站起来击掌道："恭喜左四爷玉燕投怀，在此赠上小小贺礼，还望笑纳。"

话音刚落，赫连飘飘低垂着水眸，款款步入大厅。

赫连飘飘是天价。虽然在场的有不少是洛阳的商人，也都买得起或者买过她，但是无一人能够付得起天天看她的银子。而在场的男子，连带整个洛阳的男子，无一人不想天天看到她。只是能买到又买不起的感觉，实在不是很好受。其实，雪芝很讨厌把女子献给男子的活儿。毕竟当一个女子指使教导另一个女子去勾引男子时，一下会觉得自己老了。可是，男人就是吃这套。这可是腊月间，前几日才飘过小雪，赫连飘飘只穿了一件紫纱薄裙，却连一个哆嗦都不打，可谓兢兢业业，恪守本职。然后，她便献舞一曲。

四溢的酒香中，有玳瑁雕琴，玉鸣丝竹，朱袖如云，赫连飘飘的身体比她的轻衣还柔软飘逸。玉葱指，瓜子脸，勾魂媚眼，融入这一曲芙蓉曼舞，真是叫人愿年年陪此宴。在场的，只要是个男的，都看得直了眼。由此可以断定，门口挂的那只金丝雀，定也是雄鸟。血樱六子虽然戴着面具，脑袋也随着赫连飘飘而转动。而虞楚之不仅欣赏美人的舞蹈，还毫不掩藏，嘴角也跟着微微扬起。一曲终了，他甚至跟着众人一起鼓掌。雪芝一直在细心留意他的反应。看来，到目前为止，他已暂忘了柳画。然后，按照计划，赫连飘飘端着酒，走着猫步，到虞楚之身边坐下。

"小女子赫连飘飘，见过虞公子。"她举起金卮美酒，声音柔情似水，雪芝听着都快酥了。

第二十八章

落梅面具

事实证明，男子都是一个样。虞楚之今宵的温柔，都给了赫连飘飘和重适。他微笑着举杯，回敬赫连飘飘。

"早已听闻虞公子美名，英雄大会上的比武，至今仍被人们传作佳话。今日一见，方知公子星目云发神清绝，人间迥别。"赫连飘飘又举杯，"虞公子是真正的英雄，小女子再敬公子一杯。"

"英雄一名担当不起，不过多谢赫连姑娘。"虞楚之依然是微笑着饮酒。

"小女子绝非过誉，公子武功独步九域，无人能敌……"一长串美誉过后，赫连飘飘再次举杯，"虞公子请。"

是人都看得出来，赫连飘飘在灌虞楚之酒。可是，任何男子都不会讨厌如此醉酒，虞楚之也不例外。转眼两人十多杯下肚，均面不改色。雪芝有些担心。她知道赫连飘飘是千杯不倒，却没考虑过虞楚之的酒量。看他现在的模样，好像一点事也无，依然口齿清晰，笑容温和——看不到他的脸，这是最要命的。

喝了好一会儿，待人们不再看他们，赫连飘飘凑近道："小女子有一个问题想请教公子。"

"姑娘请说。"

她看了一眼七樱夫人,又巧笑低声道:"为何公子要一直戴着面具?是七樱夫人的命令吗?"说罢她用眼角瞥向雪芝。雪芝朝她竖了个大拇指,继续喝鲜鱼汤。

虞楚之转眼看了看她,眼角露出点笑意,道:"这是秘密。"

"那公子可否告知,面具上的樱花何解?"

虞楚之依然笑着,摇摇头。不管他再怎么拒绝,被这样一个美人纠缠,还是当着这么多人的面,总是开心的。他们对话的内容如何雪芝不关心。只要挨到宴会结束,让赫连飘飘一举攻陷他,用尽所有招数让他销魂蚀骨,柳画那边自然便可以先放放。她盘算着,起码可以延长一个月。一个月,可以做很多事……她尚在暗自计划,突然看到虞楚之站起来,走向七樱夫人,跟那个壮硕的血樱子说了几句话,那血樱子摇摇头。虞楚之又回来坐下。然后,雪芝听到赫连飘飘娇滴滴道:"你跟他说的柳画,是什么人呀?"

"是我未婚妻。她到现在都还没来,我担心她是在路上出了什么事。"

"肯定不会有事的。她若真来了,反而有些无趣呢。"

"不会的。"

"你的意思是,我在这里陪着不好玩吗?"

"当然不会。赫连姑娘谈吐风趣,人也很可爱。"

雪芝这才松了一口气。当一个男子说女子可爱,只有两种可能:第一,他对她很有好感;第二,她不够漂亮。很显然,赫连飘飘不是第二种。但才过了一盏茶的工夫,虞楚之便又走过去,跟那个血樱子说话。那血樱子点点头,便出去了。赫连飘飘捻酸道:"又是找你那柳画,真没劲。"

两个人又聊了半天,那个血樱子回来,跟虞楚之说了几句话。虞楚之又转而跟赫连飘飘说了几句话,便打算站起来。而赫连飘飘拉住了他的衣袖,又看向雪芝。看来虞楚之打算离席,去找柳画。雪芝几乎要冒出冷汗，朝赫连飘飘点点头。赫连飘飘颦着眉，样子娇弱美丽至极，道："你叫他们去找找便是。飘飘在此，虞公子便这样走了？"

虞楚之果然吩咐另一名壮硕的血樱子去，自己留下来。但接下来，他一直心不在焉，赫连飘飘几次和他说话，都半晌才回神。赫连飘飘又回头，无助地看着雪芝。想来这是她头一回被人这样对待。

事情不好办，虞楚之和柳画的感情比雪芝想得要深。雪芝看着虞楚之，思虑许久，最后终于伸出食指和中指，放在下巴上，做出手语暗示。赫连飘飘先是一愣，朝她使了个"你确定吗"的眼色。雪芝抿着唇，沉重地点头。赫连飘飘咬唇，她知道自己是恪守本职的。她的魅力绝对不只这点，本来这种撒手锏她不屑使用，可是看这情况，确实不用不行。她的双手轻轻搭上虞楚之的手臂，胸脯往前挪了挪，若有若无地蹭了蹭虞楚之的手肘，道："虞公子……我家后院里有几株玉梅，花蕊芬芳。这腊月间开得很是旺盛，娇艳欲滴，不知道公子可有兴趣去赏梅饮酒？"

虞楚之回头看看她，有短暂的停顿，但很快又微笑道："今宵时辰不早，改天吧。"

赫连飘飘震惊之至。她确定，虞楚之那停顿时别有深意的眼神，说明他是听懂了的。但她又在怀疑，他是不是没听懂——怎么可能有人会拒绝她？难道说，他是手头很紧……她再试探道："赏花是不要钱的。若是虞公子……折花也不用钱。"

虞楚之还是柔声道："花枝何堪折？还是远观勿亵玩之来得好。"

赫连飘飘虽恪守本职，但自尊心特别强。听到虞楚之这句话，她的脸由白转红，狠狠一拍桌，起身欲去。但她刚一转身，手便被雪芝拉住。雪芝对她使了个眼色，低声道："你别忘了你收了多少银子，坐下。"

赫连飘飘也压低声音道："这虞楚之根本就是个太监。他连和尚都不算，和尚看了我也会动心的，你说他是不是——"

"坐下。"

赫连飘飘瞪了一眼雪芝，才不甘不愿地坐回去。雪芝提起裙摆，坐到虞楚之的右侧，想了想道："虞公子，瞧瞧这左府外的夜，晚月亭畔，阑边红梅，分明有天上好景做伴，何故一晚心神不宁？"

虞楚之似笑非笑地看了她一眼，道："自然是有心事。"

"左四爷大喜的日子，我们也不必想太多，将烦恼放到天亮后吧。"雪芝抬眼，举杯，对他浅浅一笑，"来，我敬你。"

虞楚之看了她许久，才举卮，仰头一饮而尽。雪芝正准备饮酒，手臂却被不明物体碰了一下。一些酒水洒在虞楚之身上。

"啊，抱歉。"

雪芝忙从腰间拿出手帕，准备递给虞楚之。可就在她伸手的瞬间，桌下有一只手绕过，在她背部轻轻一拍，位置恰到好处。她整个身体往前扑去，不偏不倚，趴在虞楚之身上。这下周围安静得让她汗毛竖起。同时，她闻到一股很淡的香味。这个味道很熟悉，却又陌生得让她想不起来。她只想着赶快坐直身子，脱离这窘境。哪儿知道身子还没直起，那只手又在她的腰际轻拍了一下。接下来，虞楚之的樱花面具和一双琥珀色的瞳孔，便放大了呈现在她面前。她看到他的眼中露出了一丝不怀好意的笑意，可已经来不及。她的脸离他很近，他稍微一偏头，便吻上了她的唇。

"唔……"只是轻轻一碰，雪芝便敏感地后退。

但和她唇瓣相贴，他先是故作惊讶地睁大眼，像因美人突如其来的热吻而感到惊喜，笑意更深了一些。他非常"配合"地双手捧住雪芝的头，手指插入她的长发间，身体贴近她，舌尖灵巧地撬开她的唇，探入她的口中。

不是这样。她知道事情的真相，和周围人看到的完全不一样。她不想吻他，她不想靠在他身上……她更不想张口回应他！可她武功远远不及他。在他放开自己之前，她什么都不能做。雪芝挣扎着，用力地捶打他的胸口。可是她的手臂被他压着，抬不上来。放在下面，又被他的衣服和桌子挡住……

直到她已经无力反抗，疲惫地瘫在他的怀中，他才放开她。周围人眼睛瞪得圆圆的，也是意料中的事。赫连飘飘惊得微微张口，烟荷的下巴可以掉到桌子上，而左阳手中拿着一根筷子，另一根筷子已经掉到了地上。再解释已无用，也再无颜待在这里。雪芝站起来，快速冲出大厅。在她走到门口时，虞楚之站起来道："雪宫主，无妨，在下知道你已喝醉……"

这都是他的诡计。雪芝擦着嘴唇，羞愤地往左府大院外跑。然而，一道白色身影倏然闪过，停在她的面前。

明月已盈如团扇。雾烟玲珑，月露云端。虞楚之挡在她的面前，只穿了一件薄衫。他身后是花瓣飘零的梅树，粉色花瓣带着夜色的清冷幽寂。雪芝眯着眼看他许久，突然一拳朝他击去。他一掌接下，像接了少女的绣花拳头。雪芝怒道："我和虞公子有何深仇大恨，何以如此害我？"

"你不乖。"虞楚之带着抹温柔却冷漠的笑意，"三番五次让赫连飘飘纠缠我，是出于何种目的？"

"那是她自己对你有意，与我无关。况且，你不是清心寡欲得很吗？既然什么都没发生，又有什么好说的。"天很冷，雪芝后悔不穿外衣便跑出来。她一边说着，一边强忍着不让牙关打战。

"我不是清心寡欲，而是色心太大。在见过重姑娘这样的人间绝色以后，她那样的庸脂俗粉怎能迷倒我？"

"是吗？"

"很冷吧。"虞楚之将她另一只手也握住，放到胸前捧着，"靠到我怀里来。"

雪芝狠狠将他推开，道："你有病！"

虞楚之道："对了，听说你前几天才带人去了琼州？"

"是又如何？"

"那里怎样？"

"还可以吧。你没有去过吗？"

"没有。"

"我是去办事的，不过之前去过很多次。琼州风烟如画，海浪壮观，而且一点也不冷。"刚说完她便觉得不大对，怎么跟他闲话家常起来？

但她正准备和他翻脸，他又道："哦，我家老爷子上个月也去了琼州，打算去那里过年。但是前两天发了病。"

于是，她又不忍打断他，问道："怎么回事？病情严重吗？"

"过世了。"

这一句轻描淡写的话，竟让雪芝鼻尖一酸，道："对不起。"

"无妨。只是有来岂不疾，良游常蹉跎[1]。景是如此，人亦是如此。"

雪芝摇摇头道："我也失去过亲人，我知道你的感受。而且，我失去的亲人很多，到现在为止，便只剩下适儿和二爹爹。爹爹，我的另一个儿子，还有我的丈夫……他们都离开我了……"

虞楚之一直沉默着。或许是喝得太多，她说得太多。意识到这一点以后，她立刻抬头强笑道："不过还好，现在的丈夫和我感情很好，以后肯定会好起来。"又觉得这句话似乎有些多余。真是越说越多，越说越错。

许久的沉默后，虞楚之突然道："你想杀了'公子'，是吗？"

"是。"

"那若你现在的丈夫便是'公子'，你会怎样？"

"那是不可能的事。"

"若是真的呢。"

"这样的假设不成立，穆远哥不可能是'公子'。"

"那我告诉你，现在我已经有九成的把握，穆远便是'公子'。"

"那事实一定是那一成。所以，你说什么都一样。"

"我会找到证据。"

"我不需要你的证据。我自己会找到'公子'，杀了他，然后和穆远哥白头偕老。"

虞楚之又半晌不语。许久，他从怀中抽出一个东西，扔在雪芝怀中，

---

[1]　"有来岂不疾，良游常蹉跎"：出自晋·谢混《游西池》。

冷冷道："你就是靠这种东西，来找你所谓的证据？这样下去，你永远都不会知道事实真相！"

雪芝接住那个物事，翻来一看，惊得说不出话来。那是一瓶迷香，用了一半，上面有蝴蝶纹路。这个迷香是鬼母观特制的，但换了一个瓶子，所以全天下就这么一瓶。这也是海棠用来迷晕柳画的那一瓶。她不可置信地道："你……早已知道柳画在何处？"

"是。"

"那你今晚在宴会上是什么意思？"

"我就想看看，你可会将那可笑的计划实施到底。而你果然没让我失望，傻头傻脑坚持了一个晚上。"

雪芝恼道："可笑的计划？被你看穿计划是你聪明，我认输，也自认倒霉。但柳画确实是目前唯一的线索，我不从她身上下手，根本无路可走！"

"既然已经死心塌地跟了穆远，为何还要替以前的男人报仇？到最后发现穆远是自己要杀的那个人，岂不更痛苦？"

"无论你如何挑拨，我都不会相信你，更不会背叛他。"

"若上官透没死呢？"

"上官透已死。"雪芝顿了顿，呼吸有些颤抖。

虞楚之握紧双拳。在冷寂月夜中，他的面色显得更加苍白。他的手指在发抖，声音却平静得有些可怕："你不会背叛穆远，是吗？"

"是。"

虞楚之突然握住她的手，将那瓶迷香凑到她的鼻前，用拇指轻轻一拨，盖子便掉了下来。雪芝当下意识到了这一点，头往一旁转去。虞楚之扳回她的头，把迷香强制按到她的鼻下。她屏住呼吸，倔强地和他对视。但很快，她再憋不住，吸了一口气，然后身体一软，倒在虞楚之怀中。这迷香并不会让人完全昏睡，她还是有意识的，只是略微混乱。所以，接下来虞楚之对她做了什么，她完全知道，却无法反抗，甚至无法动弹：他将她抱到了左府的客房。她看到自己的衣裙被一件件脱去，最后还剩下一件兜子，她的手无力地挡在胸前，却被他连带兜子一起拽到床上。

"不……"她发出细若蚊鸣的声音，"不……不要碰我……"

话音落下的瞬间，她的嘴唇已经被他的吻堵住。非常粗暴的吻，便如同他的动作。双腿被拉开，架在他的腰间。她闭上眼睛，承受着被直接进入时的痛苦。眼前的景象在摇晃。红木窗的缝隙中，梅花芬芳偷浸入房，在这一刻变得有些刺鼻。从未尝试过如此疼痛的床事，疼痛得一丝快感也无。平时多少表现出些许温柔的虞楚之，根本没有把她当人看，她却连抬手推开他的力气都没有。

"为何要这样对我……我……没有做对不起你的事。"

"因为我恨你。"

"你会死的。"雪芝恨恨道，"羞辱我……你会死的。"

"等着你来杀了我。"

他发泄完，将她扔在一旁。雪芝迷糊地伏在床上，因为寒冷蜷缩成一团，却连覆衾的力气都无。很快，她又被他翻过来，毫不怜香惜玉地占有。累积了多年的恨意，在这一夜化作无穷无尽的欲望。她不记得他要了多少次，多久，只是到最后，她困了。疲倦到在承受着这样的剧痛之时，都会睡着。

当她再睁开眼，文窗绣户已经打开。梅花花瓣被寒风吹得乱飞，清香是水的波纹，荡漾在房内。她看到梅枝嶙峋，花瓣飞舞，琥珀色的眼眸，还有在她身上索求无度的男子。她睁不开眼，世界是模糊的，却像看清了眼前人的面容。她忘记了撕裂的痛苦，忘记了自己的所在，挣扎着，轻抚他的手，道："透哥哥……"

身上的人动作突然僵硬，很久没有动。

"透哥哥，是你吗？"她用尽了全身最大的力气，才将手抬起来，放在他的脸颊上，"我又做梦了吗？还是……我已经死了？"

那人却示威般，继续不留情地刺伤她。她的眼神涣散，并不能看清他。但她知道，这个味道，这个身体，融入她身体的感觉……是上官透。

这是虚幻之梦，又是真实之境。

她尽量配合他，用他最喜欢的方式讨好他。她闭着唇，呻吟便从鼻中发出。而身上的人疯狂又无情地肆虐，似乎没有停过。但她可以忍。毕竟，她已梦到他太多次。每一次，她都奢求能在梦中得到他一个吻，但往往两人方才拥抱，他便灰飞烟灭，或是梦醒人去。惊醒过后，她也只能呆呆地坐在窗边，守着空床，但见明月无尽，巷中情思，念妾断肠。

好不容易能有这般亲密，无论是怎样的痛苦，她都能接受。和很多年前他们的初夜一样，她搂住他的脖子，吻上他的双唇。他身体一震，僵硬了很久很久。终于，他再无法残忍下去，没有一点反抗的余地，彻底溃不成军。他离开她的身体，怜惜地将她紧搂在怀中，深深地回吻着她。

寒冬腊月，疏梅弄影。眼泪缓慢无声地流下，是一段持续了七年的思念。

第二天，有两大消息传遍洛阳：第一，洛阳首富福景然在琼州旧疾复发去世。其遗嘱指明财产留给外孙上官透，可是上官透音信全无，他的子孙们便开始攘权夺利——听到这个消息时，雪芝第一反应便是虞楚之才告诉她，老爷子在琼州去世。这么说，虞楚之和上官透还很有可能是亲戚。第二，左四爷女儿的满月宴上，重雪芝色诱虞楚之，二人在左府花前月下，韩寿分香。

然而，最令雪芝感到震惊的，不仅于此。

天落小雪，寒烟四起，她在左府中四处走动，忍着身上的不适和疼痛，用衣领遮掩颈上的红点，还要忍受别人的指指点点——最后，她在南苑中找到血樱六子。他们似乎是在等待七樱夫人。雪片自上空旋转坠落，兀自缤纷。一身白衣的虞楚之站在树下，穿着狐裘大氅。他身边站了几个男子，都是名门巨富。他们将虞楚之团团围住，神色玩味，似乎在聊着有趣的话题。

"昨夜滋味如何？"

虞楚之苦笑道："对雪宫主，我感到愧疚。这事原不该发生，但昨天实在喝多了些……"

"这可不是虞公子的错。我们都看到是重雪芝先勾引虞公子。哪一个男子能拒绝主动上门的软玉温香？大家说是吧。"

此言引来一片附和声。虞楚之居然还假惺惺道："此事令人很是尴尬，毕竟在下有未婚妻。"

"若是重雪芝引诱，没有男子能拒绝才是。你未婚妻能理解……"

"虞楚之！你……你满口假话，还在此间危言耸听！"

听到这个声音，虞楚之周围的人都惊恐得不敢回头。而虞楚之则是一脸泰然，直直地看着重雪芝，道："见过雪宫主。"

"这样诋毁我，对你有什么好处？"

"我诋毁你？"虞楚之走近一些，轻声道，"昨天我们真的什么都没发生过？"

"是你强迫我的，你用了迷香，你……你最好给我解释清楚……"雪芝气得浑身发抖。

"雪宫主，你这牌坊立得有些无理。若大家都没看到，我还可以帮着你，可昨天在满月宴上——"

"给我住嘴！"雪芝一耳光抽在他的脸上。

这耳光来得又快又狠，连虞楚之都未曾料到会被打中。而掌风强劲，同时击落了他身后梅树的花瓣。只听见"铿"的一声惊响，白色樱花面具顺势脱落，掉在地上。花瓣纷纷扬扬，幽香轻漏。虞楚之的脸被重重地打偏到一边去。他捂着脸颊，梅花花瓣落在他乌黑的长发上。

"是，你觉得无所谓，反正你从头到尾都只是——"后面的话，被彻头彻尾的惊愕淹没。雪芝看着虞楚之的面容，睁大双眼，重重后跌两步。

花在雾中，雾在花中。大院只剩下花枝下的孤影。而吃惊的不仅仅是雪芝，还有虞楚之身边的人。他们都不知道，原来虞楚之竟长得这样……无可挑剔。从他的下颌可依稀看出，他是个美男子，但见过整张脸后才知道，这真是管中窥豹，时见一斑。雪花混着梅花，细碎轻落，缓慢凄绝，满园初发。摘了面具以后，他的肤色，连带他的衣服、短靴，还有落在他肩头的白梅花瓣，都是纯净的白。那一头黑发，又是触目惊心地美丽。

对他们来说，这一幕美丽得不真实。

对雪芝来说，这一幕却是不敢相信的事实。

"没想到，没想到啊，虞公子是如此俊美无双……既然生得如此，为何要戴面具？"

"真的，我都大吃一惊，太令人意外。"

"虞公子，雪宫主，你们都怎么了？大哥，大哥，你怎么也不说话了？"

"……这……这是……"

"大哥他怎么了？"

这几个晚辈后生并不认识虞楚之这张脸。这位"大哥"认出来了，却因为太不现实，不敢说下去。

"昨晚，果然不是做梦。"雪芝哽咽着，扑到他的怀中，紧紧搂住他，"……透哥哥……你回来了。"

没有回答，也没有人说话。路过的人也停下来，看着这一幕。七樱夫人忽然捂住嘴，回头擦拭眼角。那个和虞楚之身高相仿的血樱子轻轻抱住她。雪芝闭上眼，泪水却止不住顺着脸庞落下来，道："你终于回来了……"

重逢之梦，已做过几百次、几千次。她甚至不能确定，是否会在眨眼之后，便发现自己又醒了，而现实依旧是梦断初醒，人去楼空。只是，浮生若梦，说不定梦做多了，便会变成现实，一切又会回到从前。

"你已忘记当年的事。"他的声音突然变了，是她熟悉的声音——每一个字都很清晰，每一个音都低沉而年轻，便是天下最美的清谣结心曲。

雪芝根本无法回答他的话。她在倾听他的声音，闻着他身上熟悉的味道，努力感受他的存在。

"我在外面有孩子，是为了你爹的秘籍才接近你的——现在，我又借助他的秘籍，自创剑法，练就了现在的身手。"他一字一句道，不带一丝感情。

"我不在意。"雪芝声音沙哑,"无论你做了什么,我都不在意。我只要你活着,只要你活着便好。"

"我马上便要和柳画成亲。"

雪芝身体一僵,抬头看着他,良久。最后,她眼眶湿润,却微笑道:"我不介意。"

"不介意吗?可是我介意。"

"……什么?"

上官透淡淡道:"我介意你改嫁,和穆远鬼混在一起。所以,不论如何,我们缘分已尽。若你尚有自尊,便多想想昨天说过的话。"然后,他推开她,扣紧大氅,转身走掉。

雪芝脚下一个踉跄,几乎摔倒。她望着地面,一时间找不出任何理由替自己解释。毕竟,他说的都是事实,她无法解释。她确实心甘情愿和穆远在一起,她确实说过那些话……随着上官透离去,庭院中剩下的人越来越少。最后,满园空空,只剩下傲然怒放的梅和没有生命的雪。一片片白色落在雪芝的头上,落了满头银丝。

上官透的去向,其实没几个人知道。有人以为他死了;有人以为他"入赘"重火宫,隐退江湖;有人以为他抛妻弃子,跟着高人巡游四海;当然也有人知道他成了废人,被终生供养在重火宫。七年后的今日,还有很多人记得上官透,但都只记得他是月上谷谷主,身手不凡,是一个权运双全的贵公子,被很多女子爱慕,是重雪芝的第一个夫君。

春来秋去,江湖日新月异,风云万变。每一个传奇、每一个历尽沧桑的故事、每一段惊天动地的历史,或许会载入无尽青史,但也可能被人遗忘。如今,相对于上官透,人们更加关注七樱夫人和血樱六子——确切地说,是关注七樱夫人身边的虞楚之。如今,虞楚之影响了武林人士的审美。他的面具、黑扇和黑柄宝剑变成了京师最流行的物事。很多女子认为乘龙快婿,应如虞公子,外表秀美白皙,实则叱咤风云,回天转日。谁也不会想到，这一夜之间独步九域的血樱子，真名是上官透；血樱六子另外五个人，竟是月上谷的太白岛主苗见忧、荧惑岛主杜枫、辰星岛主仲涛，以及上官透身边的两个金牌杀手汉将、世绝；而七樱夫人，则是上官透的好友，苏州女子裘红袖。

上官透消失多年，又重出江湖，察觉沧海桑田，也懂一叶知秋，不再刻意追寻身外之物。这一回，他轻松笑傲天下，克服阻碍如振落叶，以电火行空之速，登上武林巅峰。然而，却少有人知道，他被封锁在冰窖中，整整七年。七年中，冰室极寒，没有阳光，没有生命，没有日夜。七年中，他不仅练成沧海雪莲剑和三昧炎凰刀，还琢磨出重莲两本秘籍的真理，自创黑帝七樱剑，练就绝世身手。

如今的天下，上官透若说自己是第二，没人敢说自己是第一。

而月上谷，这个七年前没落的门派，也在短时间内苏醒，且来势更猛。在上官透的带领下，血樱六子已化作一群猛鬼，在重火宫、少林、武当、灵剑山庄、峨眉中独占兵器谱鳌头，成为傲视一切强大门派的杀戮组织。

然而，只有上官透知道，人生似幻化，终当归空无[1]。

月上谷原本地势偏僻，时常万籁俱寂，颇有紫荆仙岛的腔调。可雪芝再度追随上官透去月上谷，发现谷内更是稠人广众，比起京师也有过之而无不及。而且，往来者不再只是谷内的弟子，更多的来自别的门派，其中有很多熟悉面孔，不乏武林名士、江湖豪杰，甚至花魁名妓。尤其进入月上楼后院后，她被里面吵嚷的女子声震住。除了在青楼，她很少看到那么多女子聚在一起，而且，还个个花容月貌，身形丰润，一个例外也没有。只是，这些女子包围的人不是上官透，而是另外三个男子。这三个男子中，还有两个长得很是古怪，便是"神算破阵"巩大头、盗墓王屠飞燕。

---

[1] "人生似幻化，终当归空无。"出自晋·陶渊明《归园田居·其四》。

容貌正常的那一个，是轻功高手钱玉锦。只有毒公子孤零零地站在一旁，一脸冷漠。

上官透则是置身事外。他躺在一个豹皮长椅上，身边点了薰香，腿上搭着白兔毛毯，绒毛边软软垂在地上，上面满是凋落的梅花瓣。仿佛那四个人都不是他的客人，而是园子里会动的四棵树。他的面色依旧雪白，香烟袅袅，模糊了他的容颜。有两个童子站在他身侧，一个正在替他捶背，一个捶腿。他半闭着眼，似乎在小憩——离开了冰窖后，任何地方都变得太温暖，以至他每时每刻都想躺下来，都想睡觉。

柳画站在他的身边，是第一个看到雪芝的人。她低头对上官透说了一句话。上官透睁眼，和雪芝四目相对。然后他站起来道："来人，带四位大侠去前院走走。"立即有属下前来，将四个人和大部分烟花女子带出去，留下了几个被冷落的女子。上官透闭着眼，轻轻道："雪宫主，别来无恙。"

雪芝开门见山道："我有事想要请你帮忙。"

"呵，想得倒是很轻松，说得也很轻松。"上官透轻哼一声，"我为何要帮你？"

"这事关重火宫的生死存亡。"

"重火宫与我何干？"

"适儿毕竟是你的儿子。重火宫的前途便是他的前途。"

"你是说重适吗？那和我上官透有什么关系？"

"上官透，做人不要太绝情。"雪芝上前一步，说话的语气放软了很多，"不管你如何恨我，不管我做错了什么事，都与适儿无关。不要让我们的乖离不合，变成他的负担好吗？"

"我的儿子，便是我妻子生的孩子。你是我妻子吗？"

雪芝尚未说话，柳画便笑道："透，不妨听听雪宫主有什么要求吧。"

上官透道："说得也是。雪宫主请讲。"

周围的烟花女子们看看柳画，再看看雪芝，满目同情。无名的怒火在

胸中燃烧，雪芝道："你说穆远是'公子'，还说能找出证据。这些是真
的吗？"

　　联想这些年发生的事。先是在她成亲时，穆远对她说的莫名其妙之
言，再是显儿的死，再是上官透的残废，再是听说上官透的死讯，再是嫁
给穆远……雪芝来之前便意识到，自己从不曾了解过穆远。穆远是否有野
心，身世究竟是怎样的？多年前他消失了很久，再回来性情大变，又是因
为什么？有太多的事她不知道。

　　"这个恐怕我们谷主无从得知。"柳画说话的声音毫无起伏，却上前
两步，侧身坐到了上官透的腿上，"雪宫主自己门派的事，怎好叫我们
处理？"

　　"嗯，我确实不清楚，和我没有关系。"

　　雪芝死死地盯着柳画缠着上官透颈项的手，极力令自己的声音听上去
不太过咬牙切齿："'公子'是害你的人。你若不找他报仇，岂非一点自尊
都没有？"

　　"哦？他害了我什么？"上官透接过丫鬟端来的茶盏，拨了拨盖子，喝
下一口茶。

　　雪芝张口，却半晌说不出话。害他丢了性命？家破人亡？妻离子散？
失了武功？变成废人……好像这一刻，都已不成立。他不仅活得好好的，
武功大增，还是如今江湖的北斗之尊。至于妻子和儿子，看他现在这个样
子，会有一点点在乎吗？雪芝深吸一口气，道："既然如此，当我不曾说
过。虞公子，后会有期。"说罢，她转身。

　　谁知，柳画却在她身后唤道："雪宫主请留步，我有一个问题想问你。"

　　雪芝背对着他们，道："你说。"

　　"相较你这个武功卓绝的女魔头，我可以说是手无缚鸡之力的小女子。
你从来看不到我的存在。"说到此处，柳画冷目自若，柳叶眉略微一动，
细微得难以察觉，"但是，你却输给了我。你是否觉得，输得很不甘心？"

　　听闻此言，那些烟花女子看着雪芝，眼神更加怜悯了些。雪芝静思片

刻。若上官透不在，柳画已死。可是上官透在，在自己不是他对手的情况下，她只能选择发脾气，或者平静。等待片刻，雪芝转过身去。她看到上官透的手护在柳画身上，仿佛在防毒蛇猛兽。终于，她只是微笑道："若赢得男人你便觉得人生完满，那么我在此恭喜你，终得毕生所求。然而，我们并非一类人，实乃憾事。你跟了他之前，我已放弃了他。现在他只是我孩子的父亲。"

她看着上官透冷峻秀美的面容，想起他搂着儿子时温柔的表情。那个会说"孩儿，你娘不愿意嫁给爹，爹可是不好"的人，真的已经死去。雪芝看着他的双眼，不带任何感情地说道："况且，现在的虞楚之，根本便是另一个人。我爱的人，早已在七年前，逝于少室山光明藏河。"

上官透还是沉默，神情也无一丝变化。但是，周围的人已不敢多言，包括柳画。因为，他们都听到了叮叮咚咚的陶瓷碰撞声。这声音是他手中的茶盏发出的。上官透道："不是说不要证据，全然相信他吗？怎么，现在又对穆远动摇了？"

雪芝朝他拱手，道："多谢上官谷主，我会静候谷主的佳音。那么，我先离开。告辞。"

她刚一转身，上官透又道："慢着。"

"谷主还有何指教？"

"你住在月上谷，等事情处理完了再回去。"

"抱歉得很，我在重火宫内还有事要办，改日再登门拜访。"雪芝脚下没有停。

上官透的瞳孔渐渐紧缩。这一刻，诸多不愿提及之事，在脑海中飞速闪过：七年前，他被释炎打了几百拳，踢了几百脚，最后趴在地上爬不起来。释炎一脚踩在他脸上，"公子"站在释炎的身后。他看不清"公子"的脸，只听到冷冽刺骨的声音自黑暗中响起："让重雪芝彻底讨厌你，和你分开，无论你用什么方法。"

"你认为我可能去做吗？"他喘着粗气，冷笑。

"若你不在意你的命根子，还有她的性命，当然可以不做。"

良久的沉默后，他轻声道："你要我怎么做？"

"你可以让她知道，你是为了她父亲的秘籍才接近她。"

然后，他拿走了雪芝的秘籍，又在愤恨中等来了"公子"。他忍着怒气道："这样你满意了？"

"公子"暴躁道："不够。告诉她你和其他女人有了孩子，说不爱她。你最好做得彻底一点，我的耐心没有这么好。"

"我会照你的话去做，但你要答应我，不能伤害她。"

第二十九章

太虚之巅

　　那是上官透人生中最失败、最耻辱的一日。他从未那样深刻地觉得，自己是个窝囊废，连想要保护妻子，都只能靠下跪和乞求来换。他也早想过，"公子"不会就此罢手。但他没想到，这人居然派人杀了他的儿子。

　　这远远不足以满足"公子"。这场杀戮早已策谋周全。释炎叫他去光明藏河，不然连另一个孩子也要杀掉。他去了，早已做好送死的准备，和释炎拼死一搏。他一直认为自己武功不弱，而且是武林中的佼佼者。少林寺的和尚，他从未放在眼里过。只要他使出全力，就算是修炼了《莲神九式》的释炎，也应该会被他重伤。可是，直到和释炎真正交手，他才知道，释炎取他性命，易于破竹。

　　他以为自己就这样死了，但他没有。再次睁开眼睛，他已和废人没有区别。他依然活着，带着羞耻悲痛的记忆，忍辱负重地活着。柳画虽替"公子"做事，却一直倾慕他，找了替身，救了他一条性命，并把他关在地下几十米的冰窖中，请神医替他治伤。他很感激柳画的漂母之惠，并且问她如何才能报答她。柳画说，你现在身负重伤，离开冰窖不能活。想要痊愈，必须住上七年。而且，现在无论你去何处，都会被"公子"发现。

所以，七年内你不能离开这里，是给我一个机会，也是保护你自己。若七年后离开这里，重雪芝变心，你便娶我，以全新的身份生活下去。若她依然爱着你，我还你自由。

他从来不曾担心过芝儿会变心。他很清楚，芝儿把他当成她的天。即便变心，也不是七年内的事。相反，他一直很担心。他担心芝儿和适儿，怕他们会受到"公子"的加害。所以，即便是在极寒的冰窖中，他也不敢浪费须臾。他把所有的时间都用在了练武上。他用一年半的时间，研究重莲的两本秘籍，又用两年的时间修炼。这两年，他都躺在冰椅上调节内息，终于在下一年岁杪，双修成功，同时拥有阴阳两道内力，达到了内功的无上境界。

但他依然觉得不够。既然三昧炎凰刀和沧海雪莲剑是两个人修炼的武功，内力是两个人的，那他将内力合二为一以后，自然可以用合二为一的招式。于是，接下来的三年多，他修成了黑帝七樱剑。

七年的时间，他什么都没有做，只有练功。从最开始一日十二个时辰嘴唇四肢发紫长冻疮，浑身瘙痒，到后来仅是身体发抖行动困难，再到后来渐渐习惯极寒……到最后人冰一体，离开冰窖便会觉得燥热难过，一出太阳，皮肤便像被火烧，他忍受了普通人无法忍受的寂寞，经历了普通人无法想象的痛苦，性格渐渐孤僻冷漠之时，他却知道，他一直等待着的东西没有变。

这七年，他唯一的消遣是做冰雕。千百个日月，他做的冰雕永远一样：一棵樱花树，一个女子，满墙的雪花。因为他在樱花树下向那个女子求婚。因为她站在雪花中的模样很美。因为，她的名字叫作雪芝。

冰雕会结霜变形。每当冰雕变形，他都会去重刻一次。但他渐渐发现，她在他脑中的印象越来越模糊，刻出来的雕像也和她越来越不像。到最后，他不再记得她的模样。于是，他再未去修饰冰雕，只是偶尔坐在冰窖中，出神地看着那棵树，还有那个容貌越来越不清晰的女子。每次看着"她"，他都暗暗发誓，一定要变成无可超越的强者。如此，便再无人能拆散他们。

他真已做到。重出江湖之际，他成了天下第一。

可是，又有那么多的事，在他的意料之外。

与雪芝重逢时，她依然是那么美丽——不，比以前更美。只是，她美得那么冷酷无情，咄咄逼人。那个离开他便无法活的小姑娘不在了。取而代之的，是人们口中残酷的女魔头。重火宫百般横行，她不干涉，甚至还帮衬罪魁祸首——她的现任丈夫——"公子"穆远。

前一刻，她甚至如此轻描淡写地说，她爱的人早已在七年前去世。

看着重雪芝悠尔而去的背影，他知道她要回重火宫，必然是要去见穆远。他又想起他们在客栈中交叠的身影，几乎整个人都被妒火焚烧，于是再也忍不了了，喊道："给我站住！"

这一声响起，周围的人都不由自主往后退，雪芝也禁不住停了停。她从未见过上官透发火的样子，心中难免害怕。但停留很短暂，她又继续往前走。然后，茶盏摔碎的声音，回响在整个后院。有女子低声抽气。雪芝一颗心几乎提到了嗓子眼。因为害怕，她走得更快。但才走了不出五步，上官透已出现在她的面前，捉住她的手腕，道："你听不到我说话？"

这么多年来，雪芝第一次因为极端惧怕，说话声音都在发颤："我……我没有听到……"

"那我再说一次，你住在这里，哪里都不准去。"他握住她的手腕，把她往自己面前硬生生拽了两步，"听到了吗？"

雪芝睁大双眼，怔怔地看着他。他说话从来都很有君子格调，对她更是温言细语。见他如此陌生的一面，她一时吓得连大声呼吸都不敢。他再度愠怒道："问你听到了吗！"

"听到了。"雪芝急忙道，"我听到了。"

"不经我允许，你不得跨出房门半步，知道吗？"

"我……我知道。"

虽然雪芝已经非常软弱服从，他的怒气却未平息，手加重了力道，几乎把她拖到自己身上，道："你若偷偷溜回去，只要我捉住，就会让你死在床上，没人会来救你。"

雪芝双眼发红，写满了恐惧，几乎被吓得哭出来。他却不怜香惜玉，松开手，把她推到一边，道："带雪宫主到岁星岛的客房。"他离开后很久，在场的人才有了反应，带她乘船去了岁星岛。

直至夜，无眠中宵灯明灭。雪芝又点了一盏灯，借灯光看清手腕上的红色指痕，将身上带的药瓶打开，倒了药粉在红痕上。药粉刚落上去的瞬间，她疼得闭上眼，额上青筋绷成条。这时，有人款门。应是替她拿棉被的丫鬟。她坐起来，握着手臂道："请进。"而后将药瓶和纱布都放在椅子上，腾出空位。

"受伤了？"

听见这声音，雪芝的手一抖，纱布和药瓶从椅子上滚落。一只戴了玉扳指的手往前一伸，小小的药瓶和纱布便落在了白皙的手心。雪芝连忙摆手道："没有，没受伤。我随便涂……涂着玩的。"

手却又一次被握住，只是这一次力道小了很多。上官透把她的手拉到灯光下，微微蹙眉道："怎会伤成这样？都红了。"

"不碍事。一点都不疼，就是不大好看。"雪芝连忙把手抽回去，"有什么事吗？"

上官透怔了怔，道："我来告诉你，明天便让那四个人出发。"

"什么意思？"

"穆远是否便是'公子'，与他的身世有关。我知道穆远经常去一个叫太虚峰的地方，那里藏有一个记载他身世的手卷。若他们能够顺利取到那手卷，便可真相大白。"

"嗯。"雪芝看似认真听他说着，但一个字都没听进去。

他真的一点都没有变。不知道是由于常年在冰窖中的缘故，还是他在她心中一直都是这样。她无法不去留意他每一个神情，说话的每一个音调。上官透道："你在听我说吗？"

"我在听。"

"我说了什么？"

见她久久尴尬难言，他道："算了，明天再说。你的手给我看看。"

雪芝只得乖乖地伸出手。他抬着她的手腕看了一阵子，直接把她拉到床上坐下，拿了纱布和药粉替她包扎，道："对不起，我下手不知轻重。"

"无妨。"

他动作很熟练，却是刻意放慢了速度。他的指尖冰凉，手心却是温暖的。雪芝看着他低垂的眼眸，英气的眉，那么真实，那么清晰，恨不得时间淹留在此刻。可是他很快抬头，和她视线相交。红烛一滴滴熔化，一滴滴落下，照映出一场他们新婚之夜的海市蜃楼。或许是气氛过于暧昧泱瀁，雪芝一时情难自禁，轻声道："你真的要娶柳画？"

"是。"

"哦。"雪芝垂下头。若是换作以前，她会继续霸道无理地问话，但是这一回，她什么都没说。白天被他吓过一次，她根本不敢开口说话。上官透放开她的手，起身道："今天早点睡，明天有消息，我立刻通知你。"

"透哥哥，别走……"她捉住他的手。

听见她那一声"透哥哥"，他的心都绞成了一团。他蹙眉道："还有什么事？"

他的态度，让她把即将说出口的话全部吞下去。她是如此想告诉他，君心如月，妾心不变。可是，她说不出口。她不怕前一次痛苦到无法走路的欢爱，不怕他像白天那样对待自己……她只怕他冷漠地拒绝。再是不甘心，不舍得，那期待的双眼也终是垂下去，握着他的手也渐渐松开。

他却突然懂了她，反手握住那只手，将她推到床上，吻了下去。

又是一个完全失控的夜晚。漏夜绵长，红烛暗去。不同的是，两个人都很清醒，也清楚与自己缠绵悱恻的是什么人。他依然霸道，依然强硬，但与前一次明显不同。他给了她无法承受的极乐，令她彻底沦陷。直到天边露出第一抹白色，他们才因为精疲力竭停下来，相依入眠。又不知过了多久，雪芝醒过来。上官透仍在沉睡，一只手被她枕着，另一只手还紧紧地握着她的手。雪芝笑得很苦涩，撑起身子，细致地亲吻他的额心、眼、鼻尖、脸颊、嘴唇……最后靠在他怀中，抱住他。但她还没来得及再次入睡，上官透也醒了。她立刻闭上眼装睡。

上官透不是她，不会赖床，也没有眷恋。他翻身起来，在床边坐了很久，穿好衣服，直接往门外走去。严冬时节，身边突然少了一个人，冷空气倏然钻入被窝。她缩成小小的一团，感觉浑身上下都是彻骨的寒冷。她想起以前和上官透睡在一起，清晨无论是谁先起来，都要亲睡着的人一下。但是很快，门被推开，雪芝又闭上眼睛。上官透坐回床旁，双手撑在床头，在她唇上深深一吻。她的呼吸在那一刹那被抽走。他吻了她很久很久。

到了白日，一切像是没发生过一般。上官透叫上那四个高手、柳画以及雪芝一起朝南边赶路。上官透对雪芝彬彬有礼，又冷如霜雪。柳画默默跟在他身后，安静得像个小丫鬟。若不是浑身筋骨都快散架，雪芝会以为前夜只是一场梦。两日后，他们到了洛阳北部的一个山泽。山泽正北方雾气腾腾，天林如合，烟树难分，往上看，隐约可见红云中有山峰尖尖。

上官透转身，对四位高手说道："那便是太虚峰。白雾中有剧毒阵，山峰正中央有八卦阵，山顶有一个坟墓，但山崖岖嵚，常人几乎无法上到山顶。"

雪芝看了看那四个人，恍然明白了上官透安排他们来的目的。

"毒阵里混合两百八十七种剧毒，分散在空气里、植物上、土地上，里面还有三十多种毒蜂、毒蛇和毒蝎。这些毒物什么都咬，什么都叮，但不碰同类。"说罢，上官透看向毒公子。

毒公子点点头。

"毒阵的正中央有一个机关，外表是椭圆石块，搬开，下面有一只翡翠蜘蛛，旋转半周，可以打开我们附近的地道。这个地道直通山脚，山脚到半山腰有阶梯，但是到八卦阵时会没了路。八卦阵是石头做的，里面有千余机关，七百多条通道，而且机关埋得很隐秘，据说常人光是寻找它们，都需要花上半年时间。"上官透又看了"神算破阵"巩大头。

巩大头笑道："别说是千余机关，即便是万余，俺也不放在眼里。"

"破阵以后会出现一条笔直的山路，直通一座数丈宽的深沟。深沟的对面有一座高崖，高崖和石路几乎呈垂直状，而且峭壁上鲜有碎石凹陷处，还长有不少毒草，也就是说，不能攀爬上去，只能靠轻功。这一点，普通人也无法做到。"上官透看向钱玉锦。

钱玉锦道："我一个人上去吗？"

"不，你要背着他。"上官透指了指屠飞燕。

钱玉锦看看屠飞燕，他皮肤灰白，两颗瞳孔小到惊人。钱玉锦吞了口唾沫，道："我会尽快的。"

"最后就是太虚峰顶。上面什么都没有，除了白云和一个坟墓。"

巩大头道："那个坟墓里面有什么？"

"慢着。"屠飞燕冷冷道，"知道墓底装了什么的墓，我从来不盗。"

上官透笑道："谁也不知道里面有什么，除了挖墓人。"

屠飞燕道："既然如此，还等什么，出发吧。"

"慢着。"巩大头打断他，又看看上官透，"上官谷主，希望你言而有信。"

"那是自然。"

"你甚至不知道我想要什么。"

"你想要什么？"

"我要五千两黄金，你给得起吗？"

"当然。"

巩大头愕然，又很快道："十颗夜明珠？"

"可以。"

"还有那个毒阵中央的翡翠蜘蛛？"

"可以。"

"若是美人呢？"

"数量随你挑。"

"我不要太多。"巩大头看了一眼雪芝，迟疑片刻，又道，"我要那种绝世美人，美得每个男子都想要的。一个便够。"

雪芝顿时心生厌恶。而上官透依然笑道："可以。"

雪芝脸色苍白。但她还没来得及说话，上官透又对屠飞燕道："你呢，你想要什么？"

"除了你要找的手卷，墓里的其他东西都是我的。"

"可以。"上官透又问钱玉锦，"你呢？"

"我要林轩凤的人头。"

"等你下来后，我会带你去取。"上官透又看向毒公子，"足下想要什么？"

毒公子清冷如水，道："莲宫主女儿的事，我自然会竭尽所能帮忙。我什么都不要。"

"既然如此，请公子进毒阵，其他三位请向西北方走十里，等候他打开机关。"

四人很快消失在雾气中。他们一离开，雪芝便道："你为何不去死？"

"我为何要死？"

"你方才答应了给巩大头什么？"

"他要黄金、夜明珠、翡翠蜘蛛和美人。有什么问题吗？"

雪芝愣了半晌，只冷冷道："你最好别把我当成东西。"

"你是什么？是黄金、夜明珠、蜘蛛，还是美人？"上官透笑道，"你显然不是前三种。第四种，是你自我感觉太好，还是我理解错误？"

雪芝怒道："他分明就是看着我说的，不是说我是说谁？"

"那他说黄金时还看着我，难不成我是黄金？"

"你怎么不去死！"

"你就会说这句吗？"

柳画望着远处，轻叹了一口气，什么也没说。正是因为这无言的叹气，让雪芝的火气更大，提高音量对上官透道："那个钱玉锦要杀林叔叔，你也同意？"

　　上官透笑而不答，反倒问起柳画："你累了吗？我带你去旁边休息一会儿，这里太燥热。"

　　他们离开后，雪芝在地上狠狠跺了三脚，气得满脸通红。她已很久没有这样被人气过。她一直以为，急性子已从她骨子里消失。半个时辰后，上官透回来，和柳画一人啃着一个包子。雪芝的肚子也开始咕咕叫，但自己也去买，未免显得太没志气，于是强忍着。两个时辰后，在她觉得自己快要饿死时，上官透道："柳画，你去洛阳客栈等我，我很快回去。"

　　柳画离开以后，上官透扔了一个包子给雪芝，道："吃了出发去太虚峰。"

　　雪芝早已饿得头昏眼花，连别扭的劲都省了，一口咬了半个包子，道："可是，他们还没回来。"

　　"不必。"

　　说罢，上官透打横抱起雪芝，起身一跃，飞到毒林上空，树枝顶部，轻灵而飞速地跳过一个个枝头，往山脚奔去。雪芝抬头看着上官透，问道："我不理解，你明明可以过去，为何要让毒公子过来？"

　　"我破不了八卦阵。"

　　"破不了阵和毒公子没有关系。"

　　"我不想抱着巩大头过去。"

　　"你想抱我过去？"

　　"这便是我不想给你吃东西的原因。"上官透顿了顿，"我怕你吃太多，我抱着你便飞不起来。"

　　"你——"雪芝在他脖子上狠狠咬下去，便不放了。

　　上官透倒抽一口气，道："我扔你下去，信吗？"

　　"我自己会轻功！"

　　上官透笑得很是不屑，道："你这两天走路都跛脚，还想施展轻功？"

　　雪芝干脆不说话，又一口咬下去。他做出要扔她下去的动作，她吓得抱紧他的脖子。他露出得意的笑容，很快到了山脚，把她放下来。雪芝一脸挑衅，道："我看你也抱不动嘛。"

上官透有些尴尬，道："换作以前，抱着三个你，我都能从洛阳跑到长安。"

"你就会吹牛。"

"起码现在我走路没有问题。"

雪芝干笑。此时，两人已经进入破解好的八卦阵通道，她立刻转移话题："挖坟你总会，为何又要请屠飞燕？"

"我怎么知道那坟里藏了什么东西？"

"那你也不用请钱玉锦。"

"我更不想抱着屠飞燕上去。"

"你宁可杀林叔叔，都不愿意抱屠飞燕？"

"我可没打算杀林庄主。"

"难道你准备言而无信？"

"没错，方才我告诉钱玉锦，等他下来，便带他去取他想要的东西。"

"难道他……""下不来了吗"这几个字还未出口，雪芝便看到前方不远处巩大头的尸体。她愕然道："你……是让他们来送死的。"

"这是你该关心的吗？"

雪芝呆了半晌，才小声道："穆远哥，现在在山顶？"

上官透没有回答，只是抱着她往太虚峰顶飞跃。不多时，他们便在峰顶停下。看到钱玉锦和屠飞燕的尸体后，雪芝的声音冷了下来："明明自己可以上来，为何要害死这些人？"

"我的目的是让屠飞燕探虚实，并不是让他们白白送死。"

"屠飞燕是盗墓王我知道，他死是罪有应得，但是钱玉锦呢？他什么都没做，早已归隐江湖了啊。"

"他离开是假，策谋欲杀林庄主是真。自从夏轻眉残废，灵剑山庄至今无人可以继承庄主之位。若林庄主死去，定有不少人会寻回他。他和林庄主，你希望谁死？"

雪芝沉默片刻，又道："可是，毒公子呢？"

"毒公子一个时辰以前已离开。"

见雪芝松了一口气，上官透戏谑道："怎么，不为巩大头打抱不平？"

"他死有余辜。"

雪芝径直往前走去，又被上官透拦下，道："慢着，别靠近那个坟墓。"说罢，他走上前去，观察了屠飞燕半晌。

屠飞燕右手被截断，左手握着一个手卷。他的眼神是恐惧和不甘的，仿佛看到了鬼魂或是死人复生，又像不屑于死在这样的人手中。但他原本便是鬼，死了以后，除了不能动，也和活着没什么区别。上官透打开手卷，开始阅读。雪芝却看着屠飞燕，喃喃道："难道杀死屠飞燕的人，不是穆远哥？"

上官透没回答，她又继续道："若是穆远杀了他，他应该不会这样惊讶。毕竟穆远的武功比他高，出现在这个地方，也是我们早已料到的事。"

上官透道："你知道般思思吗？"

"知道。"

对于这个女子，雪芝不想说太多。她爹爹少年时性情大变，和般思思脱不开关系。

宇文玉罄是宇文长老的独子，也是重莲当时的大师兄。重莲因修炼《莲神九式》开始嗜血杀戮，一直是宇文玉罄对他开导劝解，才令他克己杀欲。重莲自小便有龙阳之好，对宇文玉罄也一直暗生情愫。一年，师兄弟二人一同游长安，宇文玉罄迷上长安第一美人般思思，之后一发不可收拾，几次违反门规，离开重火宫与她私会，无视重莲的劝说甚至命令。随后，英雄大会上，般思思出现在会场，无端对重莲说了些暧昧的话便离开。那时，宇文玉罄才意识到，其实般思思喜欢的人是重莲，而非自己，更是对重莲百般忌妒，背叛师门。重莲对此一直耿耿于怀，在宇文玉罄和般思思成亲之日，勾引了般思思，又把她抛弃。般思思不堪羞辱，自此销声匿迹。宇文玉磬从此与重莲反目成仇，企图刺杀重莲，结果自然未遂。那是重莲修炼《莲神九式》最为心性大乱之时，他废去了宇文玉磬的四肢，在宇文玉磬身上涂满肉汁，弃于荒郊野外，投畀豺狼。

大功练成之后，重莲也意识到邪功带来的毁灭，永不可挽回，但父亲已死，他也无法怪罪于任何人，除了自己。于是，他怀着一颗半死之心归隐重火宫，鲜少出没于尘世。

雪芝知道般思思是无辜的，但依然不喜欢般思思。她爹爹是天下人人得而诛之的魔头，却也背负了太多常人不能背负的东西。对她来说，任何令他伤心的人，她都不会原谅。这时，上官透却说了一句让她惊呆的话："宇文慕远，这是穆远的真名。"

"他的父母……是谁？"

"宇文玉磬和般思思。"

刹那间，雪芝几乎无法站稳。而上官透之后说的话，无疑是更大的打击："其实，当年宇文玉磬死里逃生。但是，一个被废武功又被扔到狼群中的人，即便活下来，又能好到哪里去？

"之后，宇文玉磬生活在仇恨中，但报仇对他来说，难如敲冰求火。而般思思虽不爱宇文玉磬，却对重莲记恨，时刻伺机报复他，便回来与宇文玉磬成亲生子。后来宇文玉磬郁郁而终，般思思又与林宇凰兄弟结仇，试图杀之。林宇凰奋勇上前，替兄弟挡剑，却刚好被刺中右眼。重莲为报林宇凰瞎眼之仇，一怒之下杀了她。"

听到此处，雪芝一脸恍惚，道："而这一切，穆远哥都已经知道了？"

上官透把手卷递给雪芝，道："这手卷上写得清清楚楚。而且，莲宫主和林叔叔多半也知道他的身世。以林叔叔的性格来看，他肯定希望多做点善事，来还莲宫主的债。"

雪芝想起，爹爹曾说过，他收养穆远的地点，是在长安飞虹桥。而看手卷内容，当年般思思在长安产下一子，在孩子身上挂有标有"远"的名牌，便弃之于飞虹桥下。之后，孩子凑巧被一个姓穆的武馆老大收养，便取名为穆远。因为重火宫对历代宫主血脉相当重视，宫内任何人对外来客，都会有一些抗拒。穆远以重莲养子的身份进入重火宫，被所有人认定是准少宫主，也一直被心理不平衡的年长弟子欺负。很多在重火宫长大的孩子，甚至说他是野种。但实际上，他是宇文长老的孙子，还是重莲的师侄，是真正的重火宫人。只是，这师叔对他父母做的事，永远也得不到他的原谅。

雪芝把手卷递回给上官透，捂住额头道："透哥哥，我……我有点接受不了。"

"刺杀你、将《莲神九式》外泄之事，都是尉迟长老所为，但尉迟长老的儿孙都在重火宫，他可能会冒着生命危险，去做对他来说毫无益处的事吗？很显然，是大长老宇文在牵制他。再想宇文长老，若他无二心，怎么会擅自做主，逐你出宫？宇文长老和尉迟长老一样，辅佐了三代宫主，三年化碧心难灭，现在有二心，只可能和他孙子有关。虽然你是名义上的宫主，但连我这个外人都知道，重火宫内务几乎都是宇文慕远掌管。你们成亲后，他得到的权力更多。很多人都认为你们是一样的，甚至有人信服他，超过了你。"

雪芝顿有醍醐灌顶之感。若假设穆远便是"公子"，一切都说得通。当年，他想要杀了上官透，是因为害怕上官透会帮她。而且除掉上官透，他才有机会娶她，娶了她，才有机会弄垮她，名正言顺登上宫主之位。

"我真不敢相信。"雪芝的声音有些哽咽。

上官透的声音不冷不热："你更情愿相信他杀我，是因为太爱你，是吗？没错，是有不少人喜欢你，但你认为这世上除了我，还有谁会愚笨至此，完全相信你，甚至因为你放弃性命？在我复出江湖之前，没有人会希望变成上官透。"

雪芝抬头看着他。这一刻，他虽很强势，却让她觉得他格外脆弱。她想安慰他，想紧紧拥抱他。但是，一个声音却打断了她的思路："上官公子果真情深似海，又聪颖过人。"

雪芝和上官透同时回头看去。宇文慕远正站在悬崖边缘。狂风四起，刮得他的长发旌旗般在风中飞扬，他却依旧笔直站立，便是这险地最为挺拔的一棵青松。他还是如此喜怒不形于色，眉角却多了一抹危意。上官透从怀中拿出一个香囊、一个墨砚，扔在地上，道："我还准备下去后，把这些证据拿给她看，没料到你居然就这样现身。"

"我原是不该出现的。我杀了那几个人，也是为了让他们不泄露秘密。但我没想到，那屠飞燕被我刺中心脏、斩断右手，还能把埋得那么深的手卷窃出。不过这不代表什么，而且不论你拿出什么证据都没用，证据都是可以捏造的。只要我不承认，雪芝便不会相信，不是吗？"

远处山峦重叠，延绵长河流成一条美人碧丝。山顶上刮着寒风，没了树木遮掩，狂风连巨石缝隙也都灌满。雪芝的衣裳没有规律地乱舞，双颊被吹得发红。她看着宇文慕远，一瞬间仿佛不认识他，听不懂他在说什么。上官透道："那你为何又要出现？"

"我这人向来眼里容不得沙。"宇文慕远慢慢侧过头，目光冰冷地打量上官透，"不知当年柳画和释炎是如何把你换走的，但是，这机会不会有第二次。立秋日，傲天庄见。"

上官透神情冷峻，声音也沉稳，却散发着一股难以遏制的怒气："不必等到立秋。"说罢抽出黑帝剑，身形一闪，眨眼间便落在宇文慕远面前。宇文慕远躲开他的快剑，又用剑鞘挡住了他第二剑，道："想死，何必如此心急？"

说这些话时，他们的剑只是发出沉闷的声响，动作幅度也不很大。可是，山崖下方的巨石已经碎裂，纷纷往红云中下坠。雪芝大声唤道："你们不要打了！"

没人回应她。两个人被冲撞的剑气弹开，一人飞到山崖的一端，下方是万丈深渊。剑气如狼，之前的冲击，让二人的喘气声都变得有些急促。但是很快，二人又同时持剑向前冲去。碎石和沙粒在空中旋转，却在两剑相交的瞬间停滞。很快，只听见当当当密集碰撞，他们已交手二三十回合，速度快得令人眼花缭乱。当今天下，没几个人能接过上官透十招。直至这一刻，雪芝才知道，宇文慕远果真在她面前隐藏了最少五成实力。不过，随着时间推移，宇文慕远显得力不从心，每次接招动作都慢一拍，被逼得节节后退。终于，上官透一剑刺过去，伤了他的肩。

只要上官透决心杀一个人，这人便一定得死。但他刺歪了。因为在他下手的瞬间，雪芝从一旁扑过去，使了全身的力推开他的手腕，虚弱道："放过他……"说罢，转头对宇文慕远说道，"你走，快走！"

上官透没有回话，回话太浪费时间。这七年，一直想着同样的事，他要杀了宇文慕远。无论是在英雄大会上，还是几次与重火宫对上，还是看到他和雪芝在一起，他没有哪一次不想要宇文慕远的命。只是他知道他不能动手，因为时机未到。他要让雪芝知道这个人曾经做过什么。他脸上一点表情都无，眼神看上去也毫无起伏。可是，他的内心却从来不曾这样激动，从未有过——他要亲手杀死宇文慕远！

狂风呼啸着，震动巨树，掩苒百草，恶鬼般横扫着整座山上的一草一木。上官透狠狠推开雪芝，举步追杀已经跑到山崖边缘的宇文慕远。宇文慕远就要跳下去。他停下不追，直接举剑，朝着宇文慕远的后背投掷过去。而这一剑，却没能在那人身上戳出个大窟窿。鲜血四溅的画面，也并未出现在那人身上。上官透的目光骤然转向雪芝。她握着剑，直到贴着剑柄的根部。剑身上已被鲜血满满染红。

"不要杀他。"雪芝双唇惨白，声音发抖，也不知是因为疼痛，还是恐惧。

上官透又是震惊，又是愤怒。他没有跟雪芝抢剑，也没有理她，只往山峰下冲去。宇文慕远还没有跑远。以他的身法，完全可以追上。谁知他双脚刚落地，雪芝便追了下来，不顾血流不止的手掌，挡在他面前，道："求你。不论他做了什么事，当年爹爹收养他，必然不希望看到这一日。请你看在过去我们是夫妻的情面上，放过他。"

上官透终于勃然大怒道："重雪芝！我们之所以会变成'过去'的夫

妻，都是因为他！他杀了我的儿子，抢走了我的妻子，毁了我的一切，让我被锁在不见天日的冰窖中过了七年！现在要我放了他？你到底有没有心！"

雪芝挡在他的面前，垂下头，却坚定地不肯挪动一步。他没有再说话。冬风在断崖中盘旋，卷走两个人粗重的喘气声。许久，雪芝握紧双拳，鼓足了勇气，才颤抖着说道："若是可以，我会竭尽所能，用余生弥补你。"她深吸一口气，哽咽道，"透哥哥……可还愿意重新接纳弃妻？"

上官透怔住，道："条件是我不杀宇文慕远？"

"不是条件。你不能杀他，他是爹爹很看重的人。"

很好，他是你爹爹看重的人，也是他认定的女婿。你嫁给我只是一时头昏，或是因为怀了我的孩子。现在你又为了他，愿意重新和我在一起，是吗——这样自取其辱的话，他不会再说。他完全无法相信，这前几夜还在自己怀中忘情娇喘、泪眼蒙眬注视着自己的女子，居然在转眼间，为另一个男子乞求他。她甚至愿意为了宇文慕远放弃自我，勉强和他在一起。何为心如死灰，他现在算是懂了。

七年，他用了七年的时间，去等待一个早已不爱自己的人。他面上的愠色已然消失，只剩下满目冰冷与苍凉，道："你能伤害我，是因为你知道我对你旧情难忘。但是，从今往后，任何人都不会再伤害我。"

他绕过她，朝山脚走去。但走出几米远，他便听见她闷哼之声。他回头一看，只见宇文慕远不知何时又重新跃回来，囚住了雪芝，用剑指着她的脖子。他大惊，上前一步，却听宇文慕远呵斥道："退后！"

他只能顺从退后。宇文慕远道："立秋日，来傲天庄，只你一人。"

同一日，林宇凰赶回重火宫，为重莲扫墓。他每年都有无数的理由去探望重莲，这一次，却是头一回在重莲的祭日去醮荐他。他上了香，放上水果和重莲最喜欢喝的粥，微笑道："莲，你离开我们已有十七年，我也成了一把老骨头。上官小透终于回来，孙子也甚善，虽然他们彼此之间始终有心结，但定会重归于好……你在九泉之下，也可安息。不过，我这身子好得很，估计一二十年内还死不了，别指望我会来陪你。"

　　他狡黠一笑，伸手在"重莲"二字上抚摸了很久，道："大美人，你好好休息，林二爷我过两天抱孙子过来看你。不过孙子个子冲得好快，再过几年都抱不动喽……"

　　曾经失声痛哭的少年，早已随着年华的老去，再无眼泪。只是，再想到多年前途经此地，那惊鸿一瞥，心还是会疼得无以复加。时逢初夏，红莲初绽，瑶雪池内开出一片红火。他站起来，转身走去，听见身后有人唤道："凰儿。"

　　他站住脚步，苦笑自己再次产生了幻觉，他深吸一口气，回头想最后看一眼墓碑。但是，他第一个看见的，却是那清风花香之中，一道只会出现在梦中的身影。

　　林宇凰愕然睁大双眼。

第三十章

决战傲天

立秋日。繁花碎尽，山骨细细，枯树落叶坠。造化均万殊，秋雾褪了群色。傲天庄外树林潮湿凄清，深处岑寂无声，栖息其中的是冷云泽雉，丘墟荒草。上官透独自一人来到南面的别院。推开别院大门，几只寒鸦惶恐地振翅而飞。天已快要黑尽，此间荒凉偏僻，满院落叶，他刚进来，门便嘎吱一声关上。但再拉大门，已岿然不动。上官透点亮了黄色灯笼，灯笼上挂着大红穗儿，白玉坠儿，在阔朗的天地间，亮成了一片星火。

进入第一个房间，但见满屋陈设破旧，却空无一人。穿过此房，进入回廊，直面一排房间，红木房门都紧闭着，中间则是半敞着的石制大门。上官透进入那个房间。房间很宽敞，通向另一个方向的几扇门大开着。窗边，木框纱边的米色方筒中，插着几枝梅花。秋风凄惨阴森，扬起房内的黑色轻纱。纱很薄，薄到不经意看，还道是无色。轻纱后有一张红木床，床两侧挂着梅花古木雕刻，中镶圆形纱窗，由黑线刺绣，后面燃着澄黄火光。床头床脚挂着黑色厚帐，帐前各有一个灯柱，柱顶置放乳白透明薄玉灯盏。床前有一个大理石棋盘。棋局散乱，黑白子在灯光下盈盈发亮。此时此刻，床旁的轮椅上坐着一个人。那人穿着深紫衣裳，头披同色轻纱。

他低垂着头，正口吐棋子自弈。奇妙的是，他功力之深厚，竟可做到不破坏棋局，颗颗击中精准位置。过了片刻，他柔声说道："现今上官公子武功盖世，神采倾城，也难怪有那么多的女子，为你神魂颠倒。"

他话音刚落，一个侍从从黑帐后掐住一个人的脖子，将她扔出来。上官透定睛一看，居然是消失了多日的柳画。柳画浑身被捆绑，躺在地上，如拔掉翅膀的苍蝇般扭动，却不忘小声道："你快走，快走啊。他们要杀你——"

"臭婊子，给我闭嘴！"那紫衣人大声道，吐出一颗棋子，刺穿了她的耳朵。她的耳朵脱落下来，血肉横飞。

柳画惨叫着在地上翻滚。上官透蹲下，原想要为她包扎，紫衣人却道："想救重雪芝，便离她远点！"

上官透只好罢手，道："宇文慕远在何处？"

"放心，见公子之前，我们先为上官公子准备了见面礼。请随我来。"那紫衣人很快恢复柔和，令人推着轮椅，押着柳画，走到另外几扇门外面。

上官透跟着他前进，发现那扇门外，有一座悬空木桥，下方是幽幽河畔与枯树林。几只小船停泊在岸，船上挂着密密麻麻的小白灯笼，均由麻绳串联。木桥直通一个丹薨小亭，亭柱上，惠风翻动白纱。亭中站了两列头戴斗笠的侍从，中央坐了一个老和尚，正敲木鱼，左右两侧，放置了一大一小的棺材。紫衣人轻声道："那便是礼物。"他转过身来，朝上官透微微一笑。

他的脸令上官透不由得感到错愕。那是一张被伤疤覆盖的脸。在灰暗的天色中，深陷皮肤的疤痕狰狞可怖，不堪入目，已全然认不出他的模样。可是，结合他的武功路数和说话腔调，哪怕不曾见过他这番模样，上官透也猜到了他是谁："夏公子？"

"哈哈哈……"夏轻眉仰头大笑，"上官公子如此开心见诚，无所隐伏，令夏某有几分受宠若惊。"

"你为何会出现在此处？"

　　"这些年承蒙令妻照顾，夏某衔戴殊深，须得亲自道谢。遗憾的是，令妻无趣得很，除了让我弄了点银子走，也不曾告诉我太多重火宫内机密，真是令人头疼。"

　　上官透沉思片刻，眼中渐渐透出一丝不可置信，道："莫非……这七年，你都在重火宫冒充我？"

　　"残秋卧疾残花香，七年秋光情自伤。白云高台君去远，旧雨重逢月凝霜……令妻在窗边天天念着这诗呢。"

　　上官透诧异不已，道："你为何要这样做？"他一时思绪混乱，回想先前雪芝望着自己的种种表情，以及自己对她做出的冷酷无情之事，一颗心已凉得彻底。

　　夏轻眉微笑道："夏某不过是遵循宇文公子的指示。"

　　"雪芝在何处？"

　　夏轻眉扬了扬下巴，指向棺材，道："她在那里面呢。"

　　上官透一颗心悬了起来，已准备挥剑杀人，道："……你把她怎么了？"

　　"呵呵，慌了？放心，她还没死。"

　　说罢，夏轻眉吹了声口哨。释炎立刻站起来，掀开棺材盖，提着雪芝的头发，将她拖起来。雪芝被捆绑得和柳画一样，正冲着上官透拼命摇头。释炎抽刀，指向雪芝。夏轻眉道："你向前走一步，她便挨上一刀。"

　　"夏公子，我真不明白。你分明什么都有，为何还要修炼邪功，为虎作伥？"

　　"为虎作伥？在这江湖之中，有恩怨情仇，却从未有过是非黑白。你们觉得我奸污了紫妹，是我的过错，可你们是否想过，是她错在先？我小时父亲早逝，母亲改嫁，第二任、第三任丈夫又接连病死，母亲从此守寡。从此我寄人篱下，天天夹着尾巴度日，还是会被人指指点点。所以，我百般隐忍，永远都是笑脸迎人，力图讨每个人喜欢，这种痛苦，你这种公子哥儿，又如何会理解？"

"我不懂，这与林姑娘又有何关系？"

"我自小便喜欢她，可她非一般娇纵。当我第一次对她说，我想娶她为妻，你可知道她是如何回答我的？"他闷声苦笑道，"她说：'嫁给你，会不会像你娘一样嫁三次啊？'说这话当日，我娘便去世了。从此往后，我在这世间，再无依无靠。每次想到母亲的死，我便会更加恨奉紫，越恨她，便越想得到她。而她每拒绝我一次，我的恨便会多一层。"

上官透沉默地听他说，只见他原本丑陋的脸上，更是露出了扭曲痛苦的神情，他继续说道："你们觉得宇文公子是错的，我却不这样认为。开始我也恨他，恨他夺走了我紫妹的爱。可是，现在我却觉得，他与我是多么相似。真心对待我们的人，都已从这世上消失。留下来的，不过是一个凉薄的人间……"

"阿弥陀佛，夏公子，你说得太多了。"

释炎的双目半睁着，静静地看着夏轻眉。忽然，他将雪芝扔到棺材里，扣盖提杖，足下轻点，飞向上官透。上官透将手中的灯笼往桥下一扔，火焰在纸灯笼中燃烧，很快被流水吞没。他踩在绳索上，白色身影滑行数米，又飞起来，徒手与释炎交手。与此同时，桥梁歪斜地摇摆着。雪芝躺在漆黑的棺材中，隔着厚厚的木板，依然能听到外面的打斗声。她相信上官透的身手，但这一回释炎不必隐藏内力，他又赤手空拳和他搏斗，晚些还会多个宇文慕远，他能赢吗？她的心几乎快要跳出胸膛。她用力挣扎，却被木板上的钉子刺中。黏稠的血液从手臂上流下，她咬牙忍痛，将绑住双手的麻绳在钉子上蹭。很快，棺材摇晃一下，她知道这是上官透的掌风。接下来剑声响起，她听到上官透的闷哼声，更是满头大汗地摩擦麻绳。

在绳索快要蹭断时，雪芝突然听到一声惨叫。因为木头太厚，听不出来叫声是谁的。她飞速挣脱麻绳，掀开棺材盖，坐起来。然而，眼前的一幕，却令她惊愕得说不出话：上官透站在离她最远的位置，中间是柳画，柳画后面，是紧紧掐住她肩膀的夏轻眉，夏轻眉后面才是释炎。上官透手持夏轻眉的剑，浑身是血。柳画的胸膛已被贯穿，这一剑直指向夏轻眉的胸口。雪芝原以为，是上官透夺走夏轻眉的剑，夏轻眉和释炎又用柳画来抵挡攻击。而柳画奄奄一息，望着夏轻眉，眼中含泪道："夏郎……你忌妒上官公子，我爱慕他……我曾想过，你的忌妒，是否与我有关……"

夏轻眉也受了重伤，此时正抚着胸口，百般错愕地望着她。她吐出一口血，咳了几声，说出最后一句话："而一切终究不过是捕风捉影……一枕邯郸，一生荒唐……"

雪芝将棺材推翻，重重摔倒在地，握住地上的刀，斩断脚上的麻绳，提刀冲出去。侍从们纷纷上前阻拦，除了其中一名高挑者无动于衷。释炎和夏轻眉见状，脸色大变，竭力阻拦上官透。这时，一个声音从上方响起："手持人质，居然都能让她跑掉。养两条狗，也比你们有用。"随后阴风四起，一道黑影在亭前蹿过，划出圆形弧线。上官透上前，却没能拦住他。他已挡在雪芝面前，一把将她揽到怀里，以剑指喉。

上官透怒道："放开她！"

宇文慕远道："挥剑自裁，否则，我会亲手杀了她。"

"今日不是要与我一决雌雄吗？拿一个女子做要挟，你还算是个男人？"

"上官透，不是每个人都和你一样，颇有君子风范。我自小在重火宫长大，只以完成任务为己任，不择手段。"宇文慕远双眸漆黑，毫无感情，"我数十声，你若不死，便是她死。而后，我们再一决胜负。十。"

上官透看他一眼，又看看雪芝，整个人都已僵住。雪芝道："不要，不要听他的！哪怕你死，他也不会放过我！"

"九。"宇文慕远冷漠地数道，"八。"

上官透如何也想不到，如今他已变成了天下第一，居然还会遇到七年前的窘境。为同一个人，又受同一个人胁迫。这一刻，他不是不能冒险去救雪芝。他看了一眼宇文慕远上方的砖瓦，知道只要以掌力击中那里，此地便会坍塌，化作废墟，他们会通通落入水中。只要他的身法足够快，或许能救回芝儿。

“七。”

雪芝急道：“透哥哥，不要做傻事……你走吧，不要管我！他不会杀我的！”

上官透又看看雪芝，那把剑正牢实地靠在她的脖子上。他确实可以尝试救她，但万一宇文慕远一个冲动、一个手滑，真的一剑下去，芝儿便会……

“六。”

雪芝哭出声来：“快走啊！”

上官透已无力感到愤怒，或去做出任何冒险的事。尤其是在现下，他已知道雪芝对自己的情意，哪怕只有一成的危险，他也不愿尝试。他知道，如果自己死去，宇文慕远断不会杀她。因为，这人想要的不仅是她的重火宫，还有她本人。可是，自己可甘愿这样，又一次与芝儿错过？

“五。”

他记得那一年，大雪飞扬。他与她尚年少，她自风雪中跑来，伤痕累累，逃入他怀中，轻轻念道，似月君心，东昨西今。不悲落花，悲妾痴心。会那样望着他的芝儿，又怎可能会变心？他恨自己对她不够信任，才会导致此刻的局面。既然如此，苦果也该是他来受。他握紧剑柄，将它慢慢举起。

“四。”

雪芝面色苍白，声音颤抖道：“上官透，你若是敢下手，我便随你共赴黄泉！”

上官透笃定道：“你舍不得，你还有适儿。”

“三。”

“上官公子，若我是你，便不会照他的话去做。”听闻此言，三人均朝声音传来的方向看去。这时，那个一直不曾行动的高挑侍从走出队列，斗笠下的面容虚虚实实。宇文慕远只是顿了顿，终究不为所动，继续道：“二。”

听见这个数字，上官透焦虑道："为何？"

"因为，他对雪芝用情之深，怕是不亚于你。"

上官透蒙了，不理解为何一个小小侍从，说话会如此沉稳笃定。倒是宇文慕远，被人踩了尾巴般提高音量道："胡说八道！重雪芝是我仇人的女儿，我对她有意？这怕是全天下最好笑的笑话！"

"若你想报仇，早可动手，为何要等到今日？"见对方语塞，这侍从又道，"若你只是想慢慢折磨她，为何这么多年都不曾勉强过她，甚至绑走她的这段时间，连她的手指都不曾碰过？"

"你是什么人？你又如何知道我没碰过她？"

"那你下手杀了她看看？"

宇文慕远目光寒冷，扫了一眼释炎和夏轻眉，道："你究竟是谁？为何会混入此地？"

"我是这丫头的父亲。"

宇文慕远先是一愣，而后恢复清醒，道："不可能。林宇凰比你瘦，也比你矮。释炎，去把他的斗笠摘掉。"

释炎刚前进两步，那人已缓缓道："如你所愿。"而后，他摘下了头上的斗笠。也是同一时间，在场所有人都停止呼吸，错愕地望着这人。此地，水声激越，有金羽之木，龙鳞之石，寒鸦在苍穹中盘旋，歌出一首枯萎的金秋。任谁也不会料到，在这荒凉之地，这样一个打扮朴素的人，会有这样一张俊美到不真实的脸孔。最讶异的人，莫过于雪芝，她倒抽一口气，泪光闪烁地望着他。宇文慕远则似被抽了魂魄般，手一软，松开了她。雪芝被放开后，即刻狂奔过去，停在那人面前，还是不敢相信眼前的事实，结结巴巴道："骗……骗人啊……"

那美男子笑道："多年不见，头一句话便是'骗人啊'。芝儿的脾气，真是过多少年都不会改。"

听见熟悉的声音，雪芝猛地扑到他怀里，孩子般号啕大哭起来。看见这一幕，旁人都傻了眼，上官透尤甚。重逢这段时间，雪芝都不曾对他如此依赖撒娇，这男子和她到底是……他原是满腔醋意，再抬头看一眼男子的脸孔，骤然发现，原是和她有八九分相似。果真，他听见她哭道："爹爹，爹爹！您居然还活着，这肯定不是真的，我肯定是在做梦！"

"芝儿乖，晚些再说我的事。"男子望向宇文慕远，"远儿，如今你已知道所有事，可是想找我复仇？"

宇文慕远久久不语，四周只有鸦鸣凄惶。终于，"当"的一声轻响，他落了剑，跪在地上，垂下脑袋，哽咽道："义父，远儿不敢……"

释炎作为老一辈人，早已认出了这男子的脸。而听见雪芝一声"爹爹"，宇文慕远一声"义父"，夏轻眉也顿时明白，这男子便是名满江湖的大人物——重莲。他才刚出现，公子便已被降伏，接下来恐怕情势不妙。他拽着释炎，小声道："快逃。"语毕，一起跳入水中。

然而，他们动作剧烈，人数过多，木桥突然从一端断裂，所有人急速下坠。柳画的尸体第一个落入河中。重莲拉住雪芝，雪芝拉住上官透，几人往上一跃，跳到岸边。雪芝还没站稳，脚已被一双血淋淋的手拽住。她低头一看，夏轻眉化作来自地狱的恶鬼，用一双幽幽的眼睛看着她。她恐慌至极，惊叫了一声。可是很快，夏轻眉便被另一只手拽住，拖到了河中。桥身依然贴着岩壁摇晃，下方河水不知几时起，变得颠委势峻，荡击益暴。

见上官透探头去看，重莲道："穷寇勿追。"

上官透这才转过头来，谨慎又有些怯意地对重莲拱手道："见过岳父大人。"

"谁是你岳父，你都已经休了我。"雪芝挽住重莲的胳膊，一脸不悦，"爹爹，都是他害我吃这么多苦。我们还是来聊聊您的事吧。"

重莲微笑道："好。"

迟光落下春，湿雾裹住树木，太阳泱泱的余晖洒满大地。有毛毛细雨飘落，青云深灰掺金，团团游走抱岩峭，离地面这样近，顷刻间覆盖整片天下。这天夜里，光明藏河岸边，因过度寒冷和伤痛，夏轻眉睁开双眼。

他茫然若失地看着河岸、湍急的河水，感到前所未有的空虚。柳画的尸体早已不知被冲到了何处。然而，她死前说的最后一句话，他却是再也忘不掉："而一切终究不过是捕风捉影……一枕邯郸，一生荒唐……"

此刻，释炎的声音自他身后响起："你醒了。"

夏轻眉吓了一跳，勉强撑着身体靠坐在岩石上。只见释炎盘坐在篝火旁，闭着眼，正在练功打坐，燮理内息，金色袈裟闪闪发亮。夏轻眉道："你为何不回少林寺？"

"老衲走火入魔，再活不了多久。"

"所以呢？所以你要拉我陪葬？"

"那自然不会。老衲是息心客，必当忘怀狎鸥鲦，摄生驯兕虎[1]。阿弥陀佛。"释炎缓缓睁开苍老的双眼，"况且，公子仍年轻气盛。虽然相貌上有些缺陷，但以前也是个地道的貌美公子。"

夏轻眉默默地看着释炎，一颗心提到了嗓子眼。这样古怪的对话，他无法继续。

"美公子甚善。"释炎一边说着，一边摘下假胡子，那光秃秃的脸在火光下更显皱纹迭起，他的声音越来越怪异，"没有《莲神九式》也好，老衲便乘四等观，脱三界苦，只是，要有劳公子替老衲实现最终心愿。"

"什么心愿？"夏轻眉微微一怔，很快又反应过来，颤抖地往后缩，"不，不，你让我死。"

"老衲可舍不得。"释炎想了想，将那张苍老却故作妩媚的脸转过来，朝着夏轻眉微微一笑，"不，是人家舍不得。"

夏轻眉颤声道："你杀了我，杀了我，不要过来，不要过来……"

火光在释炎的脸上跳跃，同时也将大片鹅卵石染成金色。在这金色鹅卵石上，一个高大却佝偻的光头影子站了起来。影子被拉得很长，下一刻间，便将蜷缩在地面的影子覆盖……

---

[1] "忘怀狎鸥鲦，摄生驯兕虎"：出自南朝宋·谢灵运《登石室饭僧诗》。

　　既然爹爹回来，与上官透的恩怨，也暂可抛之脑后。雪芝和重莲、宇文慕远一起回到重火宫，路上详谈过后，才知道，原来当年爹爹确实命在旦夕，也不愿死在重火宫内，让他们徒增伤痛。他把所有人都支出去，便自行出离重火宫，投身江河。然而，他却被一名无名老僧所救。这名老僧说，反正你是将死之人，不如与我同行。他同意了，便与老僧一同离开华夏境内，去了西海仙山。原来，老僧是世外高人"西海摩尼"，淹通奇门净心之术，用奇术暂时缓解了他的病情。但莲神九式对身体损伤巨大，波及心肺，在后来的十多年里，他都时常发病，不确定自己是否还能活下去。想到回来随时可能再死一次，会令雪芝和宇凰更加伤心，他便未试图联络他们，告知自己的下落。直至这两年，病情逐渐稳定，确定十年内再无性命之忧，他才总算决定回来。

　　此后，很长一段时间之内，林宇凰都得了失心疯般，对重莲温柔体贴，百依百顺，是放在胸腔里怕被真气伤了，捧在手里怕被刀光剑影闪了，其肉麻程度，让雪芝都看不下去。同时，经过长年累月的吃斋念佛，重莲对武林之事更加寡欲，连回宫之事，都不愿张扬，只愿与林宇凰长相厮守。一天下午，重莲看见雪芝为宫内要务忙得焦头烂额，禁不住感慨，时过境迁，现在芝儿都成了大姑娘。林宇凰道："老实说，要不是怕大美人觉得无聊，我还真想到永州山野买块地，每天种菜喝酒过逍遥日子。"

　　闻言，重莲眼睛弯弯地笑道："耦耕园蔬，春秋以作芳醪，白谷以做菜，酒熟与君酌。天下至幸之事，莫过于此。"

　　林宇凰望着他半响，道："咱们就不能好好说话吗？少爷听不懂你那文绉绉的一套啊。"

　　雪芝迄今不明白，肚子里墨水差这么多的两个人，为何可以这样长久地在一起。最令人费解的是，他们俩都是绝世高手，却还真的放下一切，到永州买地种菜去了。

　　因为重莲归来，宇文慕远也放弃了复仇，却也在心中有了打算。

　　这天夜里，重火宫庭院内，繁花落尽，只剩下樱花树的残骸。宇文慕远站在庭院中，长发垂落，背影美若水墨画。他像从出生便在这里一般，会一直在那里等待，等上一世。庭院中空荡荡的，空气冰冷，呼吸都会觉得鼻尖发疼。雪芝拿着几件衣服，一步步走向他，没有出声。她知道，他感觉到她来了，只是脸都没有侧一下。直到她把衣衫披在他的肩上，他才半侧过头，声音低如冷沙："宫主。"

这些年，他大多唤她"雪芝"。这个疏远的称呼，已经变得很是陌生。他素来很有自知之明，这样唤她，想来是已经知道二人结局如何。这样轻微的转变，令雪芝不由得心酸，垂下头道："慕远哥……"

他没有答话，只是从方才便一直在看路面的一个石缝，想问问她：雪芝，你还记得那个缝吗？

她小时靴子曾经卡在那个缝隙里，然后摔倒，摔得满腿都是血。她没有哭，可是靴子拔不出，却急得哭起来。后来，所有人都被她的哭声引来，林宇凰拽着她的胳膊提她出来，说真替她丢人。雪芝却跟他大打一架，涨红脸说都是穆远哥的错，是他没照顾好我。林宇凰当然继续搡她，说她又赖到远儿身上。但从那一刻起，他便第一次感到，肩上有负担：他穆远，生来的职责，便是保护少宫主。那时候的雪芝小小的，他也比她高不了多少。可是看着小雪芝，他还是不敢靠过去——她一直都是那么凶，同时那么耀眼，那么可爱，不是他能碰触的。高高在上的少宫主，他从不敢奢求。

直到重莲去世前，交代了他一些事。从那以后，雪芝不再那么胡闹，却依然令他不敢接近——只要一靠近她，他的心便会跳得很快，也越来越不敢和她多说话。那已是多少年前的事？他几乎快要忘记。他只记得，雪芝一直是个爱笑的坏脾气姑娘，是顶着两个冲天炮横冲直撞的小丫头。他无法说服自己，这个在自己面前满面哀愁的美丽女子，是他发誓要保护好的小雪芝。他一直在努力，想要让她开心。但是，他终究不是那个人。

漫天星斗化作凄清的光，荡漾在重火宫的碧波中，也把重火宫的飞檐反宇照成一片银白。空气寂凉，风中充满枯叶潮湿的气味，那是一个个梦游的人，在黑夜中孤单地飘摇。雪芝站在夜空下，雨露被风吹开，化作一片片小刀，割伤她的皮肤。"慕远哥，我知道你依然有心结，可是，这些年我也吃到了苦果。我多希望，我们能冰释前嫌，能像从前那般……等你消气，便回重火宫，好不好？"

宇文慕远半侧过头，没有回答，又转过头去。迄今为止，连义父都看透的事，她却傻傻看不透，抑或是，她假装看不透。他所有的转变、愤怒、复仇，都是从几时开始，因何而起……他不愿细想，只是悲哀地叹了一口气，低声道："但愿还有这一日。"

星光洒满整个庭院。他纵身一跃，消失在黑暗中。

之后，雪芝留在重火宫，处理门派内务。她惊异地发现，原来在这四年，重火宫一直处于银库亏空状态，学徒的学费、兵器交易、比武擂台收入等也不翼而飞。新来的弟子有的很有钱，学费最多交了十年的，还包括住宿费和伙食费，这些银子也毫无踪迹。她知道这些都是宇文慕远默认夏轻眉干的好事，但还是气得脸发白，隔了很久，才命属下不要外传，挥挥手让他离开。原来，她失去的不仅仅是宇文慕远。她立即派一批高手，去参加近日的擂台比武，再亲自赶到京师，去寻找司徒雪天，赊账找他进了一大批铜铁矿。接下来大部分的时间里，她都守在重火宫的工房，监督梓人铁匠锻造大量兵器，一件件亲自检查后，卖给各城最大的兵器铺。重火宫从来不大量出售兵器，也很少将"重火境"三个大字标在剑柄上。这一回雪芝如此做，很多人冲着标志，都愿花高价买下兵器。原本重火宫卖给兵器铺价格已极高，那些店铺卖出去的价格，竟翻了三四倍。

很快，她收回了第一笔银子，数目不小。只是四年对一个门派来说，绝不是一段很短的时间。莫说恢复以前的财力，就现在的状况，想要还清拖欠的薪金，都难如登天。据说近期内，几个叛变的手下还以重火宫的名义，接了几笔大的保镖买卖，对方看是重火宫的名号，只象征性地要了一丁点押金。但最后货物被莫名其妙卷走，没了下文。赔偿了护镖的损失后，雪芝才发现今番欠的债，根本是个无底洞。于是，她做了杀鸡取卵的事。

　　几个月后，兵器谱大会排名剧变，月上谷黑帝剑拿下第一。只是，武籍比武进入前十角逐，月上谷突然弃权。于是，第一依然是重火宫。明眼人都看得出来，上官透不想得罪重火宫。可是，月上谷这几个月声势扩张惊人，武功也已是泰山北斗，不必多说。在财力方面，又是鸿商富贾的聚集地。人们实在猜不透上官透的动机。大会结束之后，整个武林沸沸扬扬地传出一个消息：重火宫高调出售《天启神龙爪》和《飞花心经》的秘籍。只卖给有威信和有声誉的门派或者个人，价格面议。

　　雪芝方才放话出去，朱砂已找过雪芝谈话："宫主，不管我们的财务再如何糟糕，您都不该把看家秘籍卖出去。这样一来，我们缺的便不仅仅是钱财，还有我们的威严……"

　　雪芝笑了笑道："威严？谁说卖秘籍便是有失威严的事？你究竟是想重火宫继续存活，流芳百世，还是用两本秘籍，换回以前的威严？"

　　"可是，可是……总有别的方法啊。"

　　"你说，还有什么方法？"

　　朱砂欲言又止，一直缄默。确实，这几个月以来，雪芝已经用尽了所有的方法。再抬头看看她，她不曾同时管理过重火宫的内外事务，不分日夜地连续操劳，整个人瘦了一圈。朱砂更说不出一个字。雪芝道："重火宫所有招式心法都是相辅相成的。除了《混月剑法》，你不能通过只修炼任何一本秘籍，而到达高手的境界，这也是我们至今依旧神秘有力的原因。《天启神龙爪》若无《帝念诀》的辅助，只是普通的掌法。而《飞花心经》是为《混月剑法》而写的心法，光会内功有什么用？"

　　朱砂垂头："我知道了……"

　　"既然银子可以再赚，秘籍也可以再写。"雪芝说得自信满满，不容抗拒。

　　很快到了各大门派前往重火宫议价的日子。人比雪芝预期的要多，预设的三四十把椅子远远不够用。但是，无论整个大厅多么拥挤，站在最后一排的六个人周围总是空荡荡的，无人靠近。那六人当中，带头的正是身穿白衣，头戴黑面具的七樱夫人。只是这一日，上官透没有来。两名童子一人捧着一个金线宝箱，站在雪芝身旁。宝箱的盖子打开，崭新的秘籍簿子静静地躺在红丝绒布上。一阵客套话过后，雪芝道："先是《天启神龙爪》，请各位出价。"

"五千。"

"五千五百。"

"五千七百。"

"五千八百。"

"六千。"

"一万二。"

最后那个声音一出，周围的人都倒吸一口气。然而七樱夫人只是嘴角微微扬起，等待着别人的发言。

"一万三。"

"一万三千五。"

"一万四。"

"一万五！"

七樱夫人道："三万。"

一阵沉默后，有人大声道："三万五！"

七樱夫人道："七万。"

这下人们窃窃私语，目光都投向月上谷来的六个人。这已经远远超过雪芝的预料。她之前的打算是三万，可裘红袖喊价的方式是那样特别，每次都翻一倍，让别人无话可说——难道他们是上官透派来捣乱的？不知过了多久，人群中依然无人出声。雪芝道："好了，七樱夫……"

"八万！"一个略微发颤的声音响起。

七樱夫人则是淡淡一笑："十八万。"

这时，她身边的一个血樱子低声道："女人，二八一十六。"

"哦，对。"七樱夫人回头，也压低声音道，"唉，叫都叫出来了，别让我丢人可好。"

半个时辰后，七樱夫人让人搬了六个装满银两的巨大箱子入门，将两本秘籍纳入囊中。人群渐渐散去，付了银子之后，裘红袖摘下面具，叹了一口气道："一品透真是越活越不洒脱。妹子，当年我第一次见你时，你还只是个单纯的小女孩，单纯得让我们都担心你会被他欺负。但我如何都不会料到，真正厉害的人是你。无论是作为一个人，还是一个女人，你都很成功。"

仲涛只走到雪芝面前，拍拍她的肩，道："一品透很想见见他儿子。"

雪芝原想问，那他为何不直接过来见？但想想两人多年未见，距离已太远，她在太虚峰上说，想和他重归于好，他的态度也难以琢磨，所以宁可一人挨着寂寞之苦，也不愿再向上官透低头。刚好，适儿时常没日没夜念着要回到爹爹身边，她也感到头疼。她让人将适儿送到月上谷，下定决心，再想他也不会在三个月内让他回来。上官透会知道，这些年她一点也不好过。

这之后，重火宫里的一切都有了明显的起色，不过有两个小插曲，让雪芝感到不好意思，又很不愉快。一次是护镖的事。虽然试图弥补过，但宇文慕远之前的折腾，对重火宫的信誉有了一定影响。可是突然一日，有人上门拜访，主动送来了个大生意：从苗疆护送一批珠宝到洛阳，薪金过万。条件是最少让四大护法的其中两个当镖师。这么多银子，雪芝当然同意。但等货到洛阳，两个护法回来以后，却带回来珠宝商说的话："开始我原欲让月上镖局护送，但苗岛主说近日人手资金紧缺，让我们找重火宫。结果很是满意，替我多谢雪宫主。"另一次是月上谷闹事。一批月上谷的弟子喝醉了借酒发疯，砸了重火宫安阳的武馆，还伤了好几个学徒。雪芝听了这个消息，只说叫他们赔偿，但刚放话出去不多时便已后悔。很快，苗见忧亲自拜访了雪芝，赔礼道歉后说："因为谷内缺钱，所以不能赔银子，只好赔几段布匹以谢罪。"看着那几车以寸计价的洛阳福氏锦缎，雪芝断然拒绝。苗见忧笑盈盈地说："宫主这样和我们撇清关系，是打算与月上谷过不去？"雪芝说："当然不是。"苗见忧转身便走。

发生了两件"不经意"和"不小心"的事，雪芝少走了不少弯路。可是，上官透这样刻意疏远她，又在她面前摆阔的气势，令她的自尊很受挫。她磨墨提笔，准备写一封信去狠狠骂他一顿，结果这一写，便是一个晚上不眠不休，扔了满屋的废纸团。可到最后，满满的长篇大论都被她尽数删去，只剩一句话："上官谷主去了何处？还我儿来。"

她怕上官透回信冒失又被人发现，那之后便日日到驿站候着，但凡有长安来的信，便会去查个彻底。然而，等了近十日，除了门派事务信函，她并未收到任何长安人士的来信。到第十一日，她却收到一枝来自苏州的樱花枝条。花枝下面扎了一封锦书，打开一看，熟悉的飘逸字迹尽现眼底，却也如她惜字如金：

芝儿如晤：

　折花逢驿使，寄与禹都妻。姑苏无所有，聊赠一枝春。[1]

透

---

[1]　改编自南朝宋·陆凯《赠范晔诗》。此处意为：折花时遇到了信使，寄给禹都登封的妻子。苏州没有什么可以送的，且赠一枝春日樱花聊表我的思念。

月上如画

初春的苏州，桃李争艳。赶上庙会的时节，即便入夜，也照样繁荣热闹。有顽皮的孩子跑过，撞散了枝头上的樱花。花瓣红白相间，纷纷扬扬，漂在小桥流水中。一艘艘画舫划过，宾客们在船头饮宴，倦了便水宿春岸，仅留下浅浅涟漪。海浪般的人潮拥入至德桥，公子哥儿在花下饮酒作对；年轻的姑娘们面如桃花，手拿香喷喷的桂花糕；父母们带着孩子围在一起，看杨家将和牛郎织女的皮影戏；桥梁下，数对俦侣点着纸灯笼，含情脉脉地望着对方……然而，与这个热闹而欢腾的气氛十分不合的，是街边蹲着的两个人。此二人均撑着下巴，双目无神地遥望远方。他们身后放着竹篓子，里面装了满满蔬菜般的东西。二人面前均摆着摊子，摊上摆着菜渣子。摊旁挂着巨大的红色招牌，纸上是歪歪扭扭的毛笔字：芝麻药铺。

很显然，这家芝麻药铺生意惨淡，无人问津。重适一脸愁容，晒视右边的雪芝，道："娘，你真的坚持要在这里卖药？我们出来有十五六日了吧，药草卖出去有十五六根吗？"

"是五六根。"雪芝哼了一声，仰头道，"我卖的药数量虽不多，但卖出去的可都是极品。先是当归，然后是鹿茸，再是人参……"

重适道："当归卖给了司徒叔叔，鹿茸卖给了红袖姑姑，人参卖给了姥爷……"

"闭嘴！"雪芝目露凶光。重适缩成了一团。

这时，一群身穿白衣、手持细剑的人往前走着。原来灵剑山庄的人也来了，带头者是林奉紫和她的丈夫。雪芝激动起来，高呼道："奉紫！"

他们回过头。看到雪芝这个样子，奉紫并不吃惊，只是对着"芝麻药铺"四字笑了笑，道："姐姐真是好生有趣，近日一直在卖药吗？"

"是啊，你们也来买一点吧？"

"好。"

见奉紫掏银子，雪芝反而觉得不好意思，阻止道："我开玩笑的，不用真买啦。"

奉紫反握住雪芝的手，笑得很温柔，道："这是我想买的，因为，我还想知道那人去了何处……"

雪芝看了一眼蔡诚，小声道："你说的人，可是慕远哥？"

奉紫做了一个"嘘"的动作，小心地点头。雪芝的眼睛都笑成了一条缝，道："我们奉紫真是一片痴心。老实说，最近我也没了他的下落。但愿有朝一日，他会回来吧。"

"嗯，我明白。"奉紫看了一眼重适，眉开眼笑道，"适儿长得未免太像他爹了。"

"跟他爹一样讨女孩子喜欢，就是不知道武功像不像。"

"武功不论像谁，将来都会是个奇才。不过，上官谷主当真是越发厉害，现在我走在何处，都能听到他的名字。前几日他回了一趟洛阳，你不知道造成多大轰动，洛阳百姓倾城而出，跟迎接今上似的。姐姐，你可真是嫁了个好夫婿。"

雪芝原本心情甚善，听见这等言论，却不由得闷起来，道："他才不是我的夫婿，我早被他休了。"

蔡诚道："雪宫主，你这话可说得不对。上官谷主待你一片痴心，天地可鉴。我在外遇他数次，他每次必提的便是'芝儿'，又如何会休你呢？"

重适也不高兴道："娘撒谎！爹爹命那么多人来为他说好话，让你原谅他，你都不理睬，还在外面乱说话。娘亲莫要再欺负爹爹了！"

此刻，对岸的仙山英州处，一艘画舫缓缓驶来，一只小草船也从桥下驶出。船上点满蜡烛、插满箭，船尾挂着一面白旗，上面写着四个大字"卓不群号"，正迎风飘扬。这船并无船桨，两个兵器铺小厮拼命用双脚刨水，奋力地推动船徐徐前进，力求与对面的华美画舫擦身而过。船头站着一名伟岸男子，拖地长袍，头戴黄金帽。他手持脸盆大的羽毛巨扇，朝被金甲完全包裹的脸颊扇风。黄金甲缝隙中，两撇胡子有规律地随风飞起。他远眺秃山，目有憧憬，说话声音朗诵宏伟诗篇般："昭君夫人终于要流芳百世。"

这时，船尾的小厮不小心打翻了一根蜡烛。火悄悄燃烧了草船。赶往庙会的人都不禁停下来，看着这只小草船，琢磨这草船上的箭和蜡烛有何深意。而这伟岸男子目空一切，眼中只有远处的秃山，也不知是在对谁说话："诸位必定好奇我的身份，但我永不言说。"

"这一切，都让历史来评说吧。"说罢，他用巨大羽扇指了指那座秃山。

两个小厮正拼命扑火。片刻过后，金甲将军嗅嗅鼻子，转而微笑道："春天的味道。"

草船龟速前进，他身后写有"卓不群号"的白旗在春风中熊熊燃烧。仲涛和裘红袖站在仙山英州的门口，蹙眉看着燃烧的草船。仲涛一脸疑惑道："这么重的烧焦的味道，我都闻到了，这船的主人闻不到吗？"

奉紫夫妇已经离开。雪芝未曾留意河面上的动静，只是撑着下巴，呆呆地看着自己面前的药草。好不容易抽空远离江湖纷争，轻松自在地做想做之事，却如何也开心不起来。她拼命阻止自己，切莫多想不应焦虑之事，然而，抬眼却看见一个个公子淑女齐挑刺绣，万种情倾意惬，羡杀旁人。这时，重适又冷不丁冒出一句："我想爹爹了。"

雪芝在他头上打了一拳，冷哼一声没出息的小鬼，痛得他嗷嗷乱叫。可收手之后，自己的心情也相当复杂。这些日子，她确实听到无数上官透在外褒扬她的传闻，她也特意为了他的信笺来到此处，却如何也拉不下脸主动找他。谁知这是否是他又一个戏弄她的把戏？真是后悔自己选了此地卖药草。苏州，苏州的桥，苏州的水，苏州的灯会……这里载满了多少回忆。

一江新雨，千树欲烟。小月夜，岸边碧丝中，桃花粉白探出头，明明赫赫，清香醉人。春风是狡黠的猫，轻柔地拨弄花瓣。花瓣落成一场茫茫大雪，落满雪芝一头黑发。雪芝闭上眼，深吸一口气，叹道："桃花虽好，我却更喜欢樱花。"语毕垂目，她看到一双白靴。再一抬头，一枝绽放的寒樱出现在她的视野。她从未见过樱花般，直直凝望着花瓣。其实，她并非惊讶这花枝，而是胆怯羞涩，不敢抬头看赠花之人。街上行人纷纷停下脚步，留下欣羡的目光。雪芝回头看看重适，他早已露出惊喜之色，煞风景地欢呼道："爹爹，爹爹！"

但闻眼前的翩翩君子柔声道："在下复姓上官，长安人士，暂住姑苏。对岸有满盏黄金液，一院白玉枝，可否留姑娘片刻小坐？"

见雪芝没反应，一只戴着白玉扳指的手拾起药草，那声音多了几分笑意："还是说，要把这些都买下，芝儿才肯赏脸说几句话？"

"没错。"雪芝终于抬头。

顷刻间，万物停止呼吸。桃花七里飘香，两岸垂柳玉楼，金缕红袖。画舫安静地躺在河面，在逍遥夜风中，喧嚣城肆旁，悄悄前行。眼前的人终是摘下樱花面具，她又一次看见那双琥珀色的眼。一份埋藏不住的心动在悄然滋生，和十年前一样，不曾改变。

她对他露出微笑。

而江南如画，人亦如画。

【终】

君子以泽

2009 年 7 月 1 日于重庆完稿

2015 年 1 月 7 日于上海修订

光头透小传

　　大师兄看着眼前一顶光溜溜的"小山丘"，陷入了沉思。

　　灵剑山庄并未规定弟子必须留发，按理说，这应该是没什么的。只是，在一群有头发的少年人里，他这光头师弟怎么看怎么像个混进来的少林弟子。

　　再看看那"小山丘"下面世外山水也不及的眉目。

　　小小年纪便桃花满满的眼睛里，此刻写满了"老子真是机智如神"。

　　大师兄对这颗充满禅意的头很头疼，便把这棘手问题抛给了庄主。谁知，庄主给出的答案更有禅意："带透儿去寺庙里烧香祈福。"

　　于是，大师兄看见师弟摸了摸闪闪发亮的脑袋，小鸟般飞了出去。

　　上官透这身轻功是自小练成的。

　　自从去过一场兵器谱大会，上官小透便想弃文从武。国师大人把他关禁闭，就给他留了个鱼池，让他每日观锦鲤三次，思考人生。毕竟，庄子曾曰："子非鱼，安知鱼之乐？"自古以来，渔人是隐士的别称。当父亲的，希望儿子收着点玩性，平心静气，努力读书。

　　几天后，国师大人再去看小儿子，发现上官小透正在院子里泪流满面地生火。他问儿子为何点火。上官小透道："在办丧事。"

"丧事？谁的丧事，这火又是几个意思？"

"火葬。"上官小透擦擦眼泪，抖了抖肉嘟嘟的小嘴，"鱼宝宝死了，透儿伤心坏了。"

"你给鱼办火葬，摆酒做甚？"国师指了指鱼池旁的一瓶秋露白和小碟子，"摆花生米何故？"

上官小透扭头一看，小脸从粉白转为惨白，又转为粉白，道："丧……丧宴。"

接着，国师大人拿着戒尺过来了。

从那以后，上官小透的轻功便突飞猛进。起先，国师大人追着打，他和十多个小朋友建了个"国"，想"农民起义"，惨遭国师大人"灭国"。之后再被打，他也不反抗，只管跑，速度与日俱增。后来国师大人追不上了，他便蹲下来玩泥巴，国师大人再追，他便再跑。终于有一次，国师大人不追他了，反而扭头回了家。上官小透眼见父亲颓唐的背影消失在府邸中，眼见空中一只乌鸦飞过，眼见国师大人骑马出来。那一日起，上官小透知道，只在家习武是不够了。想成为一等一的武学高手，得去真正的江湖。

可是，天下之大，竟没一个地方受得了他的皮。一年内，他被好几个门派的老大亲自送回国师府，理由都差不多一个意思：国师公子不露锋芒，谦让儒雅，又天资非凡，放在我等小门小户是大材小用了。

硬把缺点说成优点，就好似把追悼会提前开了。还是他爹的评价更通俗易懂些："除了斗鸡走狗，赏花玩柳，就知道讨人喜欢，日后不免拈花惹草！"

最后他能在灵剑山庄安分些，也不是因为林庄主教导有方，而是因为国师大人说，孽障若再被送回来，便给我好好读书，走仕途。

后来，上官透便把头发刮了个河涸海干。

被姑娘喜欢是好事。但一直被喜欢，多多少少是少了些激情。刚好那两年他叛逆得很，想着剃了光头便成了糙汉子，省了很多来自姑娘的麻烦。

但人生在世，事与愿违十有八九。就连去庙里烧香，他被误认为僧人，都有姑娘前赴后继地想让他去化缘、解签、烧香。面对姑娘们的要求，上官透总是拿着不知哪儿来的念珠，闭着眼，一副慈眉善目的样子，道："阿弥陀佛，善哉，善哉。老衲今日休息，施主请找方丈吧。"

"老衲？"姑娘的嘴角抽了抽。

一天内看到很多"崔莺莺碰瓷张君瑞却惨遭拒绝"的大戏，五师兄不由得感慨："我们这师弟，剃头前后性格差别甚大。我记得有毛的时候，他连拒绝人都很温和的。这是怎么了，真少林和尚附体，不近女色了？"

师姐道："即便如此，还是有很多女子趋之若鹜。"

"羡杀我等。"

师姐冲上官透摇了摇头，道："透师弟，你如此狂放不羁，我真好奇以后哪个姑娘会嫁给你。"

"师姐，你对我们师弟误解太深。透师弟娶媳妇儿，能是'哪个'吗？自然是'哪群'了。"五师兄用胳膊肘撞了撞上官透，"三妻四妾，如花美眷，何其逍遥自在。我说得对吗，师弟？"

上官透道："出家人不打诳语。老衲已跳出三界外，不在五行中。"

师姐道："透师弟没人治得了，他啊，看似温柔多情，其实刀枪不入，没可能被人伤害的。你这家伙，总会有姑娘能治你。让你得意忘形。"

"师姐你这话就说得不厚道了，怎么，我就比透师弟差吗？"

"自己照照镜子。人家光头都比你好看百倍。"

"瞎何言哉，师姐！"

此刻，一群衣着华贵的姑娘堆里，有人突然唤道："雪芝，来帮我把这炷香拿着。"

"好嘞。"答话的姑娘声音细细，清澈婉转，比百灵鸟的歌声还动人。

听见这个名字，上官透的眼睛骤然睁大，然后抬头，顺着声音的方向看去。有个胖胖的红衣女孩从人群中跑出来。她肉肉的脸上生着高原红，眼睛小小的，嘴唇厚厚的，很是殷勤地接过另一个苗条姑娘手里的香。然而，她一个不小心，把香灰弄在了苗条姑娘的衣服上。

"哎呀，我这可是新衣服！你看着点啊！"

"对不起，对不起，我给你擦……"那名胖女孩慌乱道。

"天哪，这真擦不掉了！这可是福家布坊新制的衣服，你说说看，怎么办！你赔吗！你赔得起吗！"说罢，她推开替自己擦衣服的胖女孩。

胖女孩一个踉跄，在地上摔得一身灰。但她也没敢喊疼，迅速爬起来，继续向她道歉。

旁边另一个姑娘问她们发生了什么事，那苗条姑娘抓着衣服被弄脏的地方，气得横眉怒目，下唇都在发抖，道："周雪芝这死丫头把我衣服弄得全是香灰，洗不掉了！"

周雪芝低三下四地鞠躬，又是懊恼，又是难过，但无法平息对方的怒火。

"我来赔吧。"

他变声期才结束没多久，低沉得很稚嫩，可也是因为如此，声音朝气蓬勃且干净。姑娘们应声看去，只见樱花树下站着一名少年和尚，细眸轻扬，鼻若雪峰，云袍兜着清瘦玉立的身材，鼓满春风与花瓣，在这青山环绕的庙宇之中，竟透着几分冷月般的美丽。

一时间，这几名姑娘都好像听不见别的声音，看不见别的人了。而他那张脸，她们是想看又不敢看，看了又忍不住一看再看。

"你……你这和尚，想赔钱？"苗条姑娘眨了眨眼，语气缓和了很多。

上官透微微一笑，提着一袋银子，递给她，道："这些够了吗？"

接过钱袋时，苗条姑娘察觉到，这钱袋绣了一朵月季。虽然形单影只，却是最上乘的乱针绣，水墨写意、精细局部，难得兼顾，刺绣工艺家应是扬州一带的。而这钱袋的面料，她一摸即知，是福家布坊最好的缎子。江南的福家布坊并无乱针绣的福绸钱袋，这只能是长安的本部做的。

即便到长安去买，就这一个钱袋，也够换她身上四套衣服了。且识货的人知道，身在江南，这不是有钱就能买到的。

"够。"她小声接下，既觉得不太好意思收下，又对这钱袋喜欢得很，对上了上官透的浅笑，双颊绯红地躲回了姐妹群里。然后，那一群姑娘也都跟着她一起，小声议论着上官透这钱袋。

而后，又一个姑娘站了出来，道："师父，你一个出家人，为何会有这么多银子？这年头和尚化缘行情都如此好的？"

发话的姑娘与上官透年龄相仿，锦衣绣袄、翠玉金钗加身，言语又颇有姿态。她一讲话，别的姑娘也都不敢说了。

"那已是小僧的全部家当。"上官透不卑不亢，平和有礼地说道，"所以，小僧只有一个心愿，愿姑娘能首肯。"

"你说。"

"照顾好那位周雪芝姑娘。"

"她？你认识她？"

"不认识，只是觉得她的名字好听。"何止好听，他已从林叔叔那里听到了无数次。他也知道了，那个改变他人生轨迹的小女孩和林叔叔的女儿是同一人。眼前这胖女孩仅仅有着和她一样的名字，都令他分外怜惜。

"名字好听又如何，不过是个小婢女。"这姑娘有些不乐意地扬了扬眉，"再说了，你叫我照顾我便照顾？你可知道我是谁？"

"知道。"

"为何你会知道？你倒是说说看。"郎中千金惊讶道。

她是苏州织造郎中的千金。上官透还知道她父亲官品不高，但在当地声势显赫，两江总督也不敢轻易得罪。但他并未点破，只笑道："正月初十，前家父途经苏州，还有幸在梁丘老酒坊和令尊共饮一杯。"

郎中千金先是一怔，联系起来了几个关键词，眼睛瞪得圆圆的，道："你是……"

上官透朝她拱了拱手，道："雪芝的事，便拜托姑娘了。"

寺庙无趣，他当和尚已经当腻了，正欲离开，郎中千金上前一步，道："等等……"

"怎么？"上官透站住脚步，未转身，只微微侧过头。

郎中千金一时心中五味杂陈。其实，她方才主动与上官透搭话，并不只是因为好奇这小和尚为何有钱。从他进入视线后，她的目光就一直跟着他了。这小和尚怎么就如此古怪，令她瞬间倾心。她原想跟他搭个话，留了他的名字，回去让爹逼他还俗，日后掳他回家当上门女婿。结果知道他是谁后，她连跟他讲话的勇气都没了……

上官透似乎看惯了这种女儿家的小心思，身体转过来，对她又拱手笑道："姑娘如此美貌，想来是七仙女托生的人儿。若以后有缘，盼与姑娘也如我们父亲那般，共赏美景，同品美酒，相约清风花月下，方不负青春。"

郎中千金张了张嘴，脸从粉红变成了番茄色，但明显对方段位太高，她半天都接不上一个字。

"再会。"

上官透走了，师姐和五师弟也跟着他。临行时，师姐对五师兄道："透师弟又祸害人了。"

五师兄一脸便秘般的抽搐，道："我是真不懂他这种公子哥儿文绉绉的爱好，就因为一个胖丫头，又送人钱，又和人约花前月下的。整得好像很有风情，其实风情好贵啊。"

"和人约花前月下，不是为了那个胖丫头吧？"

"怎么不是，透师弟平时从不跟女子说恁多话，生怕被纠缠了。他突然这么温情，难道不是为了让那千金大小姐为了他放过胖丫头？"

"五师弟所言甚是，透师弟，你到底怎么想的啊？"

上官透但笑不语。师姐也没指望他能回答什么，只耸耸肩，继续看向五师弟，道："不过啊，我是不懂什么绫罗绸缎的。我只看懂了，即便我们师弟长得跟你一样，拿出他娘家里那些玩意，也能令众小姐倾倒了。"

五师兄都懒得再搭话，只回了她一个九成白的白眼。

他们是习武的，自然不懂上官透和郎中千金打的哑谜。即便懂了，也不会太在意。

但这事对郎中千金自然不一样。她很纠结地抿着唇，待灵剑山庄的人都走远，才总算豁出去了，亲自替周雪芝拍了拍身上的灰，露出不太自然的担忧之色，道："可怜的雪芝，你摔得疼吗？我带你去买一套新衣服吧。"

周雪芝缩着壮壮的肩，怯生生道："不不不，小姐，我不敢……"

不多时，一名黑衣少年从大雄宝殿里出来，他扫了一圈人群，蹙眉道："少宫主，我好像听到有人在叫你。"

殿内传来一个少女带着点回音的声音："不是叫我，有个姑娘和我名字像而已。别看啦，穆远哥，快回来烧香。"

　　三十年前的江湖，是重火宫的江湖。那时宫内帮众数以万计，宫主称霸天下，江湖中人闻之丧胆，敢怒不敢言。

　　二十年前的江湖，是群雄厮杀的江湖。"莲翼"失窃后，重火宫一夜间从风口浪尖被推入谷底。

　　十年前的江湖，便是江湖的太平盛世。重雪芝与上官透的复合，意味着重火宫与月上谷两大门派的融合。从此往后，名门正派中虽有对重火宫不平者，也看着上官透的面子不敢再公然挑事。

　　于是，大门派之间收敛了兵器的锋芒，各路武林大会上，再难见剑光血雨。于是，也只有一轮清酒明月下，一剑光影扁舟间，偶尔传出一些零零碎碎的红尘逸事。

　　暮春的江南，杂花生树，草长莺飞。江南首富吴进钱的长子大婚，把两岸一片楼宇也都染成了大红的。

　　这吴家有多富？吴小公子随手写的一篇文章，私塾先生指点一二，便赐以镒计的黄金。因此，大公子的婚礼是何等热闹，也就可见一斑了。

　　吴老爷不仅富甲天下，博学多才，还对丹青、古董、投壶、音律都颇有研究。这日他心情大好，花园里，假山前，命仆人向各位展示他的收藏，供各位宾客观赏。

此时此刻，摆出来的便是一幅画家名作《吴园清赏图》，画的自然是吴家的景象，有点"应制"的味道。但吴老爷喜欢，文人、官绅、江湖侠士不分贵贱，高谈阔论，也都很是喜欢。讨论了一炷香工夫，吴老爷挥挥手，豪气地令家仆把画收走，让另一侧的家仆搬来两件昂贵的玩意。

第一个是多闻天王镏金佛像，出土文物，御赐至宝，乃是无价之宝。众人欣赏了一阵子，都大叹奇绝。吴老爷享受完了歌颂之声，便让人搬来第二个宝贝。

第二个是翡翠狮，烛光月色辉映之下，波光粼粼，像一潭碧绿的湖水。

翡翠狮不及佛像那么无可替代，但外观极美，宾客们也是赞不绝口。

忽然，空中似有电光闪烁。那一下来得如此之快，以至所有人都没反应过来发生了什么事。家仆眨了三下眼，才迟钝地感到周身有一股刺骨的寒意。低头一看，翡翠狮已不在手中。

虽然是晚上，但府内灯火通明，他往周遭一看，除了和他一样惊呆了的宾客，竟没看见一个逃跑的影子，这当真是中了妖术！

但吴宅怎可能会毫不设防。猜到会有人趁乱对自己的珍宝下手，吴进钱早已安排好武林高手，在家中暗中巡逻。此刻，已有六个身影从人群中拔剑跃起，追到房顶，从不同方位拦下了那名黑衣盗贼。

直至此刻，家仆才迟钝地喊了一声："老……老爷，翡翠狮失窃！"

然而，房顶上的高手平均每人与黑衣盗贼交手不到三个回合，便都跟废人似的，一个个被踹下房顶。他们下来又上去，最后都瘫在地上，痛得翻滚。

眼见盗贼对最后一个高手进行致命一击，忽然一道白影也从房顶上飞过。那影子速度极快，白色飓风一般，带走了盗贼腰间的翡翠狮。

家仆颤声道："那是何人？是……是咱们吴府的人吗？"

没有人回答他。

只见一轮巨大的圆月下，白衣人跳下房檐想逃跑，黑衣人却猛地扔出手中的青锋剑，伴随着"嗖嗖"声旋转击向白衣人！白衣人险些中剑，落到假山上，躲得有些狼狈。接着，黑影刹那间冲过去，身法竟比飞剑还快，和那白衣人赤手空拳打了两个回合，才把青锋剑重新握在手中。

两人短兵相接，剑锋碰撞的声音极快极险，响彻庭院。白衣人持匕首，身影似云雾一般缥缈不定；黑衣人锐气四射，比剑还锋利。虽说如此，他的剑法却一点也不急。那种咄咄逼人的锋利之感，也只是对剑太过熟练而产生的威压之气。

于是，白衣人越来越弱势，最后一个节骨眼儿上，被青锋剑指了脖子。

"交出来。"黑衣人语气冰冷，是个年轻男子的声音。

人们这才看清他们的身形：他们俩都蒙着面。白衣人身材瘦小，眼睛大而水灵，应该是个少年；黑衣人是青年模样，劲瘦高挑，眼神冷漠。

白衣人不甘地抱紧翡翠狮。黑衣人面无表情地推了一下剑锋。白衣人脖子处的面纱很快被染成血红，他极其不悦地皱了皱眉，把翡翠狮扔了出去。

黑衣人接住翡翠狮，头也不回地消失在房顶。

白衣人迟疑了一下，也跟着消失了。

吴老爷拼命挥舞胳膊，喊道："都愣着做什么？快抓住他们啊！"

然而，等高手们追上房顶时，那两人已没了影。

亥时一刻，金陵城郊外，月阳帮帮主已和四名帮众等候多时。

看见地面有黑影闪过，帮主喜道："这么快得手？"

黑衣人落在他面前，双手把一个沉甸甸的包裹递上来，道："沈大哥请查验。"说罢摘下面布，露出一张清瘦的脸。

他整张脸几乎没什么脂肪，所以眉骨到颧骨、下巴的线条都格外清晰，像出自雕刻家之手。这张脸配上一双形美却空洞的眼眸、一绺垂下的黑发，被惨淡的白月光描摹出一种极度不亲切的冷感。

"慕远办事，我自然是放心的。"

沈帮主看都没看，先对着包裹徒手劈落一掌，才解开了布匹。包裹里，翡翠狮已碎得七零八落，中间却躺着一把冒着森光的匕首。他拿起匕首，在掌间旋了几圈，运用自如，道："太好了！太好了！我们月阳帮的镇帮之宝又回来了！"

旁边的随从也面露喜色，纷纷恭喜大哥。

一行人开心了一阵，沈帮主拍了拍宇文慕远的肩，道："多谢慕远，若没你相助，我们还不知何年何月才能从姓吴的那里讨回这宝贝……不，姓吴的压根儿就不知其中有这宝贝，便稀里糊涂把这狮子天价买了下来。也不知他是钱多还是人傻。"

"我这条命都是沈大哥救的，这点小事不足挂齿。"

宇文慕远还在重火宫当大护法时，得罪了很多江湖中人。但他们忌惮他的绝世身手和重火宫的威慑力，敢怒不敢言。离开重火宫后，宇文慕远和重雪芝翻脸的消息也不胫而走。

得罪重雪芝，就是得罪重火宫和月上谷。这两个门派只手遮天，哪怕宇文慕远身手再好，也不敢在阳光下与半个江湖作对。于是，当时有九个门派的人联合起来复仇，满世界高价悬赏宇文慕远的项上人头。

这些喽啰即便一拥而上，宇文慕远也没放在眼里过。但这份高傲也害了他，让他掉以轻心，被奸人用剧毒陷害，捅了二十一刀，扔到沙漠中，差点一命呜呼。

临死之时，一名月阳帮的弟子发现了他，把他带回帮内。月阳帮擅奇门遁甲之术，又有妙手仁心之美名，帮主用灵丹圣药治好了他。

宇文慕远虽自小失去双亲，但天资聪颖，拜师重莲，习得重莲毕生武学之精髓，又是大护法，一向自视甚高。那一次死里逃生，他才知道放下尊严。从那以后，他开始行走江湖，交了很多朋友，有名门望族，也有低贱流氓。而他的恩人沈帮主多年来未曾麻烦过他，这是第一回，请他偷回镇帮之宝，他自然拼尽全力。

本以为会有一场生死搏斗，但事情比他想的顺利得多。武功登峰造极之人还是极少数。

事毕，他拿着一笔沈帮主硬塞给他的钱，去了鹤颐楼。

鹤颐楼是金陵最贵的酒楼，雕梁画栋，鼓乐喧天，布置得比吴家婚礼还喜庆。

剑入鞘，徒步入内，顿时煞气洗尽。

宇文慕远自小便不喜欢在身上留太多银子。所以，当他还是重火宫大护法时，管遍了重火宫大大小小的事，唯独不为财库供职。现在他孑然一身，更是潇洒自如，叫了最贵的酒，给了小二最多的赏银，只盼早些千金散尽，一醉方休。

他在二楼角落坐下来，赶走了几个想要陪酒的歌女，独饮了许久，忽然看见一个白衣少女在自己面前侧身坐下。

虽冷若冰霜，但她小巧玲珑，明眸皓齿，是个绝色佳人。这一坐，瞬间吸引了周围人的目光。

宇文慕远却不为所动，目光甚至没在她身上多停一下，道："让开，这里我包了。"

少女微微笑道："你可知道我是谁？"

"手下败将。"

她这才完全转过身来，露出另外半边脖子。脖子上的剑伤已被包扎好，但仍有血渍浸出。"是，我是打不过你，但这武林中能打败'白玉修罗'的人可不多。"

"我不管你是谁，让开。"

"你没听过'白玉修罗'？"

"听过。"近两年活跃于江南的神秘刺客，名号响亮。

白玉修罗的笑容挂不住了，道："那你为何不好奇，难道不会问一句，'白玉修罗是个女人？'"

"是男是女，与我何干？翡翠狮已不在我手中，蝉露匕首也被人取走了。你若想讨这东西，找错人了。"

白玉修罗轻笑一声，道："你是不是在心里想，你白玉修罗算个什么东西，能有雪宫主出名吗？真是不自量力的女人。"

听到"雪宫主"三个字，宇文慕远总算回过头了，但还是一副不耐烦的样子，道："你的内心世界可真多彩。我什么都没想，只想自己待着。"

"宇文慕远，我不懂你。你拥有与上官透不相上下的武功，却活得像条狗，难道不会憋气吗？"

这话换个人都是受不了的，但宇文慕远还是毫无感觉，只是默默喝酒。

白玉修罗并未放弃，身子往前倾了倾，推来一股寒梅清香，道："你身怀绝学，又如此年轻，即便离开了重火宫，江湖中也有用你之处，为何不去闯天下？"

"我本对名利兴趣寡淡。"

"那你又何苦守着重雪芝，她已做人妇多年。"

"我没守着她。"

"那你也没女人。"

"女人，要来有何意义？"

"男人都喜欢女人。"

"我对你没兴趣。"宇文慕远站起身，在桌上放下银锭，便想转身走掉。

白玉修罗脸上红一阵白一阵，道："我几时和你说过我对你有兴趣了，自以为是！"

宇文慕远没回头。

"宇文慕远，你看看上官透，身居高位，即便对个下人也不矜不伐、温润如玉！而你，活得像条狗，还如此尖锐，难怪女人被人家抢了！"

宇文慕远还是没回头。

"我不知道你为何一直惦记着重雪芝，是因为她美吗？这天下美人多了去！是因为她年轻吗？多年前她年轻还差不多吧！是因为她是忠贞烈女吗？上官透消失的那些年里，她曾经委身于你不是吗？不过是个一女侍二夫的淫妇罢了，你为何……"

只听见"当"的一声，她后面的话被打断。一把飞刀贴着她的脸颊擦过，重重打在她身旁的红木柱上，快速地摇晃，在她耳里残留着"嗡嗡"声。

"她若曾委身于我，我才真的放不下她。"宇文慕远半侧过头，寒声道，"以后我若从你认识的人口中听到她一个字的不好，这一飞刀刺中的，就是你的喉咙。"

她被他散发出的肃杀气息吓住了，不敢再多说一个字。

好好的酒楼消遣被打断不说，出去后还遇到了满城追击翡翠盗贼的捕头。宇文慕远叹了一声，混入人群，回到吴府转了转，看看情况。

还好，吴老爷只是找人抓他，家里加强戒备，婚宴还是照办。新娘的流苏挑牌被凤冠霞帔半掩，新郎的大红披风分外火红，气氛一片大好。看他们拜了堂，入了洞房，宇文慕远安心了些，正想离开，可刚走到走廊拐角处，正巧看见前方走出来一对男女。男子是谪仙般的容色，白衣如雾，腰上的白翡翠坠子轻摇，眉眼间满满都是似水柔情，望着自己夫人的眼神可以令寒冰消融；女子穿着一袭红衣，唇红亦如火，她的美貌堪比天下最毒的酒、最锋利的剑，可以令人心跳骤停，瞬间窒息。

宇文慕远动作一向极快，快到人都已经闪上房顶，意识都还没跟上身法。然后，他听见女子道："透哥哥，你说那盗翡翠狮的会是什么人，到这种地方如入无人之境……会不会是我们认识的人？"

"有可能。不过我们来时他已经跑了，现在很难调查，我们只能尽量帮忙。"

"这贼子也是好生奇怪，不要更贵的佛像，要翡翠狮。"

"那翡翠狮里有一把绝世武器。"

"看来真是武林中人了。"

　　与重莲重逢那一天，宇文慕远放下了心中所有恨，也放弃了最后一丝想要争夺重雪芝的欲念。

　　从此往后，他自觉心已死，已不会再生波澜。

　　原以为见惯了天下之大、江湖水之深，见惯了灯红酒绿、莺莺燕燕，他对重雪芝那点深藏多年的欲念也会烟消云散。

　　但不管过多少个日月，多少个年岁，每一次遇到她，每一次听到她的声音，那种窒息感都会加剧。

　　他甚至想，若她老得快一些，或永远深藏闺中多好。这样，他就不必再饱受思念之苦。

　　可即便她不再青春貌美，似乎也无大用。

　　她是他的童年，他的少年，他关于妻子无数的幻想。半生的记忆，是再抹不掉了。

　　夜色渐深，乌云密布，逐次吞没了赤红楼宇、陈旧黄纸色的月亮，从苍天汲取透骨钉般的雨水，无情洒落在万丈红尘之中。船篷被打得轻微摇晃，远处湖光山色已沦陷。雨水击碎湖心，涟漪久久不散，就像所有与宇文慕远交手之人对他的评价，"一剑诛心"。

　　一剑诛心。

　　一见诛心。

　　他只想找个不会遇到她的地方，当一个默默无闻的暗夜散客。

　　可是，江湖之大，竟无如此藏身之处。

　　这不过是他与重雪芝无数次重逢中的又一次落荒而逃。她甚至不知道他来过。

　　放眼天下，所有人都知道上官透对重雪芝用情至深多年，但深知多年后宇文慕远依旧倾慕重雪芝的人，只有他自己。

　　何为孤寂？如是。

　　宇文慕远把手中的剑转了半圈，紧贴着自己寒松般笔直的腿侧。他把牛皮袋里的酒喝完，便把袋子扔到房檐下。内功深厚至此，烈酒也寡淡无味。多么遗憾的人生，再不会醉。

他望着雨水淋湿的山影，面无表情，轻轻喘息。

这时，他的身后响起了一个熟悉的男子声音："方才你与我们只一廊之隔，为何不出面一见？"

"没必要。"他淡淡道。

"她从未记恨你。"

他最怕的便是这份"不记恨"。宇文慕远道："当年我把她完整地交给你，你当知缘故。若哪天她稍有不好，我会再来夺走她。"

"宇文公子尽管放心，在下爱她甚过任何人。"

"哼。"

宇文慕远嗤之以鼻地笑。上官透擅长以柔克刚，正是自己败下阵来的原因。但是，不管比拼真功夫，还是比拼感情，自己都从未服输过。但他也向来不爱耍嘴皮子功夫，不想再争辩。

万幸的是，她过得很好。

如今的重火宫重塑威信，江湖地位不输从前，而且，已不再是那个令人闻风丧胆的邪教。她嫁对了人，与结发夫君恩爱两不疑。而如今仇淡如茶，他放下了过去的身份，如此浪迹江湖，对两个人都是解脱。

虽然偶尔会想起多年前的记忆。那时他们都正值年少，她深居简出，面如桃花，时常在院中独自舞剑，小胳膊格外有力，震出了不稳却强劲的剑气。他站在后方默默眺望她的背影，在义父面前发誓会保护她。那时的江湖仿佛无穷大，即便只随宫主下江南，到寺庙烧个香，都有他们未见过的神秘、新鲜与惊险。那时他以为，他与雪芝会一直维持现状，度完此生。

但是，人生最不可能的事，便是不变。这已是最好的结局了。

他轻身一跃，一袭黑衣闪过，便像一道黑色的火光，眨眼便隐没在雨雾之中。

此夜月已去，唯有烟雨。

番外三

适儿的迷惑

九岁那年起，适儿的生活就迷惑了。因为不知怎的，他突然不知自己姓什么了。

在和爹相认前，他一直以为自己姓重。大家也都叫他重适。和爹相认之后很长一段时间，他也姓重，大家也都叫他重适。但突然有一天，娘摸着他的头说，适儿，以后你不再姓重了。当别人叫你重适，你要说，你姓上官，叫上官适。

最初，适儿感到很惊奇。在过去的九年中，他都生长在一个以母亲为重心的强势门派中。穆远叔叔武功盖世，但也听命于娘亲。娘亲如此强大，以至在男人的世界里，也根本无人会问为何这孩子跟娘姓。作为重火宫的少宫主，他从小就姓重，而且不随父亲的出现而改变。

但聪颖如他，很快也想清楚了一件事：娘亲爱上了一个男子。那人便是他亲爹，上官透。

他并没有纠结多久便接受了这个事实，并且也乐意跟爹姓。这与世俗观点也并无关系，仅仅是因为爹实在比娘温柔太多了。爹总是笑脸迎人，春风拂面，以至他很快便沉醉于和爹相处的点点滴滴中。

况且，他从小到大一言不合便被娘毒打，又亲眼瞧见爹与娘比武都被娘逼退到墙角，可怜巴巴唤着"芝儿饶命"的样子，便更觉得爹的这份温柔来之不易，实属被压榨出来的。于是，他常与战败的爹进行同盟兄弟般的眼神交流。

爹是如此不容易，尽管娘告诉自己，你该叫上官适了，爹也会说，别，芝儿，适儿还是姓重。

娘说，不行，适儿就姓上官。

爹想了想说，你若想我有一个跟我姓的儿子，有的是法子。让重火宫后继无人可不是办法。

娘没懂，因为娘硬气地说，我不懂你在说些什么。适儿也没懂，当然他更不懂大冬天的，娘为何突然脸红。

这事已经很是迷惑了。后来有一天，有件事更令适儿迷惑——一次武道大会上，娘一人挑战了七名江湖高手，险胜；而爹单手挑战了十三名，轻轻松松，其中有五名都是娘挑战过的。

适儿一脸错愕地扭头望向身侧的护法，问道："琉璃叔叔，这是怎么回事，爹不是打不过娘吗？"

琉璃成亲多年，心领神会地轻笑道："那你可要想想了，为何你爹如此厉害，却打不过你娘。"

适儿掰手指算了半天，得出的结论是：那两名没有出场的高手，想必是武艺冠绝群雄的高高手。

琉璃像会读心术般补了一句："别算了，跟那俩人毫无关系。"

那次武道大会后，爹同一行人去塞外办事，他和娘率先回重火宫。走之前他可舍不得爹了，抓着爹的衣摆让爹早些回来，他使剑使腻了，想使扇子。爹蹲下来摸摸他的头，温言道："好好听娘的话，照顾好她，不要让坏人欺负她，爹办完事便回来教你们用扇子。"

适儿挺了挺小小的胸脯，道："爹尽管放心，孩儿会照顾好娘的。"

然而，爹这一走便是一个多月。在一个多月里，非但无人敢欺负他娘，他还因练武不勤被娘毒打了好几次。每次屁股上被竹条打得青紫纵横，他趴在床上撅着屁股大哭，听娘在房外大喊"你再不学无术，等你爹回来还要挨打"，他疑惑：这世上到底有人能欺负娘吗……

四十二天后，爹回中原了。没有第一时间回月上谷，而是先回了重火宫。天未亮，娘便起身准备去迎接爹。适儿睡眼惺忪地在被窝挣扎了许久，也毅然起床，与娘一同出宫等候。

这一个多月，他好想爹！在娘的霸权统治之下，爹的温言笑语已经数次出现在梦中了！

是日深秋，天气微凉。马蹄声嗒嗒，自远而近，响彻山间，晨曦亦渐近，渲染了漫山遍野，枫林似火。当马车停在红枫之间，一把折扇轻挑起锦绣车帘，露出了一张母子俩都分外思念的脸。

娘像小姑娘般惊喜地叫了一声，牵着适儿的手，一路狂奔过去。

适儿看见爹一展轻功飞过来，张开双臂。正巧他被娘甩开了手，也欣喜若狂地朝爹张开了双臂。

然后，爹和娘抱在了一起。适儿依然保持张开双臂的姿势，抬头一脸蒙地看着父母，动了动十根小手指。

爹捧着娘的头一阵狂吻，不时急切地喃喃道："天寒露重，你这样候着，我怕伤了身子，以后别在外等我……"语毕，又用大氅把娘裹严实。

大约过了一盏茶的工夫，爹才低头看了一眼，察觉儿子在身侧，微微惊喜道："适儿，你何时来了？"

适儿抽了抽嘴角，尴尬道："没……没来多久。"

适儿觉得，爹可真是个两极分化的人。四十二天都不在家，回家后足足两个月都不常外出，还睡得很早。晚饭后他常想和爹聊聊天，练练武，爹都说把这些事放到白日，便挽着娘回房休息。娘也是奇怪，爹不在时，他就没见过她比自己早睡；爹一回来，她每日都可以睡到正午。

两个月后的一晚，爹又拉着娘想回房休息，适儿只听娘道："……下午大夫说已有月余，我还未来得及告知你……"

不知为何，爹大喜过望，抱着娘原地转了好几圈……

又过了四个月，适儿觉得娘长胖了。

又四个多月后，娘又瘦了。适儿多了个弟弟，叫润儿。适儿觉得很开心，因为一来日后多了个伴儿，不必再成日瞅着爹娘腻歪了；二来有了弟弟以后，他终于知道自己姓什么了。

他姓重，日后接管重火宫；弟弟姓上官，日后接管月上谷。

适儿开心，爹开心，润儿和娘不怎么开心。润儿不开心是因为他一天到晚都在哭，娘不开心，好像是因为，连着生儿子让她很扎心。娘一直觉得，儿子身上体现不出她的美貌。更扎心的是，叔叔伯伯们、大姑大姨们见了兄弟俩，都说和上官谷主是一个模子印出来的。

但适儿他娘向来是个人物。所谓人物，便是毅力超群、持之以恒的天才。又过了两年，她总算为兄弟俩"倒腾"出了一个妹妹。月子里的娘虽然面有倦色，但抱着女儿的那一刻，她笑得满足，一切都好似无比值得。

当然，这份满足很快凝固在她的脸上。因为，来探望她的夫人们对孩子赞不绝口道：

"瞅瞅这姑娘，长得可真漂亮，这小鼻子小脸，简直是小时的上官小透啊。"

"连耳朵和指甲盖都长得像透儿。"

"太像了，都说女儿像爹爹，但月子里这么像爹爹的女儿，我也是头一次见。上官谷主好福气啊。"

适儿知道，娘并未因此放弃。生一个和她像的女儿，已经变成了她接下来十年的使命。她暂时小憩，先把精力放在三个孩子身上。

适儿十四岁那一年，弟弟妹妹还小，爹娘去江南参加首富之子吴公子的婚宴，便只带上了他一人。

宴席上，适儿察觉到爹娘确实是神仙眷侣。因为他们不论走到何处，都能带动诸多宾客的羡慕之色。而他也发现了，长得又像爹又像娘，结果便是不管遇到哪个年龄段的未婚女子，都会收到各式各样的害羞跑；不管遇到哪个年龄段的已婚女子，都会收到千篇一律的姨母笑。

他虽然内心住着个对世界好奇的小男孩，神采却深谙重火宫真传，有些冷峻傲然，俗称"面瘫"。他身材挺拔，已比娘亲高出了半个头。又因自幼习武，坐如钟，行如风，稍稍丢个眼色出去，便成了一群姑娘心碎的青春。

被无数姑娘投来娘看爹一般的眼神是尴尬的。但被当成爹来对待，却更尴尬。

婚宴上，爹遇到了一些长安来的亲戚，与他们到花园中散步阔谈。他和娘坐在原处，不多时，便有一个二十岁上下的俊美青年走来，朝他们鞠了个躬，道："二位晚好。请问姑娘与这位公子可是亲人？"

娘正忙着为他剥橘子，点点头，没多话。

青年面有喜色，却很是紧张，说话声音都带着些颤："鄙人料想也是。这位公子看上去比姑娘似乎小些，还长得有点相似……还好还好，否则鄙人今夜是要抱憾不已了。"

看见娘一脸莫名其妙，适儿玩心大起，扬了扬眉道："哦？你本以为我们是什么关系？"

"鄙人以为你们是定亲关系。实不相瞒，我方才进门，一眼便看到了这位姑娘。姑娘实在是光华万丈，美艳不可方物。即便身边无人，鄙人也万万不敢冒犯的……"青年怯生生地抬头，"鄙人本应请媒人上门的，但友人告知，坐这边席位的都是江湖人士，我生怕一个不小心，姑娘便一个轻功消失了，便有此唐突之举，请姑娘见谅。"

"无妨。只是我……"

娘还没把话说完，适儿便赶紧打断道："他说你美艳不可方物呢。"

"敢问姑娘家住何方，可有婚配？"青年眼睛眨得飞快。

适儿更加来劲了，道："她是没有未婚夫的，所以，你……"

"我成亲了，这是我儿子。"看见对方震惊的表情，娘平静地继续说道，"我应该长你十多岁，叫姑娘不太合适，还是叫大娘吧。"

青年魂飞魄散，落荒而逃，适儿耸了耸肩。他本想再逗这位大哥几句，谁知他娘如此一板一眼，好生无趣。可硬要说娘很无趣吧，又并非如此。爹回来了以后，她又有些滑头了。她挽着爹的胳膊，仰头看着他，得意地笑了笑，道："透哥哥，你可知道，方才有一个小弟弟想向我提亲呢。"

"真的假的？我的芝儿如此招人喜爱，为夫有些担心。"

"所以呀，谁说女子成亲便掉价？我可是三个孩子都生了呢，还是很美的对不对？"

"不是美，是倾国倾城。"

"反倒是透哥哥，婚前招蜂引蝶，一娶了老婆，那些蜂啊蝶啊的，不都被吓跑了。"

"那是芝儿有惊世之容颜，春秋不能改色，她们知道自己不是对手，便都自觉退散了。"

"那……只有我一个，透哥哥可会觉得寂寞？别说不会，我才不信呢。我要听实话。"

"实话就是，就算会也没用。你看看，现在芝儿的行情可比我好，我能把媳妇儿看牢都不错了，哪儿还有什么心思再看别的女子。"

"就是就是。"娘把头靠在爹肩上，甜蜜一笑，"放心，我对这些小孩子没兴趣。我只喜欢透哥哥一人。"

适儿知道，爹没说实话。因为，每次和爹单独出行，外面那些女的，即便知道爹成了亲的，还是喜欢对爹投怀送抱：想被纳为侧室的、当贴身丫鬟的、逢场作戏也心甘情愿的……直白的、含蓄的、刚硬的、多情的、活泼的、冷漠的……形形色色，什么样子的都有。就爹这出去转悠的工夫，按照惯例，好歹也得有三四个出现了。

但多年来，娘什么都不知道。因为，不管来几个姑娘，爹都只会礼貌却又疏冷地回答："梧桐相待老，鸳鸯会双死。在下只愿与爱妻同床共枕，不配姑娘低就。"

娘时常对适儿说："你别看你爹现在这样，以前喜欢他的姑娘那叫千军万马啊。"

适儿不知道当年爹有多受欢迎。他只知道自己今年十四岁，已经渐渐开始懂了，当年爹打不过娘，和那俩高手确实没什么关系。

君子以泽

2020 年 1 月 16 日于上海

图书在版编目（CIP）数据

月上重火：新版：全二册 / 君子以泽著 . —长沙：湖南文艺出版社，2020.7
ISBN 978-7-5404-9555-8

Ⅰ . ①月… Ⅱ . ①君… Ⅲ . ①长篇小说—中国—当代
Ⅳ . ① I247.5

中国版本图书馆 CIP 数据核字（2020）第 013957 号

上架建议：畅销·古代言情

YUESHANG CHONGHUO : XINBAN : QUAN ER CE
月上重火：新版：全二册

作　　者：君子以泽
出 版 人：曾赛丰
责任编辑：刘诗哲
监　　制：毛闽峰　李　娜
策划编辑：张园园
特约编辑：王　静
营销编辑：刘　珣　焦亚楠
装帧设计：梁秋晨
封面插图：符　殊
出　　版：湖南文艺出版社
　　　　　（长沙市雨花区东二环一段 508 号　邮编：410014）
网　　址：www.hnwy.net
印　　刷：三河市中晟雅豪印务有限公司
经　　销：新华书店
开　　本：787mm × 1092mm　1/16
字　　数：456 千字
印　　张：33
版　　次：2020 年 7 月第 1 版
印　　次：2020 年 7 月第 1 次印刷
书　　号：ISBN 978-7-5404-9555-8
定　　价：69.80 元（全二册）

若有质量问题，请致电质量监督电话：010-59096394
团购电话：010-59320018